Johann   Knieschek, von Tepl Johannes

Der Ackermann aus Böhmen

Johann   Knieschek, von Tepl Johannes

Der Ackermann aus Böhmen

ISBN/EAN: 9783337359430

Hergestellt in Europa, USA, Kanada, Australien, Japan

Cover: Foto ©Andreas Hilbeck / pixelio.de

Weitere Bücher finden Sie auf **www.hansebooks.com**

Transcriber's Note:

The original book had two different sets of footnotes. Notes to the main text were in a separate 'Anmerkungen' section. Notes to the 'Abhandlung' section appeared at the bottom of each page of that section. For consistency in this e-text, all footnotes have been grouped together, renumbered from 1 to 106, and moved to the end of the book.

Footnote 66 (in the current numbering) had been placed immediately after footnote 62 in the original. A close examination has shown this to be an error, and this footnote now appears in its correct location.

Line numbers at the end of a line in the main text have been retained because they are indispensable for use of the critical apparatus and other references. [Z. 10], for example, indicates the point where line 10 ended in the original text.

A table of contents has been created. The original headings of the major sections (e.g., 'Abhandlung', 'Anmerkungen') are used for this purpose. The very first section, containing the main text and critical apparatus, did not have a heading in the original book, and therefore the heading 'Text' has been created in order to have a complete and consistent structure. For the reader's convenience a table of contents has been created for the 'Text' section and another for the 'Abhandlung' section.

The critical apparatus to Chapter 1 points out that the chapter heading 'Das erst capitel' is missing. This heading has been added to the e-text version so that it is now like 'Das ander capitel', 'Das dritt capitel' and subsequent chapters.

This e-text contains many characters that will display only in UTF-8 (Unicode) file encoding, including but not limited to:

OE ligature: Œ
oe ligature: œ
C-hacek: Č

c-hacek: č
e-hacek: ě
o-hacek: ǒ
r-hacek: ř
S-hacek: Š
s-hacek: š
z-hacek: ž
y-acute: ý
u-ring: ů
e-macron: ē
n-macron: n̄
fraction 1/2: ½

Some devices, especially older ones, may display some or all of these characters incorrectly or not at all. Likewise Greek characters with diacritics may not be displayed correctly. A possible solution in such cases may be to ensure that the character set or file encoding is set to Unicode (UTF-8).

Readers of the HTML version can view a transliteration of the Greek text by hovering over it with the pointing device.

The changes listed in the 'Verbesserungen und Zusätze' section have not been incorporated into the text.

Spelling inconsistencies that occur more than once, such as 'herschen' beside 'herrschen', have not been normalized. Obvious spelling and punctuation errors have been corrected whenever encountered. Several errors in the Greek text have been corrected after consulting authoritative editions; since all involve incorrect diacritics and do not affect the meaning, it has not been thought necessary to list them individually.

In the critical apparatus, references to the line numbers of the text are normally followed by a period in the original, but occasionally they are followed by a comma or no punctuation at all and are assumed to be typesetting errors. Since these inconsistencies are unlikely to cause a misunderstanding, a systematic effort has not been made to find and correct them, although many have been corrected if noticed in the course of transcription.

A list of specific changes that deserve mention is found at the end of the text following the footnotes.

The cover image that appears in e-book versions was created

BIBLIOTHEK
DER
MITTELHOCHDEUTSCHEN LITTERATUR
IN
BŒHMEN
HERAUSGEGEBEN VON
ERNST MARTIN
MIT UNTERSTÜTZUNG DES VEREINS FÜR
GESCHICHTE DER DEUTSCHEN IN BŒHMEN.
BAND II.
DER ACKERMANN AUS BŒHMEN
HERAUSGEGEBEN VON
JOHANN KNIESCHEK.
PRAG 1877.
Verlag des Vereins, in Commission bei F. A. Brockhaus in
Leipzig.
DRUCK DER ACTIEN-GESELLSCHAFT BOHEMIA.

DER

ACKERMANN AUS BŒHMEN

HERAUSGEGEBEN
UND MIT DEM TSCHECHISCHEN GEGENSTÜCK
TKADLEČEK
VERGLICHEN VON
JOHANN KNIESCHEK.
GEDRUCKT AUF KOSTEN DES VEREINS FÜR
GESCHICHTE DER DEUTSCHEN IN BŒHMEN.
PRAG 1877.
Verlag des Vereins, in Commission bei F. A. Brockhaus in
Leipzig.
DRUCK DER ACTIEN-GESELLSCHAFT BOHEMIA.

INHALTSVERZEICHNIS

TEXT.

In dem buchlein ist beschriben ein krieg, wie einer, dem sein weip gestorben ist, schiltet den tot: so verantwort sich der tot. Also setzt der clager ie ein capitel und der tot das ander bis an das ende. Der capitel sint vierunddreissig, darinn man hubsches sinnes getichtes behendigkeit wol findet, [Z. 5] und beginnet also der ackerman mit seiner clage anzuvahen.

Das erst capitel.

Grimmiger tilger aller leute, schedlicher ächter aller welte, fraissamer morder aller leute, ir Tot, euch sei verfluchet! Gott ewr termer hass euch, unselden merung wone [Z. 10] euch bei, unglück hause gewaltigclich zu euch! Zumal geschant seit imer, angst, not und jamer verlassen euch nit, wo ir wandert, leit, betrubnisz und kumer die laitten euch allenthalben! Laidige anfechtung, schentliche zuversicht und

1. disem buschlin *B*. krig wan einer *b*. 2. s. liebes *A*. beschiltet *B*. 3. clager *fehlt B*. ie *fehlt b*. 5. xxxiiii. *b*. gedichtes *B*, gerichtes *Ab*. 6. vindet Der clager hept an vber den todt zu clagen das erst capitel *b*. 7. das erst capitel *fehlt B*. *Ueberschrift in C*: Hie hept sich an das puchlein der ackerman genant von dem tode vnd zu dem Ersten des Clagers Rede vnd des Ackermans anpringen Ca^m j^m *Ueberschrift in D*: Hie nach volgent Ettliche zumal kluger vnd subtiler redeweyse, wie ainer was genant der Ackermann von Behaim dem gar ain Schöne liebe frawe sein Elicher gemahel gestorben was beschiltet den tod vnd wie der tod ym wider anttwurttet vnd setzent also ye ain Cappittel vmbe das ander. Der Cappittel sind zway vnd dreyssig vnd vacht der Ackerman also an zu klagen. *Ueberschrift in a fehlt*. 8. Grymmger *B*, Grymmer *D*. abtilger *Cab*. echter vnd veruolger *Cab*, achter *D*. aller *fehlt BD*. 9. frayschsamer *Cab*. morder *fehlt ABD*. menschen *CD*. 10. gefluchet *D*. euir *B*. tremer *A*, tirmer *B*, straffer *Cab*, Schöpffer *D*. vnselig *D*. 11. w. bey euch *Cab*. vngelück *Da*. *von*

10

unglück *bis* euch *fehlt* C. gewaltig bey e. *D.* 12.
geschandet *B,* geschentt *C.* angst und n. *A,* angst jamer
vnd nott *D.* 13. verlasse *C.* euich *B.* nicht *Cb.* wandrent
B, wandlent *D.* betrubtnusz und auch *Ca,* kumer vnd
betrübnisz *D.* 14. beleitten *Cab,* layttent *D.*
anfechtungen *B.* 15. schedliche *C,* schentliche *a.*

schemliche ferung die bezwinge euch groblichen an aller
stat! Himmel, erd, sunn, mon, gestirne, mere, wag, berg,
gefilde, tal, awen, der helle abgrunt, auch alles, das leben
und wesen hat, sei euch unholt, ungunstig und fluchen
euch ewigclichen! In boszheit versinkent, in iemerigem[1]
ellende [Z. 5] verswindent und in der unwiderbringenden
swersten acht gottes, aller leute und iglicher schöpfung alle
zukunftige zeit beleibent! Unverschampter boszwicht, ewer
bose gedenknusz lebe und taur hin an ende, graw[2] und
vorcht schaiden von euch nit, wo ir wandrent und wo ir
wonent! Von mir [Z. 10] und allermenigclichen sei uber euch
ernstlichen zetter geschrien mit gewunden henden.

11

Des todes widerrede. Das ander capitel.

Hort, hort, hort, new wunder! Grausam und ungehorte taiding vechten uns an. Von wem die komen, das ist uns [Z. 15] zumale fremde. Doch trewens, fluchens, zettergeschreies,

1. anferung *Cab*, serung *D*. die *fehlt D*. betwinge *ab*. gropplichen *B*, gröblich *D*. erden *BCa*. sonne *AB*. 2. monde *A*. stern *C*. wage berge *B*. gewilde *D*. Tale *AB*. aw *Cb*, awe *a*, awen *D*. 3. vnd der hellen *D*. h. aptgrunt *A*. ach *B*. aller *a*. leben hatt v. *C*. 4. hot *b*. sie vch *B*. unholt vnd *A*. und *fehlt A*. fluchent *A*, flüchen *C*, verflüchen *D*. euch *fehlt ab*. 5. versink *B*, versinket *a*. jemeriger *A*, iemerigen *B*, iamerigem *D*, yemerlichem *Cab*. ellend *CDa*. 6. verschwindent *B*, verschwindet *Ca*. vnwiderbringlichen *Cab*. schwaist *B*. echte *Cab*. ieglicher schöpffunge *BD*, geschöpffungen *Cab*. aller *BCa*. 7. zukunfftiger *Ca*. blibent *B*, beleybt *Aa*, beleibent *fehlt C*. unverschamter *ab*. boszebicht *B*. 8. gedenknisz *A*, gedechtnusz *B*. 9. trawr *AC*, tüwer hürende *B*. 1. vnd dorr yemer mer *D*. an *fehlt Aa*. geraw *A*, gawe *B*, grawsen *D*, gerawn *a*. 10. nicht *Ba*. vnd wo *A*, wo *fehlt B*. ir wandrent vnd wo *fehlt A*, ir wont vnd ir wonet *B*, ir wonent Joch wo ir *D*. 11. allermenglich *B*, meniglichen *C*. sie *B*. sey stetticlichen geschrien vber *Cab*. ernstlichen *fehlt Cab*. zettergeschray *Cb*, geschrüwe *B*, geschrien zetter waffen *D*. 12. gebunden *Ab*. 13. Cappittulum secundum *A*. Antwurtt der todt also daruff *D*. 14. Hört hört hört *C*, hört hört horent *BD*. nim wunder *A*. nüw *BD*. 15. teding *BD*. kumen *ab*. dz *B*. uns *fehlt A*. 16. zumal ser *Cb*. befremdet vns zemal *D*.

tett tröwens *B*, trawrens *C*, droens *a*. zettergeschreies *fehlt D*, woffengeschreies *b*.

hendewindens und aller ankreutung[3] sein wir allen enden untz her wol genesen. Dannoch sun, wer du bist, meld dich und lautmer, was dir laides von uns widerfaren sei, darumb du uns so unzimlichen handelst, des wir vormals ungewont sint: allein wir doch manigen kunstenreichen, [Z. 5] edeln, schonen, mechtigen und hochfertigen leuten ferr uber den rein hant gegraset, davon witwen und weisen, landen und leuten leides genugclich ist geschechen. Du tust dem gleich, als ob dir ernst sei unde dich not swerlich bezwinge. Dein clage ist an reimen: davon wir prufen, du wollest [Z. 10] durch dones und reimens willen deinen sinnen nicht entweichen. Bistu aber tobend, wutend, twalmig oder anderswo an synne, so verzeuhe und enthalt und bisz nicht zu snel so swerlichen zu fluchen: dann wart das du nit bekomert werdest mit afterrew. Wene nicht das du unser herlich unde [Z. 15] gewaltig macht immer mugest geswechen. Dannoch nenne

1. wendens *A*. h. mereres geschraysz *D*. vnkraitunge *B*, allerlay an kriegens sein *Cab*, allerley anfechtung *D*. an allen *BD*. wir Ellender *Cab*. 2. hintz *A*, biszher *D*. volgewesen *A*. Demnach *a*, Dannocht *D*. sune *B*, sone *C*. lutbar *B*, lautter mere *D*, lutmer *b*. 3. sey begegnet *D*. 4. vnczemlichen *Ca*. das *B*. wir doch *D*. vermäls *B*. doch vngebant *b*. 5. vngewon sin *B*, vormaln vngewont waren wie wol *D*. alleine *B*. manigen *fehlt C*, manchen *a*. ernstenreichen *A*, könstrichen *B*. 6. schönen *B*. vnd mechtigen *D*. und *fehlt A*. hochferttigen *Cb*, hoffertigen *a*, heftigen *A*, *fehlt D*. ser *BCDab*. 7. sin *B*. haben *Cab*. über iren rayn gegraset haben *D*, gegrüset *B*. witiben *C*. und *fehlt D*. land *D*. 8. genüglich *B*. volkomenlich layd beschähen ist *D*. gescheen *A*. glich *B*. 9. ob *fehlt Cb*. sye u. doch *B*. schwerlich *Ba*, groblich *D*. bezwinget *A*, betwing *ab*. 10. ein r. *ab*. reuen *A*, Rymmen *B*, Röm *C*, rumen *D*, Reim *b*. da bey *D*. brüffen *B*. wellest vnd *B*. 11. deines vnd rymens *Aa*, gedönes willen vnd reimens *Cb*, tobender rümen willen *D*. dienen sein *A*. sine *B*, synn *Ca*, feinden *D*. 12. Wistu *b*. es aber *AC*. aber *fehlt B*.

13

butund *b*, wüttende *D*. walmig *B*, twalmig *fehlt D*. anderswa *B*. 13. on *Ca*. oder on das ansynn *D*. verziehe *B*, verzeuch auch enthalt *Cab*. vnd *fehlt D*. nicht so *C*. schnell *Ba*. 14. schwerlichen *Ba*. flüchen *C*. denn *Cab*. 14. nicht *a*. bekümert *B*, bekumbert *C*, bekumert *abD*. Hütt dich das du nit *D*. 15. affterruwe *B*, Rewe *C*. Betracht n. *D*. nit *B*. herlich und *fehlt D*. 16. mogest *C*, mügest *D*. 2. geschwechen *B*, geswachen *Ca*. Dennocht *Dab*. neme *A*.

dich und versweig nicht, welicherlei sachen dir sei von uns so mit zwenglicher gewalt begeint. Rechtvertig wir wol werden, rechtvertig ist unser gefert. Wir wissen nicht, wes du uns so frevelichen zeihest.

Des ackermans widerrede. Das dritt
capitel.

Ich bins genant ein ackerman, von vogelwait[4] ist mein [Z.
6] pflug, ich wone in Beheimer lande. Gehessig, widerwertig
unde widerstrebend sol ich euch immer wesen: wann ir hapt
mir den zwelften buchstaben, meiner freuden hort, ausz
dem alphabet gar freisamlich enzucket. Ir hapt meiner [Z.
10] wunnen licht somerblumen mir ausz meines hertzen
anger jemerlichen auszgereutet, ir hapt mir meiner selden
haft, mein auszerwelte turkeltaube[5] arglistigclich
empfremdet, ir hapt unwiderbringlich raub an mir getan.
Wegt es selber, ob ich nicht billichen zurne, wute vnde clag:
von euch bin [Z. 15] ich freudenreiches wesens beraubet,
teglicher guter lebtag enterbet und aller wunnbringenden
rent geeussert. Frut unde fro was ich vormals zu aller stunt,
kurtz und lustsam

1. vnd *fehlt* D. sweig A, verschwig B, verschweig CDa.
nit ab. in w. Cab. sye B. du von vnns D. 2. mit *fehlt*
ACab. twanklich Cab. begegnet CDa. wir dir wol Ca. 3.
gerechtuertiget D. getatt vnd g. C. nicht fehlt B. was A.
4. so *fehlt* B. bezeichest Ca.
5. d. clagers w. Cab, Cappitulum tercium A, Der
Ackermann antwurtt also D. 6. bin a. genant *fehlt* B.
von gewalte B, vogelwat Aa. 7. pflüger. won. Behemer
B, behemlannd Cb, peheimer a. erhessig vnd w. A,
hässig D, g. vnd w. B. 8. widerstreben BD. ich ew C. 9.
habent BD. zwolfften A. fröden B, sälden D. hört BD.
10. vsz B. gar *fehlt* D. freysamligclich ABD. gezucket. Ich

habe *A*, habent *BD*. 11. wunneklichen *D*. vnd s. *ab*.
Sumerb. *ab*, Sumerbluemen *B*, Sumerprunnen in meins
h. *D*. 12. vsz *BC*. jemerlichen *fehlt D*. vszgerütet *B*.
habent *BD*. meinen *D*. salbenhafft *ab*, salben safft *C*. 13.
turtteltawb *BCDab*. listigclichen empfrempt *D*. ir habent
B. 14. vnwiderbringlichen *Ca*, vnwiderpringenden *D*.
roup *B*. geton *B*, begangen wegent *D*. es *fehlt D*. 15. icht
ACab, it *B*. zürne *B*. wütte *BD*. klagen *D*. 16. pin ich
von ewch. *C*. frödenrichs *B*. wesen *D*. berovbet *B*. güter
B. 17. entwertt *C*. wonnpringenden *B*, wumpdingen *C*,
wunnepringender *D*. geeussent *A*, güssent *B*. 18. frölich
vnd fro *C*, frölich vnd müttig *D*. vürmals *B*, vormalen
zü *D*.

was mir alle weil tag und nacht, in gleicher masz
frewdenreich geudenreich sie beide, ein iglich jare was mir
ein genadenreichs jare. Nun wart zu mir gesprochen: schab
ab! Bei trubem getrank, auf durrem ast, betrubet, swartz
und zurstort bleib ich und hewl an unterlasz. Also treibt [Z.
5] mich der wint, ich swim dahin durch des wilden meres
flut, die lunden haben uberhant genommen, mein anker
haftet nindert. Hirumbe ich an ende schreien will: Ir Tot,
euch sei verflucht!

Des todes widerrede. Das viert capitel.

Wunder nimpt uns sollicher ungehorter anfechtung die [Z. 11] uns nie mer hat begeint. Bistu ein ackerman wonend in Beheimlande, so tunket uns, du tust uns heftigclichen unrecht, wann wir in langer zeit zu Behem nit endliches han geschafft,[6] sonder nur neulich in einer vesten hubschen [Z. 15] stat, auf einem berge werlich gelegen. Der han vier buchstaben: der achzehend, der erst, der dritt und der dreiundzwenzigest in dem alphabet, einen namen geflochten.

1. was wir *D.* alle mein weil *C.* geleichter *C.* masse *D.* 2. geröidenrich *B,* vnd guttes reich waren *D.* sü *B.* wir baide *D.* yeglich *B,* yeglichs *CDab.* wan mir *B.* ein falt *D.* 3. frödenreichs *B.* jahr *a,* jare *fehlt D.* Nu wurtt *D,* wirt *Bab.* schabe abe *A.* 4. auff *für* bei *D.* trurrem *B,* trewbem *C,* truben getrank *fehlt D.* bei durrem *C,* dorrem *B,* thurrem *a.* schwarcz *Ba.* 5. zerstörret *BD,* zu soret *C,* zu sorend *ab.* ich *fehlt ABCab.* hül *B,* schrey *D.* one *B,* on vnderlosz *C.* Also *fehlt C.* töbet *B.* 6. stimme *B,* schwym *C.* dohin *A.* merres *B.* flucht *AB,* fluch *b.* 7. dunen *Aab,* donnen *B,* thünnen *C.* genumen *ab.* 8. minder *B,* nit mer *D.* herumbe *B,* Darumb *Cab.* schrien will ich *B.* herr todt *D.* 9. üch sei *fehlt B.* widersagt *C.* verflüche *B,* geflucht *D.*
10. Cappittulum Quartum *A,* des todes antwurtt *D.* 11. söllicher *B,* solch *C,* solcher *a. für* die: dergeleich *D.* 12. mer *fehlt BD.* hat *fehlt b.* begegnett *CD.* Bistu es *BCD.* 13. wonender *B,* wonett *C.* Behemer *BC,* pehen *a.* tuest *A,* tüest *B,* thust *a.* helflich *Ca.* 14. wenn *C.* langen zeytten

D. Beham *b*, pehen *a.* nichts *ab.* enlichs *b*, endliches zü Beheim *D.* 15. habn *D*, hond *B.* Sunder *BDa.* nur *fehlt D.* nüwelich *B.* hübschen *B*, schönen *D.* 16. werlich *fehlt D.* der hon wir *B*, der hat *Ca*, die hat *b*, haben wir vier *D.* 17. achtett zehend *Cab.* 3. der erst *fehlt A.* 18. dreyundzwainzigist *BC.* nomen *b*.

Do han wir mit einer seligen tochter unser genad gewurket: ir buchstabe was der zwelfte, sie was gantz frum und wandelfrei, wann wir waren gegenwurtig, do sie geporen wurde. Do sant ir fraw Ere einen erenmantel und einen erenkrantz: die bracht ir fraw Selden unzurrissen und ungemeiligt. [Z. 5] Den mantel und den erencrantz bracht sie gantz mit ir untz in die gruben. Unser und ir getzeug ist der erkenner aller hertzen. Guter gewissen, freuntholt, trewe, gewar und zumal gutig was sie gen allen leuten. Werlich! so stete und so geheuer kam uns zu handen selten. Es [Z. 10] sei dann dieselbe, die du meinst; anders wissen wir keine.

Des ackermans widerrede. Das funft capitel.

Ja her! ich was ir fridel, sie mein amei. Ir hapt sie hin, mein durchlustig augenweide. Sie ist dahin, mein fridschilt fur ungemach, enweg ist mein warsagende wunschelrut. [Z. 15] Hin ist hin! Do ste ich armer ackermann allein, verswunden ist mein liechter sterne an dem himmel, zu

1. hon *B*, hab *b*. einer erbern saligen *Cab*. gnad getôn *D*, gebürcket *b*. 2. war *Aab*. zwolffte die *A*. frome *B*. 3. wandelsf. *CDab*. w. wir mugen wol sprechen wandels frei *ab*. wenn *C*. gegenwertig *A*. 4. da santte *D*. frowe *B*. Selde *D*. ein *e*. *A*. eren *fehlt C*, geren m. *ABb*, grünen *D*. eyn *A*. eren *fehlt D*. 5. *Von* die bracht *bis* ungemeiligt *fehlt Cab*, *Von* die bracht *bis* erencranz fehlt *D*. 6. ungemeilich *A*. den pracht s. *D*. 7. in dz grabe *B*, grube *D*. *Von* Unser *bis* herzen *fehlt C*. gczuig *B*, gczüg *D*. 8. frünth. *B*, frum *D*, frutholt *a*. holdsalig getrew *D*. 9. töwe *B*. gewerre *B*, gewer *C*. güttig *BD*. zu allen *C*. gegen dir vnd allen l. *D*. 10. stett vnd gehewr *C*, gehürre *B*. kumbt *a*, kombt vns selten zu h. *Cb*. 11. sye *B*. dieselbig *BCab*. wiss *A*, so wissen wir anders k. *D*.
12. Des clagers w. *Cab*. Cappittulum Quintum *A*. Der Ackermann antwurttet dem todt. 13. herre *B*. ir ameys vnd sie *D*. amy *B*, Amalej *Cab*. ich *A*. habent *B*, habet *D*. 14. dahin *D*. durchlewchtigste *B*, allerlustigiste *Ca*. durchleuchtende *D*. augelwaid *C*, eugelweide *ab*. dhein *A*, hin *Ca*. 15. fridschrifft schilt *A*, m. fridschillt was sie vor allem vngemach *Cab*. vngemach wart *ABb*. Entwertt

ist sie mir mein warsagende *C*. hynwegk ... warsagender *D*. warsagen die *A*. 16. schiltdrewte *A*, schilttrut *B*, schilt Drautin ist dahin *D*. So *Cab*. Des sten *D*. 17. verschwunden *BCa*. stern *Da*.

reste ist gegangen meins heiles son, auf get sie nimmermer, nicht mer get auf mein flutender[7] morgensterne, gelegen ist sein schein, kein leitvertreiben han ich mer, die vinster nacht ist allenthalben vor meinen augen. Ich wen nicht, das sei etwas, das mir rechte freude immer mer [Z. 5] müge widerbringen, wann meiner freuden achtber baner ist mir leider untergangen. Zetter, waffen! von hertzengrunde sei geschrien uber das jar, uber den verworfen tag und uber die leidigen stund, darinn mein steter herter diamant ist zurbrochen, darinn mein recht furender leitstab unbarmherzigclich [Z. 10] mir ausz den henden wart geruckt, darinn ist zu meines heiles vernewenden jungprunnen mir der weg verhauwen. Ach an ende, wee on unterlass, immeriges versinken und gefelle sei euch, Tot, zu erbe eigen gegeben, lastermeilig schandung! Wirdenlos und grisgramig sterbet [Z. 15] und in der helle versinket, gott beraube euch ewr macht und lasz zu pulver zurstieben! An zile hapt ein teufeliches wesen!

1. raste *BD*, ryste *C*, roste *a*. mein *A*. sunn *BDab*, Sünne *B*. auf gatt *D*. 2. nit mer gatt *D*. lüchtender *B*, liechter *D*, flutunder *a*. 3. l. vertreib *BCb*. hon *B*, hab *Cab*. dye *C*. 5. etwas das *fehlt B*. I. main, das wir (mir *ab*.) nyemandt (niemant *a*.) Rechte frewde (imer *ab*.) 6. mog wider bringen *Cab*, Ich main das nichts sey myr recht freud *D*. imer mer *bis* meiner freuden *fehlt*. muge *B*. 6. mein *a*. panier *Cab*. 7. Zytter *A*, zetter *fehlt b*. z. und jämerlichez wauffen *D*. woffen *ab*. w. und h. *B*. hertzens *C*. 8. seye *C*. geschruwen *B*, geschreien *b*, sey ymer mer geschryen. uber das jar *fehlt D*. vnd uber d. *Ca*. 9. stund vnd die vergyfften mynüten *A*. darinn mir mein harter stetter *D*. herter vnd vester schemberlicher *A*. denmant *B*. 10. zerbrochen *BC*. rechter *ABC*. f ... der *beschädigt A*. laidstab *D*. gar u. *Cb*. 11. mir *fehlt CD*. mir wart gezucket *C*, ist gezucket darinn mir zu *D*. 12. meins *C*. vernewend *C*. mir *fehlt*. den w. *A*, der wer ist *D*. 13. ach

wee wee. an ende *fehlt* D. vnd in neriges versinken *ABD*.
14. geselle *B*, ewiger val sei *C*, vnd alles vngeselle *D*. zu
Erb *Cb*. zu aygerben *D*. geben *B*. 15. lastermailig *Cb*,
lastermeilung *a*. schawrslechttig *Cab*. mitt last.
schendung *D*. wunderlosse *B*, wurdenlosz *D*. stirbet *A*,
ersterbent *D*. 16. erstinckett *A*, ersticket *a*. berawb *CD*.
17. bulffer zerstieben *B*, stieben *C*, zerstrewen. an end *D*.
habent *BD*. teufelisch *ab*. 18. leben *B*.

Des todes widerrede. Das sechst capitel.

Ain fuchs slug einen slafenden lewen an seinen backen,
darumb wart im sein balk zurrissen; ein hase zwacket einen
wolf, noch heut ist er zagellos darumb; ein katz krellet einen
hunt, der do slafen wollt, immer musz sie des hundes [Z. 5]
veintschaft tragen: also wiltu dich an uns reiben. Doch
glauben wir, knecht knecht, her beleibet herre. Wir wollen
beweisen das wir recht wegen, recht richten unde recht
faren in der welte, niemants adel schonen, grosser kunste
nicht achten, keinerlei schone ansehen, gab, liep, leides, [Z.
10] alters, jugent unde allerlei sach nicht wegent. Wir tun
als die sunn, die scheint uber bose und uber gut: wir nemen
gut unde bose in unser gewalt.[8] Alle die meister die die
geist kunnen bezwingen, mussent ire geist antworten und
aufgeben und die bilbis[9] und die zauberin konnen vor uns
[Z. 15] nicht bleiben. Sie hilfet nit, das sie reiten auf den
krucken und das sie reiten auf den bocken. Die ertzt, die den
leuten das leben lengen, müssen uns zu teil werden; wurtz,

1. Cappittulum Sextum. *A.* Der todt spricht aber zum
ackerman *D.* 2. ein sl. *A.* leeben *B,* leowen *Cb.* seinen
fehlt C. leon an einen *D.* 3. back *B.* zerrissen *BCD.* vnd
ein h. *D.* zwaget *B,* weckt *D.* 4. dannoch *D.* hewtt *fehlt*
D, huitt *B.* h. was *D.* zaglos, darumb *fehlt D.* krehlet ein
k. *A,* kröwet *B,* krel *Cab,* kratzt *D.* 5. der do slafen
wollt *fehlt D.* der hunde *B.* 6. wilt du dich auch *D.* 7.
glaube *A.* mir *a.* das k. *D.* knechts *Ca.* beleyben *A,* blibt
B, beleib *C.* vnd herrn herren beleiben *D.* wellen *B.* 8.
weysen *D.* begen *A.* w. vnd r. *C.* 9. farren *B,* uaren *D.*
welt *BD,* werlte *b.* adels *C.* schonen *fehlt, dafür* noch *B.*

22

schön *D*. 10. achtent *D*. sch. mit *B*. schön nit ansehent
Gab lieb alter *D*. leid altter *C*, alder laides *B*. 11. n.
achtent noch w. *A*. wegen *C*, n. vorgebent *D*. 12. sonn
B. uber$_2$ *fehlt BCDb*. über gutt und bösz *BD*. 13. wir
nemen in unsern gewalt bosz vnd gut *C*. 14. die *fehlt Ca*.
die do *B*, so die *D*. künnen *B*. betwingen *B*, zwingen
BDab, zwingen die m. *C*. mussen vns *B*. antworten und
fehlt B, anttwurtten *C*, auffantwurtten. 15. und
aufgeben *fehlt D*, auffgeben vnd antwurten *B*. und *fehlt*
BD. wildwiss *B*, bilwisz *Cb*, pildtweisen *D*. zaubrerin
BC. kunnen *Cab*. mügent *D*. 16. beleyben *Db*. So *B*.
nicht *ab*. rütten *B*. auff den tyeren *D*. vnd *fehlt Cb*. 17.
vnd das *bis* bocken *fehlt D*. böcken *BC*. ertzet *C*. 18.
lengern *C*, lengernt müsset *D*. worz *B*.

kraut, salben und allerlei apotekenpulver konnen sie nicht
gehelfen. Solten wir allein den zweifaltern und den
hewschrecken rechnung tun umbe ir geslecht? An der
rechnunge wurden sie nit benugen. Oder solten wir durch
aufsatzes, durch liebes oder durch leides willen die leute
lassen [Z. 5] leben? Aller der welte keisertum weren unser,
alle konig hetten ire kronen auf unser haupt gesetzt, ire
zepter in unser hant geantwurt; des babstes stule mit seiner
dreigekronten infel wer wir nun gewaltig. Lasz sten dein
fluchen, sage nit von Papenfels[10] newe mere, hawe nit uber
[Z. 10] dich, so reren dir die spen nicht in die augen!

Des ackermans widerrede. Das sibent capitel.

Kunde ich gefluchen, kunde ich geschelten, kund ich euch verpfeien das euch wirsch wurde: das hett ir snodlichen wol an mir verdienet, wann nach grossen laide grosse [Z. 15] clage sol volgen. Unmenschlich tet ich, das ich sollich loblich gottes gabe, die niemant dann gott allein geben

1. vnd salben C. appategken C, aptecken a. pulperei ab. han Cab. 2. mügen D. beschirmen D. O solt Cab. feynfaltern D. haüschrecken A, hewschreckelm C, hewschrickeln D. 3. umb ir geschlett r. tun D. 4. genugen Cb. O solten ABb, vnd s. a, O solt C. 5. auffsätze D. oder d. A. liebe B, lieb Cb. durch fehlt Db. lewtt C. 6. aller fehlt C. werlte. keiserthum a. wer BD. nun vnser BCDb, vnser aigen C, inn vnser handt D. alle die k. ab. 7. hattn D. kron Cab. gesatzt ab. 8. geantwort A. auch der babst Cab. mit fehlt a. 9. mit den dreye seiner gekrontten C. drî Bab. kromer A, gekrönter Ba, gekrötten Infeln D, kronten ab. wern C. stůn B, stan b. 10. sag Cab. pfapofels B, pappafels C, papellfels ab. nit vnmüglich n. m. D. nuiwe B. haw C. 11. rueren B. reysen Cab, vallent D. vnder die B, kain spen in die ougen D.
12. des clagers w. Cab. Cappittulum septimum A. das VII. Cappitel b. 13. Konde A. so auch im Nächstfolgenden. geflüchen B. geschelten D. schelten C. gefluchen D. 14. verspien B, verpfeyben D. wiers B. das euch wirsch wurde fehlt Ca. wurden AB, würdt D, d. e. wee vnd vbel

geschee *b*. hetten *B*. 15. schultlichen *B*, schnödigklich *D*.
wol *fehlt C*. an mir wol *D*. verdyenet an mir *B*. dann *D*.
grossem *D*. 16. laid soll gr. k. volgen *C*, l. pillich gr. c.
volgen soll *D*. das ich *fehlt AB*. 17. loblich *fehlt C*. g.
clage *A*. gotzgab *Cb*. nyeman wann *C*. allein *fehlt B*.

mag, nicht beweinte. Zwar trauren sol ich immer.
Empflogen ist mir mein erenreicher valke, mein
tugenthaftige fraw.[11] Billichen clage ich: wann sie was edel
der geburt, reich der eren frucht und uber alle ir gespilen
gewachsen person, warhaftig und zuchtig der wort, keusch
des leibes, [Z. 5] guter und frolicher mitwonung. Ich sweig,
als mer ich bin zu swach, alle ir ere unde tugent, die gott
selber ir het mitgeteilt, zu volsagen. Herre Tot, ir wist es
selber. Umb sollich gross herzeleit solt ich euch mit recht zu
suchen. Werlich were icht gutes an euch, es solt euch selber
erparmen. [Z. 10] Ich wil keren von euch, nicht gutes sagen,
mit allem meinen vermugen wil ich euch ewig widerstreben:
alle gottes zirung sol mir beistendig wesen wider euch zu
wurken! Euch neit alles das do ist in himmel, auf erden und
in der helle! [Z. 15]

Des todes widerrede. Das achtet capitel.

Des himels tron den guten geisten, der helle grunt den bösen, irdische lant hat gott uns zu erbteil geben. Dem himel fride unde lon nach tugenden, der helle pein und strafung nach sünden, der erden klos unde meres stram mit [Z. 20]

1. bewainet Ca. hatt nitt bew. D. zworre B. sol vch B. ymmer mer b. 2. ist mir empflogen A. erentreicher A. e. schatze B. tugenthafft CD. 3. frawen C. darumb clag ich pillich Cab. pillich BD. edel vnd geburt A. 4. frucht fehlt BD, fruchtig Cab. gewachsamer B, ein gewachszne Cab, gewachsner D. 5. warhafftiger vnd zuchtiger. der fehlt D. worte B. vnd kewsch C. 6. schwige B. von als mer bis Cap. viii erd wurd in zu enge fehlt b. 7. die gott bis mitgeteilt fehlt Ca, s. mit ir h. g. B, die gott ir selber mit hatt getailt D. 8. weste A. musten B. 9. sollichs B. solchs herczenleid, gross fehlt Ca. sol A, solt ich e. pillich D. anwenden D. mit recht zu suchen fehlt B. ichtz D. 10. an euch mit recht zu suchen B. 11. vnd nichts C. 12. vermögen C. ewigklich B, ewigclichen C. 13. g. geschopf sollen Ca. 14. midet B, neyde vnd hasze Ca, euch meyd D. das der B. das dawg C, das daig a. 15. vnd auf A. hellen D.
16. Cappitulum octauum A. Der todt anttwurtt aber also D. 17. thron a. abgrunt BD. 18. bosen vnd irdische lant hat vns gott CDa. gegeben D. 19. frawde D. 20. strafft D. klas A, clob D. sturme B, stravm D.

aller irer behaltung hat uns der mechtig aller weit herzog

26

befolhen den worten, das wir alle uberflüssigkeit ausreuten und ausjeten sullen. Nim für dich, tummer man, prüfe unde grab es mit sinnes grabstickel in die vernunft, so vindestu: hetten wir seit des ersten von leim gelecket mans zeit leut [Z. 5] auf erden, tiere unde würm in wüstung und in wilden heiden, schuppentragender und schupfriger visch in dem wage zuwachsung und merung nit auszgereutet: vor kleinen mucken mocht nu niemant beleiben, vor wolfen torste niemant aus, es wurde gefressen ein mensch das ander, ein tier das [Z. 10] ander, ein ieglich lebendig beschaffung die ander, wann narung wurde in gebrechen, die erde wurde in zu enge. Er ist tumm, wer do beweinet die totlichen. Lasz ab! die lebendigen mit den lebendigen, die toten mit den toten, als bis her gewesen ist.[12] Bedenk basz, du tummer, was du clagen sullest! [Z. 15]

27

Des ackermans widerrede. Das neunte capitel.

Unwiderbringlichen mein höchsten hort han ich verloren!
Sol ich nit wesen traurig und jamerig, musz ich bisz

1. irer *fehlt* D. behandelung *a.* mechtig Gott C. 2.
enworten A, darumb C, in den wortten D, entwortten
a. u. vmb vns erwinden vszrütten B. 3. sullent A, söllen
BD, sollen C. fir d. B ... fe unde *beschädigt* A. 4. gräbs. A.
es *fehlt* BCDa. seines A. 5. het wir A. hettn *BCa.* am
ersten A, dir ersten C, seyd des e. D. von desz laymen
gemachtten *Ca,* von leim gelecket *fehlt* D. die leut D. 6.
in den wustungen *Ca,* wessunge B. sch. zagender A. 7.
schüeptragen. vnd *fehlt* C. schlupfender B, slupfriger C,
schüeppig D. wasser *Ca,* wagen D. 8. zuwaschung A,
zuwachnusz *Ca.* zumerung D. nicht *a.* von B. mügklein
Ca. 9. nyematz D. beleiben *fehlt* A. torfft A, gedörst D.
nun n. B. auszgen D. 10. wurde auch C. fressen BCD.
ein menschen B, ein mensch *bis* ander *fehlt* C. 11. ander
fehlt B. ein tier das ander *steht nach* ein ieglich l ... ander
D. das ander *fehlt* B. iglich *a.* behawsung A, behafung
B. 12. die narung B, der n. C. wurd *Ca.* zergon. die erde
bis enge *fehlt* D. erden C. 13. ein tumm B. der da *CDab.*
weinet. totten D. 14. mit den lebendigen *fehlt* Ab. als es
A. vntz *BCab.* 15. ist gewesen B. basz *fehlt* dumer A. was
B. sollest B.
16. des clagers widerrede *Cab.* cappittulum nonum A.
der Ackerman spricht D. 17. Unwiderbringlicher AB.
höchster A. hab *a.* 17. vnd iamerig *fehlt Ca.* t. wann ich

musz *Cab*. tr. Ja jam. *D*. 18. ich *fehlt C*. ich bisz *fehlt ab*,
ich volharren bisz *D*.

an mein ende harren, entweret aller freuden? Der milte gott,
der mechtige her gerech mich an euch argen trauermacher!
Enteigent hapt ir mich aller wunnen, beraubt lieber lebtag,
enpfreit micheler eren. Het ich für die gut, die rein, du herre,
engelt[13] mit iren kinden in reinen, vesten [Z. 5] gevallen!
Tot ist die henne die do auszzog sollich hüner. Ach gott,
gewaltiger herre! wie lieb sach ich mir, wann sie so
zuchtigcliches ganges pflag und aller eren, und sie
menschlichs geslechte do lieblich ansehend sprach: danck,
lob und ere habe die zart; ir unde iren nestlingen[14] genne
[Z. 10] gott alles gutes. Kund ich darumb gott wol
gedanken, werlich ich tet es billichen. Wellichen armen man
het er balde so reichlich begabet? Man rede, was man wolle:
wen gott mit einem reinen, schonen und zuchtigen weibe
begabet, die gabe heisset gabe vor aller irdischer
auszwendiger [Z. 15] gabe. O aller gewaltigster himelgrave,
wie wol ist dem geschechen, den du mit einem reinen
unvermeiligten gatten hast begattet! Frew dich ersamer man
eines reinen weibes, frewe dich reines weip ersames mannes:
gott gebe

1. harren vnd bin e. *Cab*. harren *fehlt*. gantz
entpfremdet. froden *D*. d. miltig *D*. rech *D*. 2. armen t.
A. trawenmacher *D*. 3. geaigent. habent *B*. 4. ensprent
A, entspenet *B*, empfremdt *Cab*, entsprenget *D*. m. eren
Micheler *AB*. *von* Het ich *bis* gevallen *fehlt Cab*. von *A*,
für *fehlt D*. 5. die güte die Raine die herre Sie wandlett
mit Iren künden in *D*. reinen *fehlt D*. 6. auszgezogen
hat *A*, vszzuge *C*, auszheckte *D*. höner *B*, solch hennen
C, hündlein *D*. 7. der got *AB*. Ach *fehlt C*. wie gar lieb
geschach *D*. ich *fehlt D*. wenn *Cab*. 8. züchtiges
erentreyches *D*. gangs *fehlt C*. gundes pf. *D*. alle ere *A*.
vnd alle ere *fehlt D*. 9. darumb die menschen sie lieplich
ansahen vnd sprachen *Cab*. vnd sie doch m.
geschlächtes was mit lieblichen sähen vnd sprechen *D*.
sechent sprechen *B*. dancke *A*. 10. zart vndermailigt
Cab. ir unde *bis* genne *fehlt CDab*. vestling *A*. vestlingen
grune *B*. 11. guten *D*. ich got darumb *Cb*. darumb *bis*

ich tett *fehlt* D. dancken C. 12. man *fehlt* B. h. es A. 13. so pald C, s. rilich B. redet A, red C, rad D. welle B. 14. schonen und *fehlt* B, zuchttigen vnd schonen C, zuchtigen Schönen *Dab*. 15. gobe B. gabe vnd ist *Cab*, die gab ubertrifft alle auszwendige vnd yrdische gaube D. auszwendiger irdischer B. 16. gewaltigist *Cb*, gewaltiger D. 17. gescheen A. unvrmeyligen A, vnvermaligten gartten C. geton B, weib h. D. 18. begarttet C, vergattet D. deines *b*. 19. *für* weip: deines *a*. w. deines rainen m. C.

euch frewde beiden! Was weisz davon ein tummer, der ausz diesem jungprunnen nit hat getrunken? Allein mir zwenglich hertzelait ist geschechen, dannoch danke ich gott innigclich, das ich die unverruckten tochter han erkannt. Dir, böser Tot, aller leute veint, sei gott ewigclichen gehessig! [Z. 5]

Des todes widerrede. Das zehent capitel.

Du hast nit ausz der weiszheit brunnen getrunken: das bruf ich an deinen worten. In der natur gewurken hastu nit gesehen, in die mischung weltlicher schanden [Z. 10] hastu nit geluget, in irdische wandlung hastu nit gegutzt. Ein unverstendig wolf bistu. Merke, wie die lustigen rosen und die starkriechen lilien in dem garten, wie die kreftigen wurtze, die lustgebenden blumen in den auwen, wie die vestenden stein und die hochgewachsen paum in wilden [Z. 15] gefilde, wie die krafthaben und die starkwaltigen leben in entrischen[15] wustungen, wie die hochgewachsen starken recken, behenden, abenteurlichen, hochgelarten unde allerlei meisterschaft wol vermugenden leute und wie alle irdische creature, wie kunstig, wie lustig, wie stark sie sein, wie [Z. 20]

1. euch baiden gantze freude D. waist B. tommer B. 2. nie h. BCab. 3. zwanglicher (twanglicher ub.) gewalt vnd Cab. wie wol mir nu zw. h. D. gescheen A, beschehen D. ich das gott D. 4. unvrdruckten A, unverruckt D. hab Cab. 5. Sihe b. A, Seher b. B. Du b. C. sein A, sind B, dir sey Cb, seytt D.
7. cappittulum decimum A. vnd das X Capittel Cb. der todt sprichtt D. 8. bronnen B. 9. brieff B, pruff Ca, prüff D. worten hastu nit gesehen in der Nattur wurcken Cab. n. wurcken D. w. das brueff ich an deinen Worten C. 10. hastu nicht gelugt in die vermischung werntlicher Cab. vermischung D. werentlich B. schande Cab. 11. verwandlung Cab, verwanlung D. hastu nit gegutzt fehlt ab, n. gesynnet D. 12. rosen veyel vnd D.

31

13. liligen *Cab.* in dem anger *D.* krefftig *C.* kreftigen *fehlt*
D. wurtzen der l. *D.* 14. in den auwen *fehlt D.* vest
steenden *b.* v. sein *C.* vnd *fehlt D.* 15. pöm *B.* 16. kraft
habenden vnd starckgewaltigen leen *D.* st. lleowen *B,*
starkhafften leowen *C.* in der wüstung *D.* 17.
hochmächtigen *D,* hochgewachsen *fehlt a.* starcken *fehlt*
B. 18. behenter *B.* abentewrlich *AB.* hochgelerten *BCD.*
19. allerlei wol mugende meisterschafft lewtt *C.*
vermugend *a.* 20. creatuer *AB,* creaturen *D.* kunfftig *AB.*
sie sind *BD.*

lang sie sich enthalten, wie lang sie es treiben, müssen zu
nichte werden allenthalben. Und wann nu alle
menschgeslechte, die gewesen sein oder noch werden,
mussen von wesen zu nichte wesen kommen, wes solt die
gelobte, die du beweinest, genissen, das ir nicht gescheche
als andern [Z. 5] allen und allen andern als ir? Du selber
wirdest uns nit entrinnen, wie wenig du des ietzund
getrawest. Alle hernach! musz ewer iglicher sprechen. Dein
clage ist entwicht, sie hilfet dich nit, sie get ausz tauben
sinnen.

Des ackermans widerrede. Das eilft capitel.

Gott, der mein und ewer gewaltig ist, getrawe ich [Z. 11] wol, er werde mich vor euch beschirmen unde umb die vorgenante ubeltat, die ir an mir begangen hapt, strengeclich an euch gerechen. Gaukelweis tragt ir mir vor, unter valsch tragt ir mir ein, unde wolt mir mein ungehewer sinnenleit, [Z. 15] vernunftleit unde herzeleit ausz den augen, ausz den sinnen, ausz dem mute slahen. Ir schaffent nit: wann mich rewet mein serig verlust, die ich nimmer widerpringen mag. Fur alle we unde ungemach mein heilsam erzenei, gottes dienerin,

1. enthaltendt *D*. 2. vor *a*. *A*, allenthalben *fehlt Cab*, müssent allenthalben z. *D*. vnd so nu alles *Cab*. 3. menschliche g. *BCD*. sind *C*. müssen zu nichte werden v. *C*. 4. s. dann *D*. gelubde *A*, globte *B*. d. clagest *D*. 5. icht *a*. geschee *A*, nit beschach *D*. als den a. *C*. 6. allen und allen andern *fehlt B*. vnd andern allen *C*. wurst *C*, machtt vns *D*, wirst *a*. 7. es *D*. yetzunder *C*. musz *fehlt B*. 8. ieglich *C*. entwicket *B*, ennicht *D*. 9. toben *BD*. 10. *D*. clagers w. vnd (vnd *fehlt ab*.) das XI Capitel *Cab*. cappittulum vndecimum *A*. Der Ackerman spricht aber zu dem tode also *D*. 11. der ewer vnd mein *D*. dem getrawe i. w. *C*. werd *D*. 12. behütten *D*. vmb *fehlt D*. 13. vorgüten *A*, vorgemeldt *D*. habent *B*. strencklich *C*. gerochen *C*, rechen *CD*. r. sol werden *B*. gauggelweyse treybt *D*. 14. vor *fehlt Ca*. vndr v. t. mit *A*. vndr valschait mischt ir mir ein *Cab*, vnd valsch tragent ir mir engegen vnd wöllent *D*. vnde wolt mir mein *fehlt C*. 15. sinnenleit v. unde *fehlt Cab*, vngehewres synnleyt

33

hertzlait v. vernunftbait *D*. 16. ausz dem hertzen augen
vnd den synnen schalten *D*. ausz den sinnen *fehlt b*. 17.
munt *A*. schaffet *CD*. nichts *D*. 18. verferig *A*. den *D*.
nymmermer *a*. mag Sie was f. alles *Cab*. 19. alles *D*.
ungemach was sie mein *D*. artzetum *B*.

meins willen pflegerin, meins leibes auszwarterin, meiner
und irer eren teglich und nechtlich wachterin was sie
unverdrossen. Was ir empfolhen wart, das wart von ir ganz
rein und unversert volbracht, oft mit merung. Masz sorge
und bescheidenheit wonten stet an irem hofe, die scham [Z.
5] trug sie stetigclichen, der eren spigel vor iren augen, gott
was ir gunstiger hanthaber. Er was auch mir gunstig unde
genedig durch iren willen. Das het sie an gott erworben und
verdienet die reine hauszere. Lon und genedigen solt gibt ir
der milte loner aller trewen soldner. Allerreichster [Z. 10]
herre! tu ir genedig, wann ich ir nicht bessers kan
gewunschen. Ach, ach, ach! unverschampter morder, her
Tot, boser lasterbalk! der zuchtiger[16] sei ewer richter und
bind euch sprechend vor mir in sein wigen![17]

Des todes widerrede. Das zwelft capitel.

Kundestu recht messen, wegen, zelen oder tichten ausz [Z. 16] ödem kopf, listu nicht solliche rede. Du fluchest und bittest

1. meins ires w. *A*. vffwerterin vnd *B*. meiner eren. 2. vnd *fehlt A*. meiner veyrtaglich vnd werckteglich *C*. und irer eren fehlt *C*. irer vnd meiner eren *D*, teglichen *A*. warterinn *B*. 3. darzu was *D*, sie was *b*. entpfolhen *D*, beuolhen *b*. das *fehlt*. wart ganz von ir *C*. 4. e. w. volbracht sie *D*. volbracht *fehlt ABCa*, volczogen *b*. oft mit merung *fehlt D*, merung vnd masz *Cab*. sorg scham vnd b. *D*. 5. die wonten *Cab*, waren Stetts *D*. die Scham *fehlt D*. 6. trug sie *fehlt D*. stettigs trůg sie d. *D*. von i. *AB*. got der w. *B*. 7. hantheber *AB*, hawpthaber *Cab*. 8. gnädig vmb iren *D*. heyl seld vnd glucke stunden mir bey durch iren willen Das ... *A*. 9. hatt sie als, die reine hausere *D*. als vmb got *B*, vmb gott *Cab*. 10. gcb ir *Cab*, gab *D*. m. gott *C*, lonherr *D*. trurens. *B*. Allerhochster *A*. ich bitt dich seyest (sey *a*, *fehlt b*.) 11. ir genedig (gen. zu sein *b*.) *Cab*. bessers fehlt *AB*. ir anders nit mere *D*. 12. gewünschen kan *D*. vnuerschantter *C*. 13. bœser *CD*. d. tewffel sey *Cab*. z. werd zu allen zeittenn ewer strennger richter *D*. 14. bitt euch herttreich *B*, hertiglich *ab*. vor im (mir *ab*.) in sein geuänknuss *Cab*. *Von* und bind euch *bis Schluss fehlt D*.
15. Cappittulum duodecimum *A*. vnd (vnd *fehlt b*.) das XII Cappitel *Cb*. Der todt antwurtt dem Ackerman aber auff sein rede also *D*. 16. Kanstu *C*, Kundest du *Db*. 17. kropffe *D*. hestu n. *C*, liesest du *D*, lestu *b*. solch *C*,

sulch *a*. v. bist *C*, vilst *a*.

unbescheidenlich unde on notdurft. Was taug sollich eslerei?
Wir haben vor gesprochen: kunstreich, edel, erhaft,
fruchtig, ertig, und alles, was lebet, musz von unser hende
abwendig werden. Dannoch claffestu unde sprichest, alles
dein glucke sei an deinem reinen frumen weibe gelegen. Sol
nach [Z. 5] deiner meinung gluck an weiben ligen, so
wollen wir dir wol raten, das du bei glucke beleibest. Wart
newr, das es nit zu ungelucke gerate! Sage uns, do du am
ersten dein loblich weip namest, vandestu sie frum oder
machtestu sie frum? Hastu sie frumme gefunden, so such
vernunftigclichen: [Z. 10] du vindest noch vil reiner
frummer frauwen auf dem ertereich, der dir eine zu der ee
werden mag. Hastu sie aber frum gemachet, so frewe dich:
du bist der lebendige meister, der noch ein frummes weip
geziehen unde gemachen kan. Ich sage dir aber ander mere:
ie mer dir [Z. 15] liebes wirt, ie mer dir leides widerfert.
Hettestu dich vor liebes uberhaben, so werestu nun leides
vertragen. Ie grosser lieb zu bekennen, ie grosser leit zu
emperen lieb. Weip, kint, schatz und alles irdisch gut musz
etwas freuden am anfang und mer leides am ende bringen.
Alle [Z. 20] irdische lieb musz zu leide werden: leit ist liebes
ende,

1.   vnuerschickenlich   *AB*,   vnuerschaidenlich   *D*,
vnuernunfftiglich *Cab*. unde *fehlt C*. on (on *fehlt b*.) alle
n. *Cab*. notdorfft *AC*. tugett *B*. Esellerej *C*, eselgeschrai *b*.
s. tading *D*. 2. kunstreich edel *CDb*. 3. frayding *B*.
werttig fruchtig erhafftig *D*. w. belebent ist *B*. das da
lebt *D*. vnsern henden abhendig *C*. v. vns andächtig
werden *D*. 4. wern *a*. vnd dannoch *C*. sprichst alle deine
gluck *Ca*. 5. reinen *fehlt C*, reinen keuschen f. *D*. Sol nu
n. deinen worttn *D*. 6. wellen *B*, woll *Ca*, wöllen *D*. 7.
das du allwegen *Ca*. gluck pleibst *C*. war *a*. 8. zu dem
ersten *Cab*. sage an da du *D*. 9. liebe husfraw nemest *B*.
nempte *D*. vindestu *B*, fundest du *D*. 10. from oder
machestu *A*. fundenn *D*. suech *B*. v. oder
vnuernunfftigclichen *Ab*, v. oder vernunfftigclich *C*. 11.
noch wol *B*. reiner *fehlt Ca*. r. vnd fr. vf der erden *B*. 12.
auff erden *CDb*. dir wol aine *D*. 13. lebentig *Ca*, lebende
D. 14. frum w. vnd frawen *C*. pyders w. wol ziehen *D*.

15. vnde gemachen *fehlt* C. machen *a.* sag *CD.* 16 l. wirt
vn w. *B.* hestu *Ba.* v. lieb *C,* liebs *C.* nun *fehlt Da.* leides
fehlt B. nachgendes l. *D.* 17. überhaben *B,* entladen
CDab. 18. zu emperen *Cab.* empor *B.* bekennen *Cab.* 19.
liebe *D,* leib *ab.* wybe kinde *B.* u. als *B.* 20. annefang *B.*
mer *fehlt D.* 21. an dem: i. ding vnd lieb *A.* 21. zukiessen
l. *a.* werden *fehlt B.*

der freuden ende ist trauren, nach lust unlust musz
kommen, willens ende ist unwillen. Zu sollichen ende laufen
alle lebendige ding. Lerne es basz, willtu von klukheit
clagen!

Des ackermans widerrede. Das dreizehent capitel.

Nach schaden volget spotten.[18] Das empfindent die betrubten [Z. 6] wol. Also geschicht von euch mir beschedigtem manne. Liebes entspent, leides gewent hapt ir mich. Als lang gott will, musz ich es von euch leiden. Wie stumpf ich bin, wie wenig ich han zu sinnenreichen meistern weiszheit [Z. 10] gezucket: dannoch weisz ich wol das ir meiner eren rauber, meiner freuden diep, meiner guten leptag steler, meiner wunnen vernichter und alles des, das mir wunsam leben gemacht unde geliebt hat, zurstorer seit. Wes sol ich mich nu freuen? wo sol ich nu trost suchen? wohin sol ich [Z. 15] nu zuflucht han? wo sol ich heil stet finden? wo sol ich trewen rat holen? Hin ist hin! Alle mein freude ist mir ee der zeit verswunden, zu frue ist sie mir entwüschet, alzu schire hapt ir mir sie entzucket, die getrewen, die gehewren:

1. nach d. *A.* (*in der Hs. überschrieben*). ende *fehlt A.* ruwen ist *B.* trawren ist *Cab.* verlust *A.* 2. endt *D.* solchem *C.* loffen *B*, lauffend *D.* 3. lere *A*, Betracht *D.* e. wasz sit du von kluck wilt klagen *B*, e. b. wilt du klugheit sagen *D.* 4. gatzen *Cab.*
5. Des clagers w. vnd das XIII c. *C.* cappittulum tredecimum *A.* Der Ackerman spricht aber zum tode also *D.* 6. empfinden woll *C.* 7. wol *fehlt CDa.* beschicht *D.* beschedigten *A.* 8. man *Cb.* liebens *B*, liebes *bis* hapt *fehlt D.* entspenst *C.* Also *B.* 9. schompff *B.* 10. vnd nicht gesetzt bin zu sinnen (sin *ab*) hon *BCab.* Reichen hohen

38

m. *Cab.* reiches maysters gezucket *D.* weiszheit gezucket *fehlt Cab.* 11. gezocket so w. *A.* Darnach weisz i. *Ca.* des] so *D.* 13. lustsamen *D.* 14. gelubt *A,* leben gelupt vnd gemacht hat *Cab.* ein zerstorer *Cab,* zerstörtt sind wo s. *D.* 15. dann f. *B.* wa *C.* nu *fehlt CD.* wa *D.* 16. nu *fehlt CD.* haben a. wa *D.* heilstet *C.* suchen vnd f. *b.* 17. wa s. i. getrawen *D.* r. haben *C.* r. raichen. h. ist dahin *D.* mein *fehlt:* freud ist mir vnd meinen kinden *Cab.* 18. ee der zeit *fehlt Cab,* ee die z. *D.* zu früe *B,* frü *D.* sie vnns *Ca.* entwüschtt *D.* 19. schier *BCD.* h. sie mir *B,* ir sie vnns *Cab.* gezucket (enz. *a*) d. trewen *Ca.*

wann ir mich zu witwar und meine kinder zu weisen so ungenedigclich hapt gemachet. Ellende, allein unde leides vol beleibe ich von euch unergetzet. Besserung konde mir von euch nach grosser missetat noch nie widerfaren. Wie ist dem, herre Tot, aller e brecher? An euch kan niemant [Z. 5] nit gutes verdienen. Nach untat wolt ir niemant genug tun, niemant wollt ir ergetzen. Ich brufe: barmherzigkeit wont bei euch nit. Fluchens seit ir gewont, genadenlosz seit ir an allen orten. Solliche gutet, die ir beweist an den leuten, solliche genade, so die leut von euch empfahen, [Z. 10] sollich lon, so ir den leuten gebt, sollich ende, so ir den leuten tut, schicke euch, der des tods und lebens gewaltig ist! Furst himelischer massenie, ergetze mich ungeheuers verlusts, michels schadens, unseligs trubsals unde iemerliches waffentums! Do bei gerich mich an dem ertzschalke, [Z. 15] dem Tot, gott aller untat gerecher!

39

Des todes widerrede. Das vierzehent capitel.

An nutz geredt, als mer geswigen: wann nach torlicher rede krieg, nach krieg veintschaft, nach veintschaft

1. ir *fehlt B*. ich *a*, nun mich *B*. m. ainig zu wittwan *D*. kyndt *D*. kind zu wessen *B*. 2. h. ir g. *A*. ellend *C*. vol *fehlt C*. 3. beleib ich wol *C*. vngebessert *A*. Bess. von euch *D*. bekonnde *A*, bekunde *B*, kunde *D*. 4. noch g. *A*. 5. den *a*. Tot *fehlt D*. eren precher *BD*. yemant *B*. 6. ichtz *Bab*, nichtz *C*. v. noch finden wolt *BD*. woltent ir niemants *C*. genug t. *bis* w. ir *fehlt b*. 7. thun *a*. wellt *B*. vbels wolt ir nyemandts ergetzenn *Ca*. niemant w. ir *fehlt*. noch erg. *D*. pruff das b. *Cab*. prüffe *D*. 8. wone *B*. bei ew nicht wonet (wonett *fehlt a*) *Cab*. wonet nicht bei euch *D*. Newr fl. *Cab*. 9. guetthait *B*. güttend *C*, guttatt *D*. bewessen *B*. beweisent *CD*. 10. solch die die *C*. empfahent *D*. 11. als ir *C*. gebent *B*, gebnt *D*. e. als *Cab*. 12. tu *A*, tündtt *D*. schichent tut e. *B*. schick vnd send e. der da *D*, der, der desz *C*. lebendigs *AB*. 13. massanen *A*, massn *B*, geschopff *C*, massenie *fehlt ab*. 14. vngehewren *C*. vnseliger *a*. 15. waffenthubs *C*, woffentums *b*. bei *fehlt B*. dabei *C*. geruch *D*. dem *fehlt A*. 16. den t. *D*. misstat g. vnd vertilger *A*, gerechter *B*, rechnen *D*.
17. cappittulum decimum quartum *A*, das XIIII Capittel *Cb*, Der todt geytt antwurtt auf des ackermans rede *D*. 18. A. nutze *D*. wann törlich geredt *AB*, nach torlicher rede k. *fehlt D*. 19. krieg *fehlt AB*. nach veintschaft *fehlt*

unruwe, nach unruwe serung, nach serung wetag, nach wetag afterrew musz iedem verwarren man begeinen. Krieges mutestu uns an. Du clagst wie wir leit haben getan an deiner zumal lieben frauwen. Ir ist gutlich und genedigclich geschehen. Bei frolicher jugent, bei stolzen leibe, in besten [Z. 5] leptagen, in besten wirden, an bester zeit, mit ungekrenkten eren haben wir sie in unser gnad empfangen. Das haben gelobt, das haben begert alle weissagen, wann sie sprachen: am besten zu sterben, wan am besten zu leben. Er ist nit wol gestorben, wer sterbens hat begert. Er hat zu lange [Z. 10] gelebt, wer uns umb sterben hat angerufet. We und ungemach im, wer mit alters burde wirt uberladen! bei allem reichtum musz er arm wesen. Des jares, do die himelfart offen was, an des himels torwarters kettenfeirtag, do man zalt vom anfang der welt sechs tausent funf hundert neun [Z. 15] und neuntzig jare, bei kindes geburt die seligen martrin hiesz wir raumen das kurtz schonende ellende auf die meinung, das sie solt zu gottes erbe in ewige freude, in immer werendes leben und zu unendiger ruwe nach gutem verdinen genedigclich komen. Wie hessig du uns bist, wir [Z. 20]

1. unreuwe *beidemal A,* unruge *B.* nach unruwe *fehlt D.* unr. affterrew s. *A.* ferung *beidemal B.* 2. idem *a.* verwerren *B,* verworren *Ca,* verwornen *D.* beginen *B,* begegnen *C.* 3. muttustu *C.* vns zu *D.* wir dir grosz laide *Cab.* gethan *a.* begangen an *D.* 4. zumal *fehlt D.* liepstenn *Cab.* hausfrauwen *a.* 5. gescheen *A,* beschehen *D.* jugent mit *Cb.* 6. leptag *A.* an pesten *D.* 7. in grossen eren em Pfangen *A.* des *Cb,* der *a.* 8. haben gelobt das *fehlt Cab.* begerett all *C.* sprachent *AD.* Es ist pesser am b. z. st. dann a. b. begeren zu loben *Cab,* 9. pesser wesen am besten leben ze sterben dann am pestenn leben zü lebendt *D.* 10. ist auch n. *Ca.* g. der sterben *CDa.* begert ee seinen Rechten zeiten *Cab.* 11. wann er hat zu. wee vnd vngemach ym der uns *D.* rüffte *D.* we und ungemach im *fehlt jetzt D.* 12. wann er ist mit *D.* purdin *C.* wurt *C.* 13. reichtumb *C,* aller Reychtung *D.* 14. war *A.* an des h. *bis* feirtag *fehlt D.* torwertels *Ba,* terbertls *C.* kettenfurtag *B.* vnd man z. *D.* 15.

sechstausend fünf hundert vnd Newnwndtzwanzig jar
Ca. 16. purt: die *fehlt* saligen marttrerin *C.* 17. hissent
wir die s. *D.* mertrinn *B.* ditzs *D,* disz *a.* schomende *B,*
kurcz schonende *fehlt C,* scheynende *D.* 18. solten *b,* solt
fehlt C. erbe *fehlt D.* ewiger (*so auch a*) frovnd *C.* 19.
vnendendiger *C.* rewe *A,* wunne *D.* 20. kumen *ab.* we
hessig *B,* gehessig *Cab.* woll wir doch dir *Ca.*

wollen dir wunschen und gunnen das dein sele mit der iren
dort in himlischer wonung, dein leip mit dem iren alhie in
der erden gruft wesen solten. Bürge wollen wir werden, ir
gutat wurdestu genissen. Sweig, enthalt! Als wenig du
kanst der sunnen ir licht, dem mon sein kelte, dem fewr [Z.
5] sein hitze, dem wasser sein ness benemen, also wenig
kanstu uns unser macht berauben!

Des ackermans widerrede. Das funfzehent capitel.

Beschonter auszrede bedarf wol schuldiger man. Also tut ir auch. Suss und sauer, lind und hert, gutig und [Z. 10] scharpf pflegt ir euch zu beweisen den, die ir meint zu betriegen. Des ist an mir schein worden. Wie ser ir euch beschonet, doch weiss ich, das ich der erenvollen und schonen von ewer swinden ungenade wegen kummerlich emberen musz. Auch weisz ich wol, das solliches gewaltes [Z. 15] sunder gottes und ewer niemant ist gewaltig. So bin ich von gott also nicht gepflaget: wann het ich miszgefarn gen gott, als leider dick geschehen ist, das het er an mir

1. wüschen und günden *B*, gonnen *A*, günnen *D*. in der i. *Cab*. 2. in himelischer *bis* m. dem iren *fehlt*; *dafür*: dort pin pin pin allhie *B*. iren pein alhie under *A*. 3. werden s. *A*. purg *Cb*. wolt *B*. wir dir w. irer g. *Ca*. 4. genyessen sweig vnde e. *A*, enthalt dich *C*. 5. sonnen *A*, synnen *D*. manne *a*. mon sein schein *D*. 6. hitze oder dem w. *BCa*. 6. netze benemen mag *B*. 7. magstu *D*. *In A findet sich noch*: Des ackermanns widerrede.
8. des clagers w. (*so auch a*) das XV. Cappittell *Cb*, cappittulum Quindecimum *A*. Der Acker setzt aber sein rede gen dem tode als vor vnd des mere *D*. 9. Beschayder *D*. red *Cab*. b. man woll *C*. als *B*. 10. ir euch süsz *C*. süss rede *D*. lind u. hert *fehlt C*, hart *D*. und *fehlt Ab*. 11. so pf. *D*, pflegent ir och *B*, ir Recht *C*. beweisen wann die *A*, den ir *B*, gegen den die *Cab*, gegen denen ir *D*. 12. betringent *A*, betzwingen *Cab*. datz *B*, das *D*. wol

schein *Cb*. ser ich e. *Ab*, ir *fehlt B*. 13. eren wol *B*,
erentreichen *Cab*. *für* und *haben* durch *ACab*. 14. sch.
vnd *a*. geschwinden *D*. bekumerlich *C*. 15. solichs *Da*.
solchen gewalts allein gott vnd ir vnd (vnd *fehlt b*)
sunst nyemants *Cab*. 16. sunder gott vnde ewer *AB*. g.
vnd ir niemant gewaltig ist *D*. gewaltigt *AB*. 17.
pflichtig *A*, also hertt nicht geplagt als (von *b*) euch
Cab, got nit also geplaget *D*. nichtz gewart *B*,
missgewartt *Cab*, miszfallen gegen *D*. 18. offt *Cb*.
beschehen *D*.

gerochen, oder es het mir widerbracht die wandelsane. Ir seit
der ubelteter. Hirumbe west ich gern, wer ir wert, war zu ir
tuchtig wert, das ir so vil gewaltes hapt, unde an entsagen
mich also gefordert, meinen wunnreichen anger geödet,
meinen starken turen untergraben vnd gefellet hapt. [Z. 5]
Ei gott! aller betrubten hertzen troster, trost mich und
ergetze mich armen, betrubten, ellenden, selbsitzenden man!
Gib, her, pflag, tu widerwertegclich und vertilge den
greulichen tot, der dein und unser aller veint ist! Herre, in
deiner   wurkunge   ist   nichts   greulichers,   nichts
scheutzlichers, [Z. 10] nichts herbers, nichts unrechters,
dann der tot! Er betrub und verruret dir alle dein irdisch
herschaft. E das tuchtig, dann das untuchtig nimpt er hin.
Schedlich, alt, siech, unnutze leut lest er oft allhie, die guten
und nutzen zuckt er hin alle. Richt, her, recht uber den
valschen richter! [Z. 15]

1. es hat *B*. widergebracht *C*, mir versönet *D*.
wandelsfrei ir. seit allein *Cab*. wandelsâne Rein ir *D*. 2.
herumbe *B*, darvmbe *CDab*. wist *B*. geren von wan ir
wertt vnd zu wem ir doch duchtig *C*. 3. was ir wert wo
ir doch wert von wann (*usw. wie C*) *ab*. war zu ir tuchtig
wert *fehlt B*, war zu ir nutz werent *D*. dar ir *b*. alsouil *B*.
gewalt *Ab*. vnde *fehlt*. 4. on alles entsagen *C*, one
absagen *D*. also vbel vngefordert *Cab*. also beschädiget
mein wunnenreicher *D*. nemen w. *C*. 5. geödt *A*, göddett
B, also geödett *C*. mier *B*, meiner *C*. dorn *B*. also
untergraben vnd zerstöret *D*. 6. *von* vnd gefellet *bis*
troster *fehlt B*. mich *fehlt CDa*. 7. selbsigennden *C*. 8.
plag *CDb*, vlag *a*. widervortenleg *A*, vnderwerteling *B*,
pflag vnd widergilt *Cab*, der widerwärtigklich *D*. 9. w.

44

an klemnisz *AB*. grüntlichen *B*. aller vnser *A*, aller welt
D. veint stetz *B*. *von* herre *bis* ist *fehlt A*. 10. vrewlichers
A, grülichers *BD*, grewlich *Cab*. schützlicher *B*,
schewtlichers *C*. 11. herwers vn vnuerrürtt *B*, h. noch
bitters nichts vngerechters *Cab*, hetters und nit
vngerechters *D*. *von* dann der *bis* verruret *fehlt B*. 12.
verwüettet *C*, zerfüret *D*, zuruttet *b*. allein d. *A*. ee *ABC*.
ee zeit wann das nutzliche *D*. duggig *C*. 13. denn d.
vndugig *C*, dann das untuchtig *fehlt D*. nipt *B*. 14. vnd
alt *A*, alt vnd *D*. vnnucz vnd (vnd *fehlt b*.) kranck lest
Ca. leut *fehlt B*. latt *D*. oft *fehlt BD*. o. hin vnd hie *C*.
zewcht *A*. 15. h. gerechter vrteyler vber *D*.

Des todes widerrede. Das sechzehent capitel.

Was bose ist, das heissen gut, was gut ist, das heissen bosz sinnlos leute. Den gleichen tustu auch. Valsches gerichtes zeihestu uns und tust uns unrecht. Das wollen wir dich unterweisen. Du fragest, wer wir sein. Wir sein gottes [Z. 5] hant, her Tot, ein rechter wurkender meder. Praun, grün, bla, gra, gel und allerlei glantzplumen und grasz hew ich fur sich nider, irs glantzes, irer kraft, irer tugend nichts geachtet. Do geneust der veiel nicht seiner schonen varbe, seines reichen ruches. Sich, das ist rechtvertigkeit! Uns [Z. 10] haben recht geteilt die Romer und die poëten: wann sie uns basz dann du bekanten. Du fragest, wer wir sein. Wir sein nichts und sein doch etwas. Deshalben nichts: wan wir weder leben, weder wesen noch gestalt noch unterstent haben, nicht geist sein, nicht sichtigclich, nit greifenlich [Z. 15] sein. Deshalben etwas: wann wir sein des lebens ende, des wesens ende, des nicht wesens anfang, ein mittel zwischen

1. Cappittulum sedecimum *A*. das XVI. Cappitel *Cb*. Der todt spricht vnd antwurt dem Ackerman aber *D*. 2. neme *ba*, nennen *Cab*, nennet *D*. heysz du g. *A*. vnd was g. *C*. nemen *B*, nenent *D*. 3. dem *A*. gleich *Ba*, gleichst du ouch *D*. valsch *B*. 4. gericht zeichst *C*, g. zu vns zeychest *D*. vnd *fehlt ABD*. tustu unrecht uns *fehlt ABD*. des *a*. wellen *B*. 5. seind *C*. 6. handtgetat *D*. tot *fehlt C*. mader *CDab*. Boom grasz bron *B*. p. rot gr. *Cb*. grüngel *D*. 7. blawe *Cb*, ploe *a*. gelb *Aab*, gelle *B*. gantz

ABCDa. vnd grasz *fehlt B.* hewt *A,* howent *B,* hawen wir *D,* hait *a.* 8. vor s. *B.* nyedert *C.* ires kr. *B.* kreffte *C.* ir *A.* vnd tugenden vngeachtet *D.* 9. So g. *AB.* viel *B.* schon *ABDb.* von noch s. *D.* 10. r. geruchs *B,* riechenden rawchs *C,* reichn geschmackes *D,* r. seiner wolschmeckenden safft Secht *Cab.* Schön wo das ist rechtuertigkeyt vnd haben recht getailt *D.* 11. uns haben recht *fehlt A,* vns hat gerechtvertiget *B,* das haben vns zu recht getailt *Cab,* peten. 12. basz erkannten du *D.* wann die *A,* dich *C.* haben erkant *Ca.* f. vnns was wir *Cb.* 13. sein, *fehlt A.* s. ettwas vnd doch nichtz *D.* vnd sein *bis* deshalben nichts *fehlt B.* doch *fehlt Cab. D.* sein wir nichts wenn *Cab.* 14. noch *fehlt D.* gestalt haben wir haben keinen gejste wir sein nicht sichtigclich *Cab.* 15. vnderschayd haben kein geist sey wir *D.* sichtig (*so auch ab.*) vnd auch nit *C.* nit sichtlich nit begryffenlich *D.* offenlichs *B.* 16. aber deszhalbenn sey wir etwas *Cab.* vnd sein doch deshalben *D.* 17. des wesens ende *fehlt D.* mitwesens *C,* mitwesens vnd mittel *a.*

in beiden. Wir sein ein geschicht, die alle leut fellt. Die grossen heunen mussent vor uns vallen; alle wesen, die leben haben, mussent verwandelt von uns werden. In hohen schulden werden wir gezigen. Du fragest, wie wir werden. Unbeschedenlich sein wir, wann man uns vand zu Rome [Z. 5] in einen tempel an einer want gemalet, als ein man auf einem ochsen sitzend, dem die augen verbunden waren.[19] Derselbe man furet ein hawen in seiner rechten hant unde ein schaufel in der linken. Domit vacht er auf dem ochsen. Gegen im slug, warf und streit ein michel menig volkes, [Z. 10] allerlei leut, igliches mensch mit seines hantwerks gezeuge. Do was auch die nunne mit deme psalter. Die slugen und wurfen den man auf dem ochsen. In unser gedechtnisz bestreit der tot unde begrub sie alle. Pitagoras gleicht uns zu eines mannes schein, der het baseliscen augen, die wanderten [Z. 15] an allen enden der welte, vor des gesichte sterben must alle lebendige creature. Du fragest, von wann wir weren. Wir sein von dem irdischen paradeise. Do tirmt uns gott unde nant uns mit unserm rechten namen, do er

1. ein gesicht *Db*. daz *b*. fellent *B*, vellet *D*. 2. herren *C*. hünen *BD*. h. die mussent *A*. vor uns *bis* verwandelt *fehlt D*. 3. haben in nichts verwandelt *C*. vor uns *A*. werden vnd in *Cab*. vnns In ser zu h. sch. w. von dir erfordertt *D*. 4. wo wir sein das wir doch so vnsichttig seyen *Cab*. 5. vnschedenlich *BD*. vnbeschedenlich sein wir *fehlt Cab*. wann du vns zu Rome *A*. w. vnser figur zu Rome *BD*. Auch (Ach *ab*) wir sagen dir das man vns vand zu Rome *Cab*. 6. an einer want *fehlt D*. gemalt was *D*. als einen *Ca*. 7. als vff einem *C,* auf einen ochsen sitzend *fehlt D*. sitzend *fehlt AB*, sitzen *Cab*. waren sytzend *A*, waren auf einem ochssen sitzende *D*. 8. derselbig *Cab*. furent *A*, furet *fehlt B*. haw *D*. vnd in der andern hande ayn *D*. 9. schauffelen *C*. in seiner (der *ab*.) lincken hand *Bab*, in der linken *fehlt D*. domit da *D*. auf dem ochsen *fehlt D*. den o. *b*. 10. warf schlug *C,* schlugen wurffen vnd straytten ein grosz *D*. mengin *B*, mengen *C*. 11. itliches *a*. nun *C*. die menschen all slugen *Ca*. 13. den o. *a*. betrubnisz *A*, bedewtnusse *D*. doch bestreit *Cb*. 14. der tot *fehlt*. begrub der tod *D*. Pitogaras *A*, Pitegeras *B*, Pictagoras der meister *C*. uns in *D*. 15. hatt bassilign *B*, basiliscen *D*, basilischken *a*. wandelten in allen landen *B*, w. in alle weltte *Cab*, wandeln *D*. 17. creatuer *A*. von *fehlt BCa*. von wem *D*. 18. wir sein wir sind *Cab*. twint *A*, dirmet *B*, beschuff *Cab*, tirmt *fehlt D*. 19. gott geschöpffte vns vnd nant *D*. mant *B*, benemett *Ca*, benenet *b*. 24. mit *bis* namen *fehlt D*.

sprach: Welliches tages ir der frucht empeissent, des todes wert ir sterben.[20] Darumb wir uns also schreiben: wir Tot, herre und gewaltiger auf erden, in der luft und meres straum. Du fragest, war zu wir duchtig sein und waren. Do hastu vor gehort, das wir der welt mer nutzes, dann [Z. 5] unnutzes bringen. Hor auf! lasz dich genugen! und dank uns, das dir von uns so gutlichen ist geschehen.

Des ackermans widerrede. Das sibzehent capitel.

Alter man newe mer, gelerter man unbekant mere,[21] ferre gewandert man, und einer, wider den nimant reden [Z. 10] tar, gelogen mere wol sagen turren, wann sie von unwissenden sachen wegen sein unstraflich. Wann ir dann auch ein sollicher alter man seit, so mugt ir wol tichten. Allein ir in dem paradeisz geschaffen seit, ein meder, unde euch rechtes rumet, doch hewet ewer segensz neben recht. [Z. 15] Mechtig plumen reut sie ausz, die distel lasset sie stan. Unkraut bleibt, die guten kreuter müssen verderben. Ir gicht,

1. sp. zu Adam vnd zu (zu *fehlt a*) Eua *Cab*. Da er sprach zu dem ersten menschen *D*. enbist *B*, fressent *D*. 2. werdent *C*. schreibent *C*. 3. vnd auch g. *a*. vnd gewaltiger *steht nach* erden *D*. 4. storme *B*, stram *Cab*, strumen *D*. dugig *C*, nütz *D*. wern *B*, vnd waren *fehlt C*, werden *D*. 5. Du h. *B*, Nu hast *Cab*. nutz *CD*. 6. unnutz *CD*. Hierumbe so lasz *D*. benügen *BD*. 7. dir so gütlich von vns ist beschehen *D*. gescheen *A*.
8. *C*. decimum septimum *A*. des clagers widerrede vnd (vnd *fehlt a*) das XVII (siebzehnte *a*) Cappitel *Ca*. Der Ackerman antwurtt dem tod aber daruff vnd spricht also *D*. 9. *von* gelerter *bis* mere *fehlt b*. mere *C*, mer *D*. 10. verrer *C*, ferne *a*. gewandelt *BD*, gewandter *Cb*. vnd auch *Cab*. vnd *fehlt D*, wieder *a*. 11. getar *D*. gelogne *CD*. wol turen sagen *Cab*, wol gesagn *D*. von *fehlt C*. 12. vnwissender sach *Ca*, vnwissenlichen sachen nit zü

straffen sind *D*. sind vnstraffenlich *Cb*. 13. Wann ir *bis*
alter man *fehlt B*, Seittemalen das ir auch in solcher *Cab*,
Seyder in nun ouch ain solicher alter m. *D*. mugent *B*.
wol taychen *A*. ir dem gleyche auch wol tychten *D*. 14.
wann so ir *Cab*. wie wol ir nun *D*. gefallen *ABD*,
beschaffen *Cab*. ein mader vnd euch *Cab*. 15. auch
Rechtes romet *Cab*. euch *fehlt ABD*. römer *D*. Doch *fehlt*
D. hawett *Cb*, hawent Joch *D*, so heut *a*. segesz (senssen
a) vneben *Cab*, nechen recht *B*, Segensz nit eben wann
R. *D*. 16. tet sie *B*, sie was *A*. 17. den distel *B*, vnd d.
tischteln lat (lest *ab*) *Cab*. er *a*. schon dy st. *B*. vnd die *C*.
m. alle *D*. icht *A*, sprecht *Cab*, sprechent *D*.

ewr segensz hawe fur sich. Wie ist dann dem, das sie mer
distel dann gut plumen, mer meusz dann cameln, mer boser
leut dann guter unversert lest beleiben. Nennt mir, mit dem
finger weist mir, wo sint die frommen achtperen leut, als vor
zeiten waren? Ich wen, ir hapt sie hin. Mit in ist [Z. 5] auch
mein liep, die usel sint uberbliben. Wo sint sie hin, die auf
erden wonten, mit gott redten, an im hulde, genade und
rechung erwurben? Wo sint sie hin, die auf erden sassent,
unter der gestirne umbgenge, unde entschieden die
planeten? Wo sint sie hin, die sinnreichen, die meisterlichen,
[Z. 10] die gerechten, die fruchtigen leute, von den die
kroniken so verre sagen? Ir hapt alle unde mein zarte
ermordet, die sint noch all tode. Wer ist daran schuldig?
Torst ir der warheit bekennen, her Tot, ir wurdent euch
selber nennen. Ir sprechent vast, wie recht ir richtent,
niemants [Z. 15] schont, ewer segensz hew nach einander
fellet. Ich stunde do bei unde sahe mit meinen augen zwo
ungeheuer schar Volkes (iede het uber dreutausent man) mit
einander streiten auf einer grunen heide. Die wuten in dem
plute bis under den waden. Darunter snurret ir und wurret
gar [Z. 20] gescheftig an allen enden. In dem here tot ir
etlich, etlich list

1. hawent *D*. dem *fehlt D*. 2. guter plomen *C*. missung
vnd müsse dann *B*. kemmeltyer *CD*, kameltyer *ab*. vnd
mer *D*. 3. leut und wort u. *A*, latt *D*. zeiget vnd weysent
mir *D*. dem munde *Cab*. 4. vinger zaigt *C*, mit dem
vinger zaigt *ab*. weist mir *fehlt D*. *von* sint *bis* ir hapt
fehlt B. frumen *Ca*. 5. ich main *Ca*. habent *D*. inen *D*.

habt ir auch 6. mein lieb *C.* leip *A.* w. vnd m. *C.* 7. die mit *D.* gottes *A.* gnad hulde *D.* gnad vnd erparmung *Cab.* 8. vnd Selde e. *D.* vnd *fehlt A.* sind dye hin dye vff *Cab.* 9. sassent *fehlt CDab.* dem g. *Cb.* v. des gestyrnes vmlauff wandletten *D.* umbgingen entscheiden *A.* 11. gerechtigen *B.* fursichttigen *C.* vnd die f. *D.* 12. kannonica *B,* koronice *C.* so vil *BCab,* so verre *fehlt D.* h. sie alle *CDa.* alle *bis* 28, 18 tropfen *fehlt b.* 13. dermordet *a.* alda *AB,* aldo *a.* die *bis* all tode *fehlt D.* 14. Torstet *C,* wöltent *D.* ir württ *B,* es würd *D.* 15. selber erparmen *D.* vast wie *bis* niemants schont *fehlt D.* 16. segeszen *C,* senssen *a.* hawe *B,* haw eben recht für sich Rain sie volet *D.* 17. zwů: yegliche *D.* uber iij^{m} *C.* 19. gronen *C,* grönen *D.* wuntten *B.* pluet *C.* vntz *D.* 20. an die waden *Ca,* über die waden *D.* wart ir *B,* stuend *C,* schnurttent *D,* stunt *a.* 21. gehefftig *AB.* an *fehlt a.* in dem *fehlt B.* here ertott *Ca,* töttent *D.* das erste etlich *fehlt B.* vnd ettliche liessent ir leben *D.*

ir stan. Mere knecht dann herren sach ich tot ligen. Do claubet ir einen ausz dem andern als die teigen pirn. Ist das recht gemet, ist das recht gericht? Get so ewr segensz fur sich? Wol her, lieben kinder, wol her! reit wir engegen, enbiet unde sag wir lob unde ere dem tode, der also recht [Z. 5] richtet. Gottes recht kaum also gericht.

Des todes widerrede. Das achzehent capitel.

Wer von sachen nicht enweisz, der kan von sachen nit gesagen. Also ist uns auch geschehen. Wir westen nit das du als ein richtiger man werest. Wir haben dich [Z. 10] lang erkannt, wir hetten aber dein vergessen. Wir waren do bei, do fraw Sibilla dir die weiszheit mit teilet, do herr Salomon an dem totbet dir sein weiszheit verreichet, do gott alle die gewalt, die er Moises in Egiptenlant verlihen hette, dir verlehe, do du einen lewen bei dem bein [Z. 15] namest[22] unde in an die want slugest. Wir sahen dich die stern zelen, des meres griesz und sein vische rechen, die regentropfen reiten. Wir sahen geren den wetlauf den du tettest mit dem hasen.[23] Zu Babilon vor konig Soldan sahen wir dich kost und trank in groszen eren und würden credenzen.

2. klaubtent D. Ist *fehlt* B. 3. gemewet B, gemäet D, gemort a. Geet A, get *fehlt* B. also ewr segessz C. 4. Nun wolher, lieben kinder wolher *fehlt* D. reittet mir C. Rüsten wir vnns D. 5. enpietet C, enpiettn D, entpitt a. vnd sagt Ca, vnd sagen D. wir *fehlt* CD. vnd ere *fehlt* C. also gerechte D. 6. gerichte ist kum also gerechte D, also recht gerichtett C. als wol a.
7. cappittulum decimum octavum A, das XVIII c. C. Der tod gibt dem Ackerman aber antwurt darüber vnd spricht als hernach statt D. 8. entbaisz B, waisz D. 9. gescheen A, beschähen D. 10. also C. wasest C. 11. langer Zeitt C, vor langer zeitt a. hettent A. 12. do dir f. A. f. weisheyt ABD. 13. an dem totbett *nach* weiszheit D.

vorrecht *B*, vszreicht *C*, auffreicht *a*. 14. allen den gewalt den er het *CDa*. Moysy in Egypto *D*. lant *fehlt D*. 15. hett verlihen die verlaich *C*. dir verlich *D*. leowen *Ba*, loewen *C*, leon *D*, leben *A*. 16. nambst *B*. warffest *C*, schlügst *D*. 17. steren *C*. mersz *C*. rechten die r. *B*. 18. raitten vnd die *C*, rechnen die *D*. der r. *A*, rechnenn *C*, ratten *D*. w. sahent *D*. gerenne *D*. den du mitt dem hasen tättest *D*, an dem hasen *Ab*. 19. konig *D*, Solidan *A*, dem Soldon *Cab*. sahen *bis* credentzen *fehlt ABD*.

Do du das paner vor Alexander furtest, do er alle welt bestrait, da lugt wir zu und gunden dir wol der eren. Do du zu Achademia und zu Athenis mit hohen kunstenreichen meistern, die auch in die gotheit meisterlichen sprechen kunden, abenteuren oblagest, do sahen wir uns zumal liebe. Do du Neronem [Z. 5] unterweisest, das er gut tet unde gedultig wesen solte, do hort wir gutlichen zu. Uns wundert, das du keiser Julium[24] in einem roren schiff uber das wilde mere furtest, an dank aller sturmwinde. In deiner werkstat sahen wir dich ein edel gewant von regenpogen wurken. Darein wurden engel, [Z. 10] vogel, tier, visch vnd allerlei gestalt. Do was auch die eul, der aff und esel wefels weis getragen.[25] Zumal sere lachten wir und wurden des fur dich rumig, do du zu Pareisz auf dem gluckesrade[26] sassest, auf der heut tantztest, in der swartzen kunst wurktest und banntest die teufel in ein [Z. 15] seltzam glas. [27] Do dich gott berufet in seinen rat zu gesprechen umb frauwen Eva val, aller erst wurden wir deiner weiszheit innen. Hett wir dich vor erkannt, wir hetten dir gefolget, wir hetten dein weip und alle leute ewig lassen leben: wann du bist zumal ein cluger esel. [Z. 20]

1. panyer *Cab*. paner darunder der grosz *All*. strayt fürtest da lugten wir *D*. do er dar inn *A*, er do in *B*. allewelt *fehlt ABD*. wir dir zue *Cab*. 2. gonden *A*. wol *fehlt BCa*. Achadamar *B*, Achadomia *C*, zu Achademia und *fehlt D*. 3. auch *fehlt Cb*. 4. gar Meisterlich sp. kundt mit *Cb*. sprachen vnd abentthür kunden studiertest vnd In oblagest das sahen wir vnd was vnns zumal lieb für dich *D*. 5. liept *B*. den kayser Nero *Cab*. 6. guttig *Cab*. tet *fehlt a*. gut tet unde *fehlt D*. vnde *fehlt C*. horcht *A*,

hörtten *D*. 7. zue *C*. 8. ronen *B*, rorrein scheff *C*, rören
schäf *D*. vber das *bis* furtest *fehlt D*. furest *Cab*. vnd one
B, one *Cb*. 9. aller seiner veinde *C*. windt über das
wildmer fürttest *D*. *Von* in deiner *bis* edel *fehlt B*. 10. r.
bürcken *B*. darein do w. *Ca*, darinn waren *D*. tier vnd
allerley visch gestalt mit über menschlicher visirunge
zumal sere *D*. 11. do was auch *bis* getragen *fehlt D*. 12.
vnd wesels weysz *A*, v. wiss wisl *B*, Eszelsweysz *Cab*.
eintragen *Cb*. lachotten *C*. 13. l. were *B*. waren *D*.
runnig *AD*, ring *B*, rönng *C*, gerumig *ab*. parisz *Cab*.
auf das *ab*. 14. glockenknopff *B*. vnd auf d. *D*. heyde *A*,
hude *B*, hawtt *D*, hent *a*. 15. wurckest vnd bannest *AB*.
kunst lernest *Cab*. 16. seltzsams *C*, seltsens *D*. berüffte
D. 17. spreche *B*. vmb den vall f. *C*. Euas fale a. e.
bekannt wir *D*. grossen w. *Cb*, grosten w. *a*. 18.
weiszheit sicher. hatten *D*. dich vernomen vnde *B*. vor
alsz wol erkannt *Cab*. vorhyn *D*. 19. gefolget vnd hetten
D. 20. ewigclichen *Cab*. lassen *fehlt Ca*. das hetten wir
dir allain zu feren getan, wann *Cab*.

Des ackermans widerrede. Das neunzehent capitel.

Gespott und ubel handelung müssen dick aufhalten durch warheit willen die leut. Gleicher weise geschicht mir. Unmuglicher ding rumet ir euch, ungehort werk wurket ir, gewaldes treibt ir zu vil, gar ubel hapt ir an mir gefarn. [Z. 5] Das muet mich allzu sere. Wann ich dann darumb rede, so seit ir mir gehessig und werdent zornes vol. Wer ubel tut, der wil nit untertan sein und strafung leiden, sunder mit ubermut alle ding vertreiben. Der sol gar eben aufsehen, das im nit unwillen darnach begeine! Nempt beispel [Z. 10] bei mir. Wie zu kurtz, wie zu lang, wie ungutlich, wie unrecht ir mir mit hapt gefaren, dannoch dulde ich und rich es nit, als ich zu recht solte. Noch heut wil ich der besser sein. Han ich icht unhubsches oder ungleiches gegen euch geparet, des unterweist mich: ich wil sein gern willigclich [Z. 15] widerkomen. Ist des nicht, so ergetzent mich oder underweisent mich, wie ich widerkome meines grossen herzeleides. Werlich also zu kurtz geschach nie manne.[28] Uber das alles mein bescheidenheit sullt ir ie sehen.

1. C. decimum Nonum A. des clagers w. (*so auch* a) das XVIIII. Cappittell *Cb*. Der Ackerman spricht zu dem tode also *D*. 2. offt vffh. die lewt *Cab*. 3. dicke vmb warheit willen auffenthalten *D*. die (der *ab*.) warh. w. *Cab*. beschiht m. ouch *D*. 4. vnuolgelicher *B*. römt *C*, berümet *D*, rumpt *a*. r. ich *b*. euch vnd *C*. vngehörtte wercke wurcken *D*. würcken *B*. *das erste* ir *fehlt B*. 5. gewult ubet *D*. zumal gar vil *Cab*. gar *fehlt C*. müwet *B*,

mut *ab*. also *B*, gar sere *D*. 6. dann *fehlt BCD*. daruff rede so werdent ir *D*. 7. seind *C*. hessig *B*. werdent *fehlt D*. zorntz *B*. der *fehlt A*. 8. tut vnd wil *Ca*. undertenig sein v. st. vffnemen vnd leyden *Cab*. straff *D*. 9. aller ding *A*. ding hintreyben *D*. 10. eben synnen das i. kain vnwilliger affterrew darnach *D*. 12. an mir haptn gef. *BD*, mir habend mitgefaren *C*, mit gefaren hapt *a*. 13. als mir von Recht gepurtt *D*. ich *fehlt B*. 14. hevt so w. *C*. ichts vngleichs oder unhubsch *Cab*, unhübsch *D*. bewerret *B*. 15. gebraucht oder verworrens desz *Cab*. vnderrichtent *D*. damit ich widerkom meines hertzenlaides *D*. 16. s. gar widerkennen *C*. *Von* ist des nicht *bis* gr. herzeleides *fehlt D*. ergetzt mich meins schadens *Cab*. 18. W. so kurtz *CDa*. n. keinem man *Ca*. beschah niemant *D*. 19. Aber über das alles sult ir ye mein bescheidenheit sehen *D*. ie *fehlt C*.

Eintweder ir widerbringt, was ir an meiner traurenwenderin, an mir und an meinen kinden arges hapt begangen, oder kompt des mit mir an gott, der do ist mein, ewr unde aller welt rechter richter. Ir mocht mich leicht erbitten: ich wolt es zu euch selber lassen. Ich trawet euch wol, ir [Z. 5] wurdent ewer ungerechtigkeit selber erkennen und darnach mir genug tun nach grosser untat. Begent die bescheidenheit! Anders es must der hamer den amposz treffen und hert wider hert wesen,[29] es kum, warzu es kumme!

Des todes widerrede. Das zweinzigest capitel.

Mit guter rede werdent gesenft die leute, bescheidenheit [Z. 11] behelt die leut bei gemach, gedult bringet leut zu eren, zorniger man kan nicht entscheiden. Hettestu uns vormals gutlichen zugesprochen, wir hetten dich gutlich unterweiset das du nicht billich den tot deins weibs clagen soltest unde [Z. 15] beweinen. Hastu nicht gekant den weissagen,[30] der in dem bade sterben wolt, oder sein bucher gelesen, das niemant sol clagen den tot der totlichen? Waistu des nicht, so wisz: als balde ein mensch geporen wirt, als balde hat er den leikauf getrunken, das er sterben musz.[31] Anfanges geswistre [Z. 20] ist das ende. Wer auszgesant wirt, der ist pflichtig wider

1. Ayntweders *D.* w. vns *A.* das *C.* trauwenderin *A*, getrewen wenderin *D.* 2. *von* mit mir *bis* do ist *fehlt D.* an meinen *D.* mein 3. vnd e. *BC.* 4. rech richter *B.* mugtt *C.* selb *D.* 5. In dem getrawen das ir ewer vng. *D.* trewet *A.* 6. erkantet vnd mir genug tättet hieuon n. *D.* und *fehlt A.* 7. solher (*so auch ab.*) grosenn *C.* begert *AB*, beget *ab.* 8. müste der Ampasz den hammer treffen vnd h. *D.* amboss *Ba.* 9. kum gleich *Cb*, es käm Joch warzu es wölt *D.* zu wo *ABC.*
10. cappittulum vicesimum *A.* w. vnd das XX capitel *Cb.* spricht der todt aber zu dem Ackerman also *D.* 11. gefestent *A.* 12. b. helt *Cab*, behaltet *D.* die gedult *C.* die leut *D.* 13. kan den man *A.* der (die *b*) warhait n. e. kan *ab.* vormalen *C.* 14. zu sprechen *B.* 15. pillichn *D.* seins

w. *A*. 16. noch beweinen soltest *D*. bekant Seneca den w.
D. 17. oder hastu nicht seine *Cab*. verlesen *D*. 18. wistu
A, wassust du nicht *B*. 19. balde vnde ein *A*. *von* ein
mensche *bis* als balde *fehlt B*. wurdet *B*. so hat er *D*. es
Ca. 20. winkoff *B*, weynkauff *D*. es *BCa*. sole *B*.
geschwisterdigz *B*, geswistriget *C*, geswisterde *D*. 21.
der *B*. schuldig *C*. w. hayme z. *D*.

zu kommen. Was ie geschehen sol, des sol sich niemant
widern. Was alle leut leiden mussen, das sol einer nit
widersprechen. Was ein mensch entlehent, das sol er
widergeben. Ellend bauwen alle leut auf erden, von icht zu
nicht mussent sie werden. Auf snellem fuss lauft hin der
menschen [Z. 5] leben: ietzund lebend, in einem
hantwenden gestorben. Mit kurtzer rede beslossen: ein ieder
mensch ist uns ein sterben schuldig und ist im angeerbet zu
sterben. Beweinestu aber deins weibes jugent, du tust
unrecht: als schier ein mensche lebendig wirt, als schier ist
er alt genug zu sterben.[32] Du [Z. 10] meinst leicht, das alter
sei ein edel hort? Nein, es ist suchtig, arbeitsam, ungestalt,
kalt und allen leuten ubel gefallent. Es taug nicht und ist zu
allen Sachen entwicht. Zeitig opfel vallen gern in das kot,[33]
reisende[34] biren vallen gern in die pfutzen. Clagestu dann
ir schone, du tust kintlich. Eines [Z. 15] iglichen menschen
schone musz eintweder das alter oder der tot vernichten.
Alle rosenvarbe mundlein, alle rote wenglein mussent bleich
werden, alle liechte augen mussent tunkel werden! Hastu
nicht gelesen, wie Hermes[35] der weissage leret, wie sich ein
man huten sol vor schonen weiben und [Z. 20] spricht: was
schon ist, das ist mit teglicher beisorge swere zu halten,
wann sein alle leut begeren; was scheutzlich ist,

1. g. musz das soll *D*. 2. a. welt l. müssen *C*. nit *fehlt B*.
3. ainer. mensch *fehlt*. 4. geyt er pillich wider *D*. 5.
fusslauff *A*, f. lofft *B*, fuessen lauffet *C*. des menschen l.
C, loben *A*, der welt leben *D*. 6. ietz mit leben *B*,
yetzunder leben vnd in *C*. lebendig in kleiner zeitt tot
gestorben *D*. hantwilen *B*. h. nicht *Cab*. gestorben *fehlt*
ab. 7. mit kurtzer r. *bis* angeerbt zu sterben *fehlt D*. ein
fehlt BCab. 8. ist ainst ain *B*, vnd in arbeyt z. *A*. vnd in
bis sterben *fehlt C*, anerbeit *a*. 9. als pald ein m. *D*, sch.

als ein *A*. 11. villeicht *CDab*. hoher hort *C*. 12. sichtig *AB*. vngestalt *B*. arbeit *AB*, arbaittig *D*. leuten *fehlt B*. vngefallig *C*. gefallen. 13. töge *B*, er tobet nitt *D*. allen *fehlt AD*. 14. katt *C*, kautt *D*. heisend *a*. 15. das pfütz *D*, pfutzschn *b*. t. vnrecht vnd kyntlich *D*. 16. yedenn *Cab*. der tot oder die weltsame alter v. *B*. d. todt oder aber das alter *D*. 17. mundlein muszen abgeuarb werden *ab*, vnd alle r. *D*, alle rote wenglein *fehlt C*. 18. liecht *A*. äuglein *Cab*. 19. nit gehörtt wasz H. *D*. 20. lernet *ABC*. wie man sich h. *D*. frawen *C*. was da sch. *D*. 21. das ist *fehlt AB*. sorge *D*. selber *B*, swärlich zu haben *D*. 22. behalten *Cb*. begeren welichs schultes es ist *B*, b. was dann vngestalt ist *D*.

das ist leichtlich zu halten, wann es miszvellet allen leuten? La faren! clage nicht verlust, die du nit kanst widerpringen!

Des ackermans widerrede. Das ein und zweinzigest capitel.

Die strafung gutlichen aufnemen und darnach tun sol weiser man: hore ich die weisen jehen! Ewr strafung ist [Z. 5] noch leidenlich. Wenn dann ein guter strafer auch ein guter anweiser wesen sol, so ratent unde unterweisent mich, wie ich so unsegelich leit, so jemerlichen kumer, so ausz der massen grosz betrubnisz ausz dem hertzen, ausz dem mut und ausz dem sinne auszgraben, ausztilgen und auszjagen [Z. 10] sol. Bei gott, unvolsegenlich hertzeleit ist mir geschehen, do mein zuchtige, trew und stete hauszere mir so snelle ist enzucket, sie tot, ich witwer, meine kint weisen worden sint. O her Tot, alle welt clagt uber euch unde auch ich, das nie so boser man wurde, er wer an etwas gut. Ratent, [Z. 15] helfent und stewrent, wie ich so sweres leit von hertzen werfen muge unde meine kinder einer sollichen reinen muter ergetzet werden: anders ich unmutig und sie traurig immer wesen mussen. Und das sollt ir mir nit in ubel verfahen: wann ich sihe, das unter unvernunftigen tieren ein gat umb [Z. 20]

1. leitlich *AB*, leichticlich z. behalten *C*, leidenlich *a*. wann] das *A*, wa ez *B*. wenn es *CDab*. 2. lasz f. clag nit solch v. den *Cab*. Darumbe lasse varen, cl. n. den v. den du nymer machst widerpringen *D*.
3. Capitulum vicesimum primum *A*. d. clagers w. vnd das XXI. c. *Cb*. Der Ackerman spricht *D*, 4. Mit st. *AB*, Wie St. *C*, Gut st. güttlich *D*. ie st. *a*. vffzunemen *C*. vnd *fehlt ABCab*. 5. sol ein man *Ca*. cluegen *Cb*, clugen *a*.

Iheen *A.* straffen *D.* i. euch *A,* och *B,* noch *fehlt Cab.* 6.
welicher man der ainen in guttem straffet auch ein g. *D.*
7. vnd so r. *Ca.* wie im *AC.* 8. unsuglich *B,* entlichs *C,*
unenttlichs *ab.* leiden vnd *D.* bekumer *C.* 9. betrüpnusz
Ca. 10. und *fehlt Ca.* vnd vsztilgen *C.* sullen *A,* sollen *B,*
solle *D.* 11. vnuolle sagenlichs *C.* gescheen *A.* beschehen
da mir mein *D.* 12. zuchtige frawe *B.* getrewe *D.* stetige
C. mir *fehlt D.* schnede *B.* 13. Die ist tode darvmb ich ein
wittiwer vnd meine *Cab.* witowe *B.* kinder *CDa.* 15.
man dann ir es were doch an im ettwas *Cb,* auch etwar
zu gütte *D.* 17. müg vnd wie meine *CDa.* 17. e. mügen
werden *D.* vnd *fehlt Cab.* 18. ymer mussen werden
(wessen *ab.*) *Cab.* 19. vnd *fehlt D.* mir in vbel nicht *C.* 20.
sich (*so auch B.*) wol das *Cab.* eint gat *A,* ain gütte *B,* gat
fehlt D.

des andern tot trauret von angebornem zwange. Hilf, rates
und widerbringens seit ir mir pflichtig: wann ir hapt mir
getan den schaden. Wo das nicht geschehe, dann gott het in
seiner almechtigkeit nindert rachung. Gerochen must es
werden wider, unde solt darumb hawen unde schaufel noch
[Z. 5] ainest gemuet werden!

Des todes widerrede. Das zwei und zweinzigest capitel.

Ga ga ga, snattert die gans, man predig, was man wol: sollich fadenricht spinnest auch du.[36] Wir hant vor entworfen, das unclegelichen wesen sol der tot der toten, [Z. 10] seit dem maln das wir ein zollner sein, dem alle menschen zoll mussen geben. Wes widerstu dich? Wann werlich, wer uns teuschen wil, der teuschet sich selber. Lasz dir eingeen unde vernim: das leben ist durch sterbens willen geschaffen. Were leben nicht, wir weren nicht, unser gescheft wer [Z. 15] nichts. Domit wer auch nit der welt ordenung. Eintweder du bist sere leidig oder unvernunft hauset zu dir. Bistu unvernunftig, so bit gott umb vernunft zu verleihen! Bistu aber leidig, so prich ab, las faren, nim das fur dich, das ein wint ist der leut leben auf erden! Du bittest rat, wie [Z. 20]

1. a. gatten tode *Cb.* angeborem *ABCDab.* 3. getan *fehlt*
B. geton vnuertraglichen schaden *D.* geschee *A.*
beschähe so gott *D.* herre *B,* hat *C,* hett *fehlt D.* 4. kein
rachung *Cab,* kein rach *D.* 6. wider werden *Cab.* wider
fehlt D. schufflen *B.* 6. unde aynsten gemuhet *A,*
gemüwet *B,* werden gemüett *D.* vnd gepruchen sin *B.*
7. Capittulum vicesimum secundum *A.* vnd das XXII c.
Cb. spricht der tod *D.* 8. gagagack *D.* g. lampt lampt
(lamp lamp *ab*) sprich der wolff *Cab.* 9. solch *Ca.* soliche
vadenrechte *D.* w. haben *BD.* wir haben dir vor ee
entworfen *Cab.* hynentworffen das da *D.* 10. tot ertoten
A, sol der toten *B,* tode dem totten *C.* 11. seyttemalen *C,*

62

seyder *D*, seynt einmal *ab.* zoller sind *DC.* ir leben zollen (*so auch D.*) vnd vermawten müssen *Cab.* 12. was *BCa.* wirdestu *A.* w. dann dich *D.* dann *Ca.* 13. betuscht *b*, bedewschet *Ca.* selb *D.* 14. daz das: ist *fehlt Cab.* ist erschaffen *Cab.* 14. das leben nicht so weren wir auch nichts *Cab.* n. wer weren *A.* wir weren nicht *fehlt D.* 15. eschöpffe *D.* 16. auch nicht *C.* 17. leidig oder *Cb*, hast *A*, husset in d. *B*, hausset mit bei dir *D.* 18. dir zu leihen *D.* 19. vnd lasz *C.* dich das es *Cab.* nym war das der *D.* 20. leut leben auf erden ain wyndt ist *D.* vff ertrich *C.*

du leit ausz dem hertzen bringen sollest. Aristoteles hat dich vor gelert das freude, leit, vorcht und hoffnung, die vier alle welt bekümmern und nemlich die, die sich vor in nit kunnen huten. Freude und vorcht kurtzen, leit und hoffnung lengen die weil. Wer die vier nit gantz ausz dem mut [Z. 5] treibet, der musz alle zeit sorgende wesen. Nach freud trubsal, nach lieb leit musz hie auf erden kommen. Lieb und leit mussent mit einander wesen. Eines ende ist ein anfang des andern. Leit und lieb ist nicht anders, dann wann icht ein mensch in seinen sinnen verfasset und das [Z. 10] nicht heraustreiben wil, gleicher weise, als mit genugen niemant arm und mit ungenugen niemant reich wesen mag: wann genugen und ungenugen nicht an hab noch auszwendigen sachen sint, sunder in dem mut. Wer alle lieb ausz dem hertzen treiben wil, der musz gegenwertigs leit alle [Z. 15] zeit tragen. Treibe ausz dem hertzen, dem sinne und dem mut liebes gedechtnusz: allzuhant wirdestu traurens uberhaben. Als bald du icht hast verloren unde es nicht kanst widerpringen, tu als es dein nie sei worden: hinfleucht allzuhant dein trauren. Wirdestu das nicht tun, so hastu mer [Z. 20] leides vor dir; dann nach igliches kindes tot widerfert dir hertzeleit, nach deinem tode in allen hertzeleit, dir unde in,

1. mugest *C.* h. sagen solltt *D.* 2. dich es *BCab.* gelart *A*, dich gelernett *CD.* 3. bekomern *A.* ierlich *A*, ieglich *B.* die *fehlt CD.* 4. k. richten noch huten *A*, nit mögen gehütten *Cab*, nit gehütten künnen wann f. *D.* 5. lengerent *D.* synne *Cb.* 6. vorgende *A*, in sorgen *BD.* allzeit mit sorgen *Cab.* 7. m. hie mit *C*, mit bey e. *D.* 8. wesen uff erden ein *C.* ist eines *AB.* i. des andern a. *D.* 9.

Lieb vnd layd *D*. d. wenn *Cab*, dann *fehlt D*. 10. mensch ichts in seinem synne *C*, so ein mensch ichtz *D*. 11. das er ausztreiben *AB*. a. ongenugen *Cb*, angenugen *a*. 12. arm vnd mit *bis* niemant *fehlt Cab*. 13. on vszw. *C*, an auszw. *D*. 14. sonder *A*. sunder *fehlt D*. i. d. gemüte *D*. l. nicht *D*. 15. m. allezeit g. leydes erwarten *D*. gegenwurtiges *Cab*. leit wegen *C*. 16. vsz dem h. vsz dem s. *Cab*. 17. leibes ged. *A*. hant so *Cab*. all *fehlt D*. wurdestu *D*. 18. unde du *C*, vnde *fehlt D*. 19. das du nit widerpringen macht *D*. tüe als ob es *D*. 20. wurdestu es *C*, wilt du das nicht *D*. hastu noch vil mer *D*. 21. wann *Cab*. 22. nach deinem tode *fehlt AB*. nach deinem t. bis dir unde *fehlt C*. tode ouch hertzenlayde *Dab*. vnd desgleichen dir vnd in allen *D*. also widerfert dir vnde in hertzenlaide *ab*.

wann ir euch scheiden sollt. Du wilt, das sie der muter ergetzet werden. Kanstu vergangene jare, gesprochen wort unde verruckten magtum widerbringen, so widerbringestu die muter deiner kinde. Ich han dir genug geraten. Kanstu es versten, stumpfer pitel?[37] [Z. 5]

Des ackermans widerrede. Das drei und zweinzigest capitel.

In die leng wirt man gewar der warheit: als lang gelernet, etwas gekunnet. Ewer sprüch sint susz und lustig: des ich nu etwas empfinde. Doch solt freude, lieb, wunne unde kurtzweil ausz der welte vertriben werden, [Z. 10] ubel wurde sten die weit. Des wil ich mich ziehen an die Romer. Die habent es selbs getan unde habent das ire kinder gelernet, das sie lieb in eren haben, turniren, stechen, tantzen, wettlaufen, springen und alle zuchtige hubscheit treiben solten bei mussiger weil, auf die rede das [Z. 15] sie die weil boszheit weren uberhaben: wanne menschlichs muts sinne kan nit mussig wesen. Eintweder gut oder bosz musz allzeit der sin wurken. In dem slaf wil er nit mussig sein. Wurde denn deme sin gute gedenke benomen, so wurden ime bose ein gen. Bosz ausz, gut ein: die wechslung [Z. 20]

1. schenden A. dz sie wider ir B. das sie Irer C. dass deine kindt Ir mutt D. 2. jare *fehlt* C. 3. widerbringestu auch Db. 4. kinder C. g. gesagt D. 5. schompfer pitel so vernim B, kupffer pickel Cab, stumpfer Asine D.
6. Cappitulum vicesimum tercium A. Des clagers w. das XXIII Cappittel Cb. so spricht der Ackerman aber vnd antwurtt dem todt D. 7. lennge CD. 8. gekundet A. sprüche die sint B. süsse v. lustsam D. 9. nu wol e. D. du solt ... vertreiben A. lieb vnde w. A. solt liebe fröde wunne B. werden *fehlt* A. 10. getrieben C. 11. würd D. selber B. 12. habent *fehlt* D. 13. zu eren A. das sie i. e.

habent liebe *D*. 14. weczaffen sprungen *A*. allerlay *BD*.
15. hübschikait *B*, hüpschkeit *C*. h. das sie treiben *D*.
sollen *C*. auf die meinung *D*. 16. das sie dieselbigen (*so
auch b*.) weille der poszheit werden uberhaben *Cb*,
würdent uberh. *D*. 17. mussig sin wurden no wesen *B*.
Etweder *A*. Aintweder der gut *C*. 18. musz allwegen *A*.
Von in dem sl. *bis* wurde denn deme *fehlt B*. 19. sinnen
guᵗt *D*. gut gedanncken *Ca*, bedencke *B*. benumen *ab*.
20. zu gon gut vsz bosz in *B*, eingan gut ausz Bosz ein
Gut ein Bosz ausz *CDab*.

musz bis an das ende der welte weren. Sider freude, zucht,
scham und ander hubscheit sint ausz der welt vertriben,
sider ist sie boszheit, schanden, untrew, gespotte unde
verreterei zumal vol worden. Das sehent ir teglichen. Solt
ich danne die gedechtnusz meiner aller liebsten auszdem [Z.
5] dem sinne treiben? Bosz gedechtnusz wurden mir in den
sin wider komen. Als mer wil ich meiner allerliebsten
allwegen gedenken: wann grosses hertzeleit in grosse
hertzenlieb wirt verwandelt. Wer kan das balde vergessen?
Bosz leut tun selten gut. Freunde stet gedenken an einander.
[Z. 10] Ferre wege, lange jare scheiden nit liebe freunde. Ist
sie mir leiplichen tot, in meiner gedechtnusz lept sie mir
doch immer. Her Tot, ir must treulichen raten, sol ewer rat
icht nutz bringen: anders ir fledermausz must als vor der
vogel veintschaft tragen! [Z. 15]

Des todes widerrede. Das vier und zweinzigest capitel.

Liebe nicht alzu lieb, leid nicht alzu leide sol umb gewin und umb verlust weisen man wesen. Des tustu nit. Wer umb rat bittet und rates nicht volgen wil, dem ist auch nit zu raten. Unser gutlich rat kan an dir nicht geschaffen. [Z. 20] Es sei nu dir lieb oder leit, wir wollen dir die

1. bis zu *D*. werren *B*, werden a. seyder *CD*. 2. zewcht *A*. 3. vertriben sind *D*. seyder *CD*. poszheit gespött vntreu vnd verreterei *D*. vngetriuwe *B*. 4. das prüfft man t. *D*. 5. ich auch d. *D*. die gedachten *D*. 6. treiben zu handt wurden mir böse ged. in den sin komen *D*. mochten oder wurden *b*. 7. mir wider in die synne *C*. wider *fehlt D*. 8. allwegen *fehlt C*. dencken *D*. hertzelieb *ACDab*. hertzenleit *ACDab*. 9. wurtt gewandelt *D*. des pald *Cu*. 10. tun selb *A*, tünd das selbe *D*. stette frewnnde *C*, gütt fründt *D*. 11. ferren *C*. vnd lange j. *D*. 12. lieplichen *A*. noch *B*. mir *fehlt D*. 13. ymmer mere *D*. müssent getrewlichen *D*. getruilicher *B*. sol anders ewr r. *Ca*. rat ettwas *D*. 14. nutzes *B*. anders *fehlt Cb*. oder ir fledermeusz *Cab*, ir als ein fledermausz *D*. müssent aller ander vogel *D*. 15. vogel *fehlt B*.
16. Cappitulum vicesimum quartum *A*. w. vnd das xxiiij *Cb*. Antwurt der tod dem ackerman *D*. 17. nit zu l. *D*. nit gar zu *D*. 18. vmb *fehlt D*. bey weisen lewtten *Cab*, wissen m. *B*. weiser man *D*. dz *B*. 19. vnd dem nicht *D*. 20. zu raten vnd geschaffen *A*. unser g. *bis* geschaffen *fehlt A*. 21. gehelffen *Cab*. wellen *B*.

warheit an die sunnen legen, es höre wer do wolle! Dein kurtze vernunft, dein abgesnitten sinne, dein holes hertz wollen ausz leuten me machen, dann sie gewesen mugen. Du machst ausz einem menschen, was du wilt. Es mag nit mer sein, dann als ich dir sagen wil mit urlaub aller [Z. 5] reinen frawen. Ein mensch wirt in sunden empfangen,[38] mit unreinem ungenantem unflat in muterlichem leibe generet, nacket geboren und ist ein besmiret binstock, ein gantzer unflat, ein unreiner lust, ein katfasz, ein unreine speisz, ein stankhausz, ein unlustiger spulzuber, ein faules asz, ein [Z. 10] schimmelkast, ein bodenloser sack, ein locherte taschen, ein blaszbalk, ein geittiger slunt, ein stinkender leimdigel, ein ubelrichender harnkruk, ein ubelsmeckender eimer, ein betrigender totenschein, ein leimen rauphausz, ein unsatik leschkruk[39] und gemalte betrugnusz. Es merk, wer do [Z. 15] wolle: ein igliches gantz gewurkts mensche hat neun locher in seinem leibe; ausz den allen fleusst so unlustiger und unreiner unflat, das nicht unreiners gewesen mag. So schones mensche gesahestu nie, hetestu eines lintzen augen unde kondest es innwendig durchsehen, [Z. 20] dir wurd daruber grauwen. Benim und zeuhe abe der

1. sonnen A. zu dem tag pringen D. welle B. 3. wellen B, will D. mer machen denn (dann Da) sie gesein mögen (mügent D.) CDab. wann A. 4. Nu mach D. menschen said B. vnd es m. doch nicht Cab. so m. er doch n. m. D. 5. als uil ich dir sagen wil C. 6. aller fromer f. B, zartten D. ein iegliches m. (wurdet C.) Cab. 7. vnd vngenantte Ca. mütterlichen ABCab. laib D, leiben ABab. 8. erneret vnd nacket vnd ist bis binstock fehlt D. besmirbet als ein paustock (pinstock b.) Cb. 9. g. ain vnrainer lust B. unflat ein unreiner fehlt Cab. vnlust Cab. ein katfasz fehlt D. 10. ein stankhausz fehlt D. ein unlustiger bis asz fehlt C. spulzubel D. 11. ein faules asz ein schimmelkast fehlt D. locherten A. ein locherte taschen fehlt D. 12. geycziger A. schlont B. ein stinkender leimdigel fehlt CDab. 13. harmkruck A, harnkug B. ein ubelsmeckender eimer fehlt D. 14. betriegter B, betrogener D. töckenschein Cab. ein leimen rauphausz fehlt Cab. ein irdin rauphausz ein zumal vols vasz aller

betrübnisse *D.* 15. unstetig leschrock ain gem.
betrubnusz *B.* betrubnusz *A.* 16. ganczgewurcks *A,*
gantzes gew. *C.* yeglicher gancz gewurckter *D.* 17. in
seinen leip *A,* sinen lib *B.* fleusst *fehlt D.* 19. schönen
menschen *D.* gesachstu *B.* hest *Bab.* 20. vnd hettest eins
(... *Lücke*) augen *C.* des tyerer lincetten *D.* es *fehlt D.*
innw. sehen *B.* 21. darab *Ca.* grausen *D.* zeuch ab *C.*

schonsten frauwen des sneiders varbe, so sihestu ein
schemliche tocken, ein schir swelckende[40] plumen und
kurtz taurenden schein und einen bald vallenden
erdenknollen. Weise mir eine hant vol schon aller schonen
frauwen, die vor hundert jaren haben gelebt, auszgenomen
der gemalten an der [Z. 5] wende, und habe dir des keisers
kron zu eigen! La hinfliessen lieb, la hinfliessen leit! la
rinnen den Rein als ander wasser, ausz Eseldorf weiser
gotlink!

Des ackermans widerrede. Das funf und zweinzigest capitel.

*P*fei euch, boser schadensack! wie vernichtet, ubel handelt, [Z. 10] uneret ir den werden menschen, gottes allerliebste creature, domit ir auch die gotheit swechent! Aller erst bruf ich das ir lugenhaft seit unde in dem paradeisz nicht getirmet, als ir sprecht. Wert ir in dem paradeisz geschaffen, so west ir das gott den menschen und alle ding geschaffen hat, sie [Z. 15] allzumal gut geschaffen hat, den menschen uber sie alle gesatzt hat, im ir aller herschaft bevolhen und im in seinen sussen[41] untertenig gemacht hat, also das der mensche den tieren des ertereiches, den vogeln des himmels, den vischen

1. schonsten frawen des schneiders *Ca.* sinders *B.* schammige *D.* 2. kurtztruvenden *A*, trawrenden *Ca.* 3. e. knoll *A.* wisse *B*, zaig *D.* 4. h. voller *C.* schone der aller schonsten f. *Cab.* die ye vnd ye haben gelebt *D.* 6. hende *A.* der wandt vnd hab *Cab.* an den wenden *D.* des küniges *D.* zugewalt *C.* las *ACD.* 7. fliessend lieb lasz her in laid lasz her in layd lasz gen den Rein *D.* la fliessen *B*, lasz hinfl. *C.* las *A.* la rine *B.* 8. ausz *fehlt* *ABCDab.* kein Esel bedarff nit weiser gottling *D.*
9. cappitulum vicesimum Quintum *A.* Des clagers w. vnd das xxv c. *Cab.* Der ackerman gibt aber dem todt antwurt vnd spricht also *D.* 10. schanndensack *CD.* vernichtest *B*, wie gar vernicht *Cab.* u. handelst *B*, u. handlen *D.* 11. vnerend *CD.* werden *fehlt* *D.* creatuer *A.* 12. schmehett *BCab.* 13. lugenhefftig *B.* vnd nit in *Cab*,

nicht *fehlt Cab.* beschaffen als ir dann sp. *Cab.* nit geschöpffet *D.* 14. wann werent *D.* geuallen *ABCab.* 15. das das g. *Ab.* beschaffen *BC,* geschaffen *D.* hat *fehlt D.* sie *fehlt Cab.* 16. sie a. *bis* gesch. hat *fehlt BD.* zumal *D.* geschaffen hat *fehlt Cab.* hat *fehlt D.* vnd den m. *Cab.* menschen *fehlt ABD.* alle *fehlt C.* 17. hat *fehlt D.* im ir aller *bis* gemacht hat *fehlt B.* im alle h. *D.* im in *Cab,* ym die *D.* 19. dz erterich *B.* vogel *alle Hss.* den vischen *fehlt C.*

des meres unde allen fruchten der erden herschen solte, als er auch tut. Solte dann der mensch so snode, bosz unde unrein sein als ir sprechent, werlich so het gott gar unreinigclichen und gar unnutzlichen gewurket. Solt gottes almechtige wirdige hant so ein unreines und unfletiges [Z. 5] werke haben gewurket, als ir schreibent, ein streflicher und gemeiligter wurker were er. So stunt auch das nicht, das gott alle ding und den menschen uber sie zumal gut het beschaffen. Her Tot, lat ewr unnutz claffen! ir schendent gottes allerhubschstes werk. Engel, teufel, schretlein,[42] clagmuter,[43] [Z. 10] das sint gottes zwangwesen. Der mensch ist das alleracht berste, das allerbehendest und das allerfreiest gottes werkstuck. Im selber gleich hat es gott gepildet, als er auch selber in der ersten wurkung der welte hat gesprochen.[44] Wo hat ie werkman gewurket so behendes und reiches [Z. 15] werkstucke, einen so werkberlichen cleinen closz als eines menschen haupt? In dem ist kunstereich allen gottern verborgen abenteuer. Do ist in des augen apfel das gesicht, das allergewist zeuge meisterlichen in spigels weise verworket; bis an des himmels clare wurket es. Do ist in den [Z. 20]

1. des meres vischen *B.* sullen *A,* sol *B,* solltet *C.* 2. tut So dann *D.* schnode *B,* so bosz vnd (vnd *fehlt D.*) schnöd *CD.* 3. vnde *fehlt B.* gott so unrainlich *BCab.* 4. got gar ein vnnutzlich werk gewurcket *D.* vnd so gar v. *C.* 5. wirdige *fehlt Cab.* w. weiszhaitt so *D.* ein *fehlt B.* vnrainiges vnd so *B.* menschenwerke *ABDab.* 6. als ir *bis* w. were er *fehlt C.* ir sprechent ein strafflicher vnd vnnützer w. *D,* als ir do sprecht (annsprecht *a.*) so wer er ein streflicher wurcker *ab.* 7. so wer auch *D.* das *fehlt*

71

CDa. 8. alle ding vnd *fehlt D.* m. vnd alle ding zumal gut beschaffen hat vnd in über die creatur gestetzt hat *D.* 9. last *Cb*, lassent *D.* vnnutz *fehlt C.* 10. allerhupscht geschopff *Cb*, allerklugstes *D.* schrettly *B.* scherttlein *Cb*, t. töcklein vnde *D.* 11. das sint geyst in gottes gezwang (zwang *B.*) gewesen (wesen *B.*) *BCab.* ist aber *D*, ist der *B.* 12. achtperist. behendist *BC.* allerstiffest *B.* gottes *fehlt D.* 13. selbs *Cab.* gleich *und* gott *fehlt B.* hat in g. *D.* als er dann selbs in dem *Cab.* 14. selber *fehlt D.* e. vrkund *Cab.* welte selbs gesp. hat *D.* 15. werkmayster *D.* g. so ain *D*, ein so b. *Ca.* des reiches *A*, reiches *fehlt B.* 16. wurckestucke *A*, wirckenstucke *B.* so einen w. *D.* einen cleinen *C*, cleinen *fehlt D.* 17. kunstreiche Abentewr allen gottern verporgen *Cab.* künstlich alle haymlich aberteure verporgen *D.* 18. in dem *D.* der gesicht der a. *Cb.* 19. zwige *B.* zeugwerck meisterlichen bisz an des hymels klarhait in spygels w. verworcket *D.* 20. gewurcket *C.* clare wurckung *Cab.*

oren das verre wurkende gehoren gar durchnechtigclichen[45] mit einem dunnen fell vergittert zu prufung unde unterscheit mancherlei susses gedones. Do ist in der nasen der ruch, durch zwei locher ein und ausz gend gar sinnigclichen verzimmert zu beheglicher senftigkeit alles lustsames unde [Z. 5] wunnsames riechens, das ist nar der sele. Do sint in dem munde zen, alles leipfuters teglich malende einsacker; darzu der zungen dunnes blat den leuten zu wissen bringet gantz der leut meinung. Auch ist do des smackes allerlei kost lustsame prufung. Do bei sint in dem kopf ausz hertzegrunde [Z. 10] gende sinne, mit den ein mensch, wie verre er wil, gar snel reicht. In die gottheit und daruber gar climmet der mensch mit den sinnen allein. Der mensche ist empfahende der vernunft, des edel hordes. Er ist allein der lieplich klosz, dem gleichen niemant, wann gott gewurken [Z. 15] kan; darin alle behende werk, alle kunst und meisterschaft mit weiszheit sint gewirket. Lat faren, herre Tot! Ir seit des menschen veint: darumb ir kein gutes von im sprechent.

1. sere gew. *ABD.* durchmechtigclichen *ABD*, durchwaltigclich *Cab.* 2. vergattert *D.* vnd zu *B.*

prufung unde *fehlt B.* vnterschait merckunge *D.* 3. allerlei *D.* suessz gedöns *C.* rawch *CDa.* r. oder nack *B.* 4. zwair *C.* ausz mit geenden *A,* löcher mit dem athem ausz vnd eingen gar *D.* 5. verzirmet *B.* mit behegl. *Cab.* 6. rechens *AC.* narung *B.* das ist nar der sele *fehlt Cab,* des da ist auch narunge *D.* 7. zene *CD.* die alles ... sind malen *b,* vnd alles leipfuter sind teglichen *C.* insticker *B,* einsacker *fehlt CDab.* 8. den leuten *fehlt D.* zu wissende *D.* 9. der menschen *Cb,* lautten *D.* ist da der koste schmackung *C,* darinn ist ovch der gesmack *D.* allerley kost *fehlt CD.* 10. lötsam *B.* alles lustes vnd kostsamer prüfung darzu sind *D.* 11. gen der vernünfftige synne *D.* verre *fehlt A.* 12. schnell *D.* gar snell reicht *fehlt D,* verre richtet *C.* in die höhin der gotthayt reichet vnd gantz darüber clymet *D.* gar cleyner *A.* climet ist *B.* 13. vnd darumb so kombt es dartzu das der *C.* daruber gar kompt der m. *b.* der mensche *fehlt Cab.* 14. ist empfangen *Cab,* empfahen *D.* vnd mit der v. vor allen anderen tieren *Cab.* des edel hordes *fehlt Cab.* hardes *A.* 15. leyplich *A.* clös *B.* gleycht *A,* gleichn *n.* gleich *n.* dann *Cab.* wann gott *fehlt D.* gott allein *Cb.* 16. als behende *A.* 17. in weyszlicher kure sind gewurcket *D.* londt *D,* last f. *C.* 18. dauon *D,* von in *ABC.* 19. sprecht *Cab,* redent *D.*

Des todes widerrede. Das sechs und zweinzigest capitel.

Schelten, fluchen, wunschen, wie vil der ist, konnen keinen sack, wie klein der ist gefullen. Darzu wider vil redende leut ist nit zu kriegen mit worten. Es ge nur für sich mit deiner meinung das ein mensche aller kunst, [Z. 5] hubscheit unde wirdigkeit vol sei: dannoch musz er in unser netze vallen, mit unserm garne musz er gezucket werden. Gramatica,[46] gruntvest aller guten rede, hilfet do nit mit iren scharpfen unde wol gegerbten worten; Rhetorica, bluender grunt der liebkosung, hilfet do nit mit iren [Z. 10] bluenden und reingeferbten reden; Loica, der warheit und unwarheit fursichtige entscheiderin, hilfet do nit mit irem verdackten verslahen, mit der warheit verleitung und krumerei; Geometria, der erden bruferin, schatzerin und messerin, hilfet do nicht mit irer unfelender masz, mit irem [Z. 15] rechten abgewicht; Arismetrica, der zal behende auszrichterin, hilfet do nicht mit irer rechnung, mit irer reitung, mit iren behenden ziffern; Astronomia, des gestirnes meisterin, hilfet do nicht mit iren sterngewalt, mit einflusz der ploneten; Musica, des gesanges unde der stimm geordente [Z. 20]

1. cappitulum vicesimum sextum *A*. w. vnd das xxvi c. *Cb*. Spricht der tod zu dem Ackerman *D*. 2. Sch. wünnschen vnd droen *Cab*, f. vnd wunschen *D*. 3. des *CDab*. nicht erfullen *Cab*. do wider *B*. wider *fehlt C*, 4. redende *fehlt B*, wider redent *C*. lüt reden i. nit wider *B*. es sey nun alles war nach deiner m. *D*. alleschöne h. *D*.

74

6. hubschkeit *Cab.* dannoch musz es *C,* dennoch so musz es *a. von* in unser *bis* musz er *fehlt C.* es bezucket *A.* 8. werden alhie Gr. *C.* red vnd *a.* h. damit nicht *B.* 9. scharpfen *bis* worten *fehlt B.* geerbten *C,* gewerten *D.* 10. blauender l. grunt der *fehlt B,* Rh. der kluggrunde *D. von* mit iren *bis* reden *fehlt B.* 11. iren practiarten vnd pluenden worten *D.* 12. *von* fursichtig e. *bis* mit der warheit *fehlt Cab.* 13. verd. vnd verdachtem *A.* verschlagnen worten noch mit der verborgenen warheit *D.* und *fehlt ABCab.* verl. krönen *B.* 14. pfifferin *B. fehlt Cab.* bruferin mit irem vnstillenden messe vnd mit iren gewissen vnd messerin abgewichte hilffet da mitt *D.* 15. vnfelender vnfolendet masse *B.* rechts *A.* 16. abgewichten *Ca.* Arismetria *C.* 17. h. nicht domit *A.* ir rechnung *C,* mitt iren hohen rechnungen *D,* r. vnd rayttung *a.* 18. mit iren beh. ziffern *fehlt D.* gestiernes *C.* 19. mit iren sterngewalt *fehlt B.* mit iren flusz *B,* flussen *C,* mit dem flusse *D.* 20. st. ordenung *Cab,* synne geord. *D.*

hantreicherin, hilfet do nit mit irem sussen gedone, mit iren feinen stimmen; Philosophia, acker der weiszheit, in zwirch und in naturlichen erkentnusz unde in guter sitten wurkung geackert, geseet unde volkomenlich gewachsen; Phisica mit iren mancherleien steurenden trenken; Geomancia [Z. 5] mit der satzung der planeten und des himmelsreifes zeichen auf erden allerlei frag behende verantworterin; Pyromancia, sleunige und warhaftige warsagens feuerwurkerin; Ydromancia, in wassergewurke der zukunft entwerferin; Astrologia mit oberlendischen sachen des irdischen laufes auslegerin; [Z. 10] Geromancia nach hend und nach deuten ires kreises hubsch warsagerin; Nigromancia mit totenopfer, fingerlein und mit sigel der geiste gewaltige wandlung; Notenkunst mit iren sussen gebeten, mit irem starken besweren; Augur, der vogelkosz vernemer und darausz inkunftiger sachen warhafter [Z. 15] zusager; Aruspex, nach alteropfers rauch in zukunft tuende auszrichtunge; Pedomancia mit kinder gedirme und Ornamancia mit vogelgederme[47] luplerin; Jurist, der gewissenlosz

1. hantreicherin *fehlt Cb.* suessen *BC.* 2. sussen und schonen st. *C,* feinen lieblichen *b.* ain acker *D.* der weiszheit *wiederholt A.* 3. in zwirch vnd *fehlt D,* zwirche oder *B.* in synnen reichen vnd *C.* erkantnusse *CD.* sittiger *D.* 4. g. vnde geseet *AB.* vnde (*fehlt b*) hilffet da nicht mit volkommenheit seiner wachsung *Cab.* gew. verfahet da nit *D.* 5. *Von* Phisica *bis* Jurist *fehlt Cab.* ir *B.* 6. Geromancia mit der fundirung *D.* der *fehlt A.* himelreisens *A,* risens *B,* pl. in des firmamentes zyrckel *D.* 7. vnd auf. allerlei *fehlt D.* behendikait *B.* ver. hilffet da nit *D.* 8. gewisse vnd *D.* furwurckerin hilffet do nit *D.* Hydromancia *D,* Inbramacia *B, Der* čech. *Tk.* Baromancia. 9. Ydromancia *bis* entwerferin *fehlt D.* Astroloia *B.* 10. oberlendischer *AB,* mit aller lendischer *D.* lőfes *B.* 11. Exramancia *B,* Geomancia *D,* Chiromancia *č. Tk.* h. vns *A,* handel vnd *D.* nachtatten *D,* nach tetten *B.* krewsen *A,* kraisen *B.* 12. Igramatia *B,* Nygromantia mitt irem zwynglichen gewalte der geiste hilffet da nit *D.* 13. Noctorien die kunst *D, fehlt im č. Tk.* 14. sussen gebetten *A,* hübschen petten vnd iren *D.* b. hilffet nichtz da *A.* Auguria *č. Tk.* 15. vogelkiesse *B,* der vogelgesank *D.* vernemerin *B.* zukünftiger *B,* kunfftiger *D.* warhafter *fehlt D.* 16. Aruspex *bis* Ornamancia *fehlt D.* noch *a.* inczu kunft *A,* in zu konfft *B,* 17. auszrichtende *A.* kunder *A,* kinder *B.* gediryme *A.* mit durch eime dermig l. *A,* durchenderin *B,* durchtrachteten synnen *D.* 18. der gewissen behenden Juristen *D.*

crist hilfet do nit mit rechts und unrechts vorsprechung unde mit seinen krummen urteiln. Die und ander den vorgeschriben anhangende kunst helfen zumale nichts. Jeder mensche musz ie von uns umbgesturtzt, in unserm walktrok gewalken und in unserm rollfasz gefeget werden. Das [Z. 5] glaube, du uppiger geuknecht![48]

Des ackermans widerrede. Das sieben und zweinzigest capitel.

Man sol nit ubel mit ubel rechen; gedultig sol ein man wesen: gepieten der tugend lerer. Den pfad wil ich nach tretten, ob ir leicht nach undult gedultig werdet. Ich [Z. 10] vernim an ewr rede, ir meint, ir ratent mir gar trewlich. Wonet trew bei euch, so ratent mir mit trewen in geswornes eides weise: in was wesens sol ich nu mein leben richten? Ich bin vormalen in der lieben lustigen ee gewesen, warzu sol ich mich nu wenden? In weltlich oder geistlich [Z. 15] ordenung? Die sint mir beide offen. Ich nam fur mich in dem sinne allerlei leut wesen, schatzte und wuge sie mit fleiss. Unvolkommen, bruchig unde etwie vil mit sunden

1. hilfft (hilfft *wiederholt* C.) da nicht m. *Cab.* rechtn v. vnrechtn CD. fürsprechenuge B, vorsprechen C. 2. mit iren D. k. Worten vnd u. andern A. alle ander D. 3. die v. anhangend A, ander vorg. anhande B. den v. anh. *fehlt Cab,* ander anhangende den vorgenanten kunsten D. wann ein i. D. 4. musz *fehlt* B. musz von vns (*so auch* D.) ye C. ie *fehlt* D. abgesturzt B. wacktroge B. 5. gewalckett Ca, gefeget D. vnsern harnasch gesäubert vor werden D. werden *fehlt* C. 6. du mir du C. uppischer gab k. B, uppiger gauche D.
7. cappittulum vicesimum octauum A. Des clagers w. vnd das xxvii cappitel Cb. Der ackerman antwurt dem tod aber auff soliche seine furgelegte maysterliche wortt D. 8. soll vbel nicht mit C. 9. ein yeglich D. wesen *fehlt* D. gepietende AB. t. lere ABCab. pfad vnd wege D. ich

auch n. *a*. 10. ob ir icht *D*, ir licht *B*, leicht noch nach *A*. ir noch villeicht vngedultiger wert *Cab*. geduldt *A*. 11. das ir m. mir *fehlt D*. getruilich *B*. trewlichen *Ca*. 12. wonet truiwe vnd stette by vch *B*. in trewen vnd bei geschw. *D*. 13. in aydes geschworens weyse *C*. solle ich mein *D*. 14. achten *D*. vermeln *B*, vormols *Ca*. lieben *fehlt C*. lustiklichen Ee *D*. 15. werntlich *a*. geyschlich *A*. 16. g. stand vnd ordenung *b*. bede *C*. nym *Cb*. 17. in den syn *Db*. aller leut *D*. schetz *C*. 18. mit volkomendem f. *D*. fl. alle *C*. *von* unvolkommen *bis* etwie vil *fehlt Cab*. unvolkommen *fehlt D*. und an zwiffel (zweyfel behafft *D*.) mit sünden *BD*.

vant ich sie al. In zweifel bin ich, wo ich hin keren sol. Mit gebrechen ist bekummert aller leut anstal. Her Tot, ratet: rats ist not! In meinem sinne vinde, wene und glaube ich fur war das nie so reines gotliches nest[49] und wesen kum nimer mer. Bei der sele ich sprich: weste ich, das [Z. 5] mir in der ee gelingen solt als e, in der wolte ich leben: die weil ich lept, were mein leben wunnsam. Lustsam, fro und wolgemut ist ein man, der ein biderbes weip hat, er wander, wo er wander. Einen ieden sollichen man ist auch liep nach narung zu stellen und zu trachten. Im ist auch [Z. 10] liep ere mit ere, trew mit trewe, gut mit gut widergelten. Er bedarf ir nit huten: wann sie ist die beste hut, die ir ein frumes weip selber tut.[50] Wer seinem weib nicht glauben und trewen wil, der musz stecken in steten sorgen. Her von obern landen, furst von vil selden: wol im, den [Z. 15] du so mit reinem betgenossen begabest! Er solt den himmel ansehen, dir mit aufgerackten henden danken alle tage. Tut das beste, her Tot, vermugender her!

1. kant ich *A*, vind ich *Cab*. zw. wie wol ich hinkeren s. *B*. weisz *überschrieben A*. war ich mich keren soll wann mit gebresten *D*. 2. bekumbt aller geprechen anstall *C*, a. welt anstadel *D*. 3. her tot ratet: rats *fehlt B*. tot rat *A*. rattendt r. ist mir not *D*. meinen *AB*. synne maine vnd gelaub ich, das ich nymer mer ain so raynes nest mit göttlichem wesen überkume *D*. bei meiner sele *D*. vinde *fehlt B*. vnglaube *a*. 4. das dye ee seye gar ein r. *Cab*. vest *AB*, nechste *C*. 5. kum nymer mer *fehlt Cab*. ich das das

m. *C.* 6. yndert ee *B.* als vor gelingen *D.* als vor *Cab*, als e *fehlt D.* in der ee w. ich lebende *D.* 7. die weil leben were mein leben *A.* die *fehlt B.* wille loben were, min lieben *B*, die weil ich lept so wer mein (*so auch a.*) wesen wünnesam froe und lust samiclich Auch wolgemut *Cb.* die weil werent wer leben wan wunnsam *D.* luschsam vnd weltsam vnd wetgüttige *B.* 8. widerbeisz *C.* 9. ee wonder wo *B*, wandel Joch wa er wölle *D.* yedem *fehlt Cab.* e. yeglichen *D.* 10. mane liebet auch nach leiblicher narunge vnd nach eren z. *D.* 11. eren *A.* vneren mit *B*, ere mit eren *C.* truiwen *B.* mit trewe *fehlt B.* zu widergelten *D.* 12. nit ir *A.* hütten *D.* die ist *Cab.* wann ein byderbs weibe behütt ir ere selbs an allen örtten *D.* 13. die irem *B.* ir *fehlt C.* seinem fromen weibe *D.* 14. n. getrawen noch (vnd *b.*) gelawben *Cab.* gelöben *B.* gelauben will noch *D.* trewen globen *B.* 15. Oberlanden *D.* furst von vil selden *fehlt Cab.* im wann *ABab.* 16. mit einem r. *Cab.* rainer *B.* sol *BCb.* 17. dir *fehlt D.* vnd mit aufgereckten *D.* alle tag dancken *Cab.* thu *AB*, nu thüe *D.* 18. vil vermugender *a.*

Des todes widerrede. Das acht und zweinzigest capitel.

Loben an ende, schenden an zile was sie furvassen, pflegen etliche leute. Bei loben und bei schenden sol fug unde masz sein, ob man ir eines bedarf, das man sein stat habe. Du lobest sunder masz elich leben: iedoch wollen wir [Z. 5] sagen von elichem leben, ungeruret aller reinen frawen. Als balde ein man ein weip nimpt, als balde ist er selbander in unser gefengnusz. Zu hant hat er einen hantslag, einen anhang, einen hantslitten, ein joch, ein kumat, ein purde, einen sweren last, ein fegteufel, ein tegliche [Z. 10] roszfeilen, der er mit recht nit enberen mag, die weil wir mit im nicht tun unser genade. Ein beweipter man hat donder, schauwer, fuchs, slangen alle tag in seinem hause. Ein weip stellet darnach alle tage, das sie man werde. Zeucht er auf, so zeucht sie nider; wil er so, wil sie sunst; wil er [Z. 15] dohin, so wil sie dorthin. Sollichs spiles wirt er sat und siglosz alle tage. Triegen, listen, smeichen, spinnen, liebkosen, widerpurren,[51] lachen, weinen kan sie wol in einem augenblick. Angeporen ist es sie: siech zu arbeit, gesunt

1. widerred des todes vicesimum Octauum cappittulum *A.* widerreden vnd das xxviii c. *Cb.* Darauff antwurtt aber der tode also *D.* 2. on e. on z. *Cb.* furbasz *A.* was sey verwachssen *D.* 3. ettlich *C.* fug vnde *fehlt D.* 4. bedurff *Cab*, bedörfft *D.* man *fehlt C.* stet *a.* 5. haben müge *D.* 1. vber massen (masz *ab*) *Cab.* masse *B.* du hast vnmassenlich leben *D.* ettlich 1. *B.* yedoch so w. *D.* wir dir *C.* 6. v. ettlichen 1. *D.* e. sa leben *A.* vngerart *B.* 1. mit

80

vrlaube aller *D*. 7. gewynnet *D*. 8. hantslang *A*, ein hantslag *ab*. einen h. *bis* anhang *fehlt D*. anhab *A*. 9. hantslieten *A*, hantschlittn *BDab*. im kumpt *B*, komadt *C*, ein kumat *fehlt D*. 10. ain *BDab*. schweren *B*. laste *BD*. einen f. *D*. teglichen *C*. 11. t. roszfeigen oder ein r. *A*, rostfriheln *C*, rosstrigeln *D*. er *fehlt C*. die wille *B*. 12. tunt *B*. 13. hat dannocht schur *B*. schaur vnd slagen alle tag *D*. *von* in seinem h. *bis* alle tage *fehlt Cab*. 14. begert sie man zu werden *Cab*. 15. er sol so *B*. will sie suss so will er so *D*. er so, so w. *Cab*. 16. will er dohin *bis* dorthin *fehlt D*. dahin *C*, hin *b*. solches spils *Cb*, s. spyegels *D*. vnd siglosz *fehlt D*. 17. alles tages *A*. T. ligen sm. vnd liebkosen *D*. 18. widerpelln l. vnd w. *D*. *Von* lachen *bis* ... lich vnd den frawen in *C*. XXIX *fehlt b*. 19. ist es sie angeporen *C*. i. es ir sie ist s. *D*. krank z. a. *C*. gelust gesunt z. *B*. gesunt zu arbeit gesunt zu wulust *A*.

zu wollust, darzu zam und wilde ist sie, wann sie des bedarf. Umb werewort[52] finden bedarf sie keines ratmannes. Gebottene ding nicht tun, verbottene dinge tun fleisset sie sich alle zeit. Das ist ir zu susse, das ist ir zu sauer; das ist zu vil, das ist zu wenig; nu ist es zu fru, nu ist es zu [Z. 5] spat: also wirt es alles gestrafet. Wirt dann icht gelobet, das musz mit schanden in einem trechselstule gedret werden; dannoch wirt das loben dicke mit gespot gemischet werden. Ein man, der in der e lebt, kan kein mittel aufhaben. Ist er zu gutig, ist er zu scharpfe: an in beiden wirt er mit [Z. 10] schaden gestrafet. Er sei newr halb gutig oder scharpf, dannoch ist do kein mittel: schedlich oder streflich wirt es ie. Alle tage new anmutung oder keufen, alle wochen fremde aufsetzung oder muffeln,[53] alle monat newen unlustigen unflat oder grawen, alle jare newes cleiden oder teglichs [Z. 15] strafen musz ein geweibter man haben, er gewin es, wo er wolle. Der nacht geprechen sei aller vergessen: von alters wegen schemen wir uns. Schonten wir nicht der biderben frauwen, von den unbiderben kunden

1. wullust *BCab*. ist sie *fehlt D*. wenn *C*. 2. wer wort *Ca*. zu finden *D*. ratmasz. *B*. 3. gebettn *B*. verbottene dinge

81

tun *fehlt* A. vnd verb. d. zu tun D. 4. *Von* alle zeit *bis* das
ist zu vil das *fehlt* B, alle zeitt *bis* ist zu wenig *fehlt* D.
suessz C. 5. desz ist z. v. desz *Ca.* vnd des ist z. B. 6.
spatte B. w. es also g. C. ichts von ir *Ca.* gelavbet B. 7.
schanden vollendtt werden D. in einem trechselstule
ged. w. *fehlt* D. geredt A, gerret B, gedreet *Ca.* 8. wurtt
D. leben *ABCDab.* 9. werden ein man *fehlt* D. *Das erste*
der *fehlt* A. kan kein man kein mittels auszgenemen D.
mittel haben *Ca.* 10. b. wir er B. wurdt C. 11. m.
schanden D. es sei joch h. D. sey nur A. hab B. oder
fehlt ABCab. 12. schedlichen A, schaidlichen B. schedlich
bis es ie *fehlt Ca.* trefflich A. 13. ie *fehlt* B. hie *ABDb.* a.
tage hie nüwe onemittunge B, tage hat er newe *Ca,* tag
newe ainmuttunge D. kiessen B, kempffen D, keyffen *a.*
oder new aufs. alle wochen fremde *fehlt* D. 14.
aufsetzung oder *fehlt Ca,* aufs. vnd pflegn alle D. wurtln
Ba, murfeln C. 15. monat grausenlichen vnflatt D. oder
grawe *fehlt* D. cleides A. 16. strafen *fehlt.* musz er ein
beweipter C, ein yeglicher b. D. gewin wo ers wolle C.
17. nach geprechen A, gepresten D. 18. v. dar rürende
von D. vns vnd sch. C. schonettn wir nitt der fromen f.
D. 19. der erbarn f. A. wir der b. f. nicht C. piderfrauen
a. von der C. u. weiben *Ca.* konden A, wolten D.

wir vil mer singen und sagen. Ich weisz nicht, was du
lobest: du kennest nit golt bei blei.

Des ackermans widerrede. Das neun und zweinzigest capitel.

Frauwen schender müssen geschent werden, sprechen der warheit meister. Wie geschicht euch dann, her Tot? [Z. 5] Ewer unvernunftiges frauwen schenden, wie wol es mit frauwen urlaub ist, doch ist es werlichen euch schentlich unde den frauwen schemlich. In manigs weisen meisters geschrift vindet man, das an weibes stewer niemant mag mit selden gestewert werden, wann weibes und kinder habe [Z. 10] ist nit das minste teil der irdischen selden. Mit solichen warheiten hat den trostlichen Romer Boecium hin gelegt Philosophia, die weise meisterin. Ein ieder abenteurlich und sinnig man ist mir des zeug: kein man kan zuchtig wesen, er sei dann gemeistert mit frauwen zucht. Es sag [Z. 15] wer es wolle: ein zuchtiges, keusches, schones und an eren unverrucktes weip ist vor aller irdischer augelwaide. So menlich man gesach ich nie, der rechte mutig wurde, er

1. wir me s. *B.* sagen vnd singen *D.* Darum wist (wisz *Da*) was *CDa*.
3. *D.* clagers w. vnd das xxviiii ca. *C.* cappittulum vicesimum nonum *A.* Der ackerman anttwurtt aber dem tode vnd spricht *D.* 4. Lieber f. *A.* 5. waiszhaytt *D* m. vnd beschicht *D.* 6. vnuernunfft f. schentt *Ca.* frauwen *fehlt D.* 7. urlaub beschicht doch ist es euch *D.* euch werlich *C.* euch *fehlt D.* schandlich *B*, smelich *b*. 8. wann in m. *D.* manign *B*, manchen *Ca.* 9. man on *B.* an frauwen st. *D.* 10. solden *B.* dann weiber *D.* und *fehlt B.* habe ich *D.* 11. das wenigest taille *Cab.* der *fehlt.*

irdischer *Cb*. irdischer gabn vnd selden Schätze *D*. 12. solcher warhaitt *CDb*. den *fehlt C*. t. maister vnd R. *B*. hat phylosophia die weisz maisterin hin gelegt Boetium den kostlichen (ankostlichen *b*) Römer *Cab*. hingelayttet *D*. 13. durch weise *B*. yeglicher abenturlicher *D*, abentewrlichen *A*. 14. vnd *fehlt CDab*. synniger *C*, synnreicher *D*. zucke *B*, ein gezewg *Cb*, ein zewg *a*. gezeug das kein man *D*. man zewcht *A*. 15. *von* wesen *bis* zucht *fehlt A*. man kan kein wesen *B*. kains mans (kain man *b*) zucht kan wesen Sie dann gemaistertt (g. sie sei *a*) mit f. *Cab*. gezeug das kein man züchtig wesen mag er sei ... *D*. 16. keusches *fehlt BD*. schons keusch (keuschs *a*) *Cab*. vnd an eren unverrucktes *fehlt BD*. 17. vor *fehlt D*. ougenw. *B*, eugelwaide *ab*. 18. menschlich *B*, manlichen *CDb*. einen *Cb*. nie *fehlt D*. recht *BCD*. wardt er wardt *Ca*. er wurde *fehlt B*.

wurde dann mit frauwen trost gestewret. Wo der guten samnung ist, do sicht man es alle tage. Auf allen plonen, auf allen hofen, in allen turniren, in allen herfarten tun die frauwen ie das beste. Wer in frauwen dinsten ist, der musz sich aller missetat anen mit recht. Zucht und ere [Z. 5] lernen die werden in irer schule. Irdischer freuden sint gewaltig die frauwen: sie schaffen, das in zu eren geschicht alle hübscheit unde kurtzweil auf der erden. Einer reinen frauwen fingerdrowen strafet unde zuchtiget fur alle waffen einen frommen man. An liebkosen mit kurtzer rede: aller [Z. 10] weit aufhaltung, vestung und merung sint die werden frauwen. Idoch bei golde blei, bei weitzen ratten, bei allerlei muntz beislege und bei weibe unweib mussen wesen. Dannoch die guten sollen der bosen nit engelten: das glaubent, hauptman von berge.[54] [Z. 15]

Des todes widerrede. Das dreiszigest capitel.

Einen kolben fur einen klosz goldes, ein kot fur einen topasion, einen kisling für einen rubin nimt ein nar. Die hewschuren ein burg, die Tonaw das mere, den meuszær

1. er wer dann vor m. *D.* gefrewet *A.* wo dan *B,* wo da *C.* 2. samenig *D,* sampnung *b.* planen *Cab,* auf allen plonen *fehlt D.* 3. turnerrn *B,* thüryneren *C.* dünd *B,* thund *C.* 4. dienst *BCD.* 5. ewszern recht *b,* mit ein rechte *C.* erre *B.* 6. leren *b.* l. bey w. *C.* w. frauwen *Dab.* in irer schule *fehlt D.* schuben *B.* f. der schonen irdischen *D.* 7. freuden sind frawen guttig. die frawen *fehlt C.* sie *fehlt D.* sie in das zu eren alle h. *A.* die frauwen *bis* auf der erden *fehlt B.* ere *Cab.* beschicht *D.* 8. der *fehlt Cb.* 9. f. drawen *C.* zuchtiget ein frommen man fur *D.* 10. einen frommen *bis* liebkosen *fehlt Cab.* ain l. *B,* an liebkosen *fehlt D.* rede beschlossen *D.* 12. golde vnde blei *A,* vnde blei *fehlt B,* bey Gold bey pley *C.* weicz *A,* waisse *B,* trayd *D.* 13. beislege *bis* mussen wesen *fehlt B.* 14. dennoch *Cb.* den bösen *D.* mit eng. *A.* 15. dz globe hoptman *B,* desz gelawbett mir her tode *Cab, von* das glaubent *bis Ende fehlt D.* von brige *A,* priege *B.* 16. cappittulum Tricesimum *A.* das xxx capitl *Cb.* Der tod spricht aber zu dem Ackerman *D.* 17. vor ainen *B,* f. ainem *C.* klotz *D,* ein horen *Cab,* einen öpffel *D.* 18. thopassin *B,* Topasien *C.* ein *A.* vor einen rowein *B.* 19. hewserweirn *A,* howeschurren *B,* heuscherns hauffen *Cb,* heuscheurn *a.* für ein b. *D.* donowe *B,* thuünen *C,*

85

tunawe *D*, des mere *BC*. ein m. *Cab*. müssare *B*, meuszer *a*.

einen valken nennet der tore. Also lobestu der augen lust; der ursachen schatzestu nit: wann du weist nicht, das alles, was in der welte, ist eintweder begerung des fleisches oder begerung der augen oder hochfart des lebens.[55] Die begerung des fleisches zu wollust, die begerung der augen [Z. 5] zu gut oder zu habe, die hochfart des lebens zu ere sint geneiget. Das gut bringet gerung und geitigkeit, die wollust macht unkeuscheit, die ere bringet hochfart und rum. Von gut durstigkeit und vorcht, von wollust boszheit unde sunde, von ere eitelkeit mussen ie kommen. Kondestu das vernemen, [Z. 10] du wurdest eitelkeit in aller welt finden, und geschehe dir dann lieb oder leit, das wurdestu dann gutlichen leiden, auch uns ungestrafet lassen. Aber als vil als ein esel leiern kan, als vil kanstu die warheit vernemen.[56] Darumb so sei wir so sere bekommert mit dir. Do wir Pyramum [Z. 15] den jungling von Tysben der meid, die beide ein sele und willen hetten, schieden, do wir konig Alexandrum aller welt herschaft enteigenten, do wir Paris von Troi und Helenam von Kriechen zurstorten, do wurden wir nicht also sere als von dir gestrafet. Umb keiser Kareln, marggraf Wilhalm, [Z. 20]

1. den rappen ainen *D*. der thor nennet *C*, nymet d. t. *D*. 2. aber der *Cb*. schetzestu *B*, setzett *C*, scherzst *b*, setzest *a*. aber nit *D*. weist betracht das alles *D*. 3. ist *fehlt D*. entweder *AC*. 4. *von* oder *bis* lebens Die begerung *fehlt D*. des leibes *B*. 5. Die begerung *bis* h. des lebens *fehlt B*. die begir *D*. des fleusch *C*. der b. *A*, die wollust d. a. *C*, begier *D*. 6. *das 2te* zu *fehlt Cb*, die hoher *A*, die hoch *D*. 7. geyrung vnd *A*, gierung oder *B*, gerung und *fehlt Cab*. br. dann gayttigkeit *D*. die wollust macht *fehlt A*. vnde unkeuscheit *A*, gaittigkait und w. *B*, der w. macht unkeusch *D*. die wollust *bis* unkeuscheit, die *fehlt Cab*. 8. der ere *A*. hochfart wollust bringet unkewsch poszheit vnd sunde *anstatt*: vnd rum *bis* ie kommen *Cab*. und rüen *D*. 9. das gut *ABD*. dorstigkait *B*, getürstigkeit vnd ouch f. *D*. 10. gettikeit *B*, üppigkeit *D*. Ja kundestu *D*, kanst du es *C*. 11. vündest üppigkeit *D*.

aller der welte *D*. finden *fehlt D*. weit vernemen *C*. 12.
beschah dir *D*. d. gar gutlich *Cab*. dann *fehlt D*. 13.
leiden vnd vns *D*. Oder als *a*. *das 2te* als *fehlt Ca*. 15. sin
w. *B*, sind w. zu *D*. Pyramyn *ABD*, Prianum *Cb*. 16.
Tibsen *B*, Tilben *C*. vnd willen *fehlt B*. 17. schaydent *D*.
Allexander *A*. 18. enteynigten *ABD*, entenigten *Ca*.
paryss *B*, paris vnd Trioam *Ca*, Parisen *D*, Paris vnd
Helenam vnd Troi v. *b*. vnd die myneclichen Helenam
D. 19. so sere *C*. 20. vnd k. *Cab*. karle *B*, karolun *D*.
Wilhelm *A*, Wilhelm von Orantz *D*.

Dieterich von Pern, den starken Poppen[57] und umb den
hurnin Seifrit hab wir nit so vil mue gehapt. Aristotelem
und Avicennam clagen noch heut vil leute, dannoch sein
wir ungemut darumb. Der gedultig Job und Salomon, der
weiszheit schrein, sturben: do wart uns me gedanket dann
[Z. 5] gefluchet. Die vor waren, die sint all dahin; du unde
alle, die nu sint oder noch werdent, mussent all hin nach:
dannoch bleib wir Tot hie.

Des ackermans widerrede. Das ein und dreisigest capitel.

Aigne rede verurteilt dick einen man und sunderlich [Z. 10] einen, der itzund eins und darnach ein anderes redt. Ir hapt vor gesprochen: ir seit etwas und doch nicht ein geist unde seit des lebens ende und euch sint alle irdische leut empfolhen: so sprecht ir nun, wir mussen alle do hin, unde ir, her Tot, bleibt hie. Her, zwo widerwertige reden mugen [Z. 15] mit einander nit war gewesen. Sullen wir von leben alle do hin scheiden, und irdisch leben sol alles ende haben, so merke ich: wann nimmer leben ist, so wirt nimmer sterbens unde todes. Wo koment ir dann hin, her Tot? In himeln

1. st. recken *BD*, pappen *a*. 2. hurnein Sewfriden haben w. *C*. seyfreydt *A*. sifrid *B*. also vil müwe *B*. 3. Avicenam die noch heut bei tag die leutt clagent *D*. 4. derhalben waren wir vngemütt *D*. vngemwett *C*. kunig David der hailigk vnd kunig Salomon *D*. Da nun (domit *a*) d. g. Jop salomon d. w. *Cab*. 5. mer zugedanckt *C*, mer zu danck *a*. 6. die da v. *B*. du *fehlt C*. 7. noch sint *B*. alle hernach *D*. 8. bleiben w. tode hie ein herre alhie *C*. dannoch bleib wir herr tod hie *D*.
9. des clagers w. vnd das ... *Ca*. cappittulum XXXI^m. *A*, eindreiszigte *a*. Spricht aber der Ackerman zu° dem tode also *D*. 10. verteilt *A*. offt *CDa*. ein *A*. sunder *C*, ierlich *a*. 11. den ytzund *D*. redett *C*. ir habent dauor gesprochen *D*. 13. ding empfolhen. 14. Nu sprecht *D*. alle hinnach *D*. 15. belibtt *B*. allhie ein herre *C*. her *fehlt D*. zwu *AD*.

widerwartige *AD*. mogen nicht *C*. 16. nit mitt e. *D*. war
sagen *B*. ware *A*, gewar *a*. vom leben *C*. 17. vnd soll all
irdisch *D*, sullen alle *A*, sol als *B*. 18. haben vnd ir seitt
als ir sprecht des lebens Ende so mercke ich nun wol *Ca*.
wann nit mer lebens ist, da wirt ouch nit mer sterben
D. 19. oder todes her todt wann k. *D*. war (wa *C*) kombt
BC. her tot *fehlt D*. in dem himel *C*.

mugt ir nit wonen. Der ist gegeben den guten geisten: kein
geist seit ir nach ewer rede. Wann ir dann nimmer auf erden
zu schaffen hapt und die erde nimmer weret: so must ir
gerichtes in die helle, do must ir an ende krochen.[58] Do
werden auch die lebendigen und die toten an euch [Z. 5]
gerochen. Nach ewer wechselrede kan sich niemant
gerichten. Solten alle irdische dinge so bose, snode und
untuchtig sein beschaffen unde gewurket? Des ist der ewig
schopfer von anfang der welt nie gezigen worden. Tugent
lieb gehapt, boszheit gehasst, sunde ubersehen unde
gerochen hat gott [Z. 10] bisher. Ich glaub, hinnach tu er
auch das selbe. Ich han von jugent auf gehoret lesen unde
gelernet, wie gott alle ding beschaffen hat: ir sprecht, wie
alles irdisch wesen und leben sol ende nemen. So sprichet
Plato[59] und ander weissagen das in allen Sachen eines
zurrüttung des andern [Z. 15] berung sei, und wie alle sach
auf ewer kunde sint gepauwet und wie des himels lauf aller
und der erden von einem in das ander verwandelt werden,
darauf niemant pauwen sol. Wollt ir mich von meiner clag
schrecken,

1. möcht *B*. kein wonung gehaben *C*, nit beleyben noch
wonen *D*. der gaist gegeben *B*. allein allein den *Ca*. 2. so
seit ir kein geist *D*. 3. der erden nymer zu schaffen hapt
C. die *fehlt B*. vnd kein ertreich mer ist *D*. werdent *B*. 4.
gerichtz *B*, angandes *D*. helle dar inn m. *Ca*. krachen *B*,
on end horchen *C*, pratten vnd prynnen *D*. 6. niemands
Ca. 7. schnöde *B*, schnod *C*. snode und *fehlt D*. untugig
C, ouchtig *D*. 8. geschaffen *Ca*. das ist er *AB*. 9. ist got
von angende *D*, angen *C*, anbegin *a*. nie beschädigt
worden *C*. Tugent lieb *bis* er auch das selbe *fehlt D*. lieb
halt boszheyt geschafft *AB*. 10. gerechent *AB*. unntz her
Ca. 11. tuwe er och *B*, thue er *C*. das selbig *a*. 12. ich

han von gott vnde Jugend auff *A*, In hon gehört lesen
vnd von Jugent auf betrachtet *D*. auf *bis* gelernet *fehlt D*.
wie alle ding gott *ABb*. ding nach nutz und eren
geschaffen habe *D*. habe *Ba*. 13. ir sprecht *fehlt B*. wie
alle irdische leben wesen *AB*. 14. leben sollen *CDa*. alles
yrdisch wesen *D*. ein ende *C*, ende haben *D*. 15. zu
Rüttung *C*. dz a. *B*. 16. bereng *A*, werunge *B*, geperung
Ca, merung *D*. vnd wie alle *bis* sint gepauwet *fehlt D*.
ewer *fehlt Ca*. vrkundt *Ca*. kinde *A*, kinder *B*. 17. lawff
der ploneten vnd *Ca*, lauf aller *fehlt D*. erden lauff sich
alles von e. *D*. 18. verwanndeln *Ca*. werden *fehlt ACDa*.
nyemandts *C*. 19. wöllent *D*. clag benemen vnd stercken
Ca. cl. erschrecken *D*.

des beruf ich mich mit euch an gott, meinen heilant.
Verderber, domit gebe euch gott ein böses amen!

Des todes widerrede. Das zwei und dreisigest capitel.

Oft ein man, der anhebet zu reden, im werde dann die rede unterstossen, nit aufgehoren kan. Du bist auch ausz [Z. 5] demselben stempfel gewurket. Wir haben gesprochen unde sprechen noch, domit wollen wir ende machen: die erde und alle ir behaltung ist auf unstettigkeit gepauwet. In diser zeit ist sie wandelber worden: wann alle ding habent sich verkert. Das hinder herfur, das vorder herhinder, das [Z. 10] unter gen berge, das ober gegen tale, das ebich an das recht hat die meiste menig volkes gekeret. In fewersflammen stettigkeit han ich al menschlich geslecht getreten. Einen schein zu greifen, einen guten treuwen beistendigen freunt zu vinden, ist nahent gleich muglich auf erden worden. [Z. 15] Alle menschen sint mer zu boszheit dann zu gut geneiget. Tut nu iemant icht gutes, das tut er uns besorgende. Alle leut, mit allen irem gewurke sint vol eitelkeit worden. Ir leib, ir weip, ire kint, ir ere und ir gut unde al ir

1. brüffe B. zu got B. herr tode verd. Ca. Ir böser verd.
D. 2. ein zemal böses D. Amen fehlt BD.
3. cappittulum xxxii^m A. vnd das xxxii c. C. der redt vnd antwurttet dem Ackerman D. 4. man wendet B, man wennet Ca. 5. dann darein geslagenn er kunne vnd müge nicht vffgehoren Ca. die rede fehlt D. 6. derselben st. D. tempfell A. wir haben bis sprechen noch fehlt B. 7. willen D. woll ein e. a. wir ein ende C. 8. handlung C, behandelung a. ist auch auf A. stettigkeit C. gewubett

B. 9. ist sie *fehlt D.* 10. erfur *A.* dz voder *B.* herwider *A,* hin hinder *B.* 11. das ober getal vnd das vnder gen perg *C,* vntergeberge das vber getal *b.* gegen tag *D.* 12. das gerecht *C.* das Recht an das letzte *D.* maiste mege volk *B,* meist menige volks *C. Von* in fewersflammen *bis* auf erden worden *fehlt Ca. Von* in fewersflammen *bis* geslecht getretten *fehlt D.* 14. e. schatten zu begreifen *D.* trauwen bestendung *A,* getrewen beystendigen *D.* freunden *A.* 15. zu veinden *A,* frunde ze vinden *D.* ist nochent *B,* bey nach *D.* glich Mugelichs *B.* 16. gütten *B,* zu tugenden *D.* 17. niematz ichtz (*so auch D*) gutz *B.* nymant *a.* er vsz besorgunge *B.* er vmb das das er vnns besorgt alle *Ca.* besorgen *D.* 18. a. menschen *D.* allem irm *C.* gewercke *BD.* vol üppigkaytt *D.* geworden *B.* 19. ir libe ir wibe *B,* weiber *C.* ire kinde *A,* ire kinder *C.* und *fehlt B.* alles *CD.*

vermugen fleusset alles dahin. Mit einem augenplicke verswindet es, mit dem winde verwischet es: noch kan der schein noch der schatten nicht bleiben. Merke, brüfe, siehe und schau, was nu der menschen kinder haben auf erden: wie sie berg und tal, stock, stein und gefilde, alpen, [Z. 5] wildnuss, des meres grunt, der erden tief durch irdisches guts willen durchgrunden in betrubnusz, in jamer, in kummer, in ellende unde in mancherlei widerwertigkeit; unde ie mer ein mensch irdisches gutes hat, ie mere im widerwertigkeit begeint. Noch ist das aller gröste das [Z. 10] ein mensch nicht gewissen kan, wenn, wo oder wie wir uber es pflupfling vallen unde es jagen zu laufen den weg der totlichen.[60] Die purde mussen tragen herren und knecht, man und weip, reich und arm, gut unde bos. O leidige zuversichte, wie wenig achten dein die tummen! Wann es [Z. 15] zu spat ist, so wollen sie alle frumme werden. Das ist alles eitelkeit uber eitelkeit unde beswerung der sele. Darumb lasz dein clage sein und trit in welichen orden du wilt, du findest brechen und eitelkeit darinnen. Idoch kere wider von dem bosen unde tu das gut, suche den friden [Z. 20]

1. vermögen fleucht *Cab.* einem *fehlt A.* eygenplicke *A.* 2. verswunden *C.* es *fehlt C.* verwist *B.* es ir *D.* noch kan

der *fehlt* D. 3. sch. oder schatten D, der schaden A, der schatt Cb. sch. mag nach in D. prueff sich v. schawe C, merke schaw vnd prüff D. 4. wann der m. A. künde B, kind Cab. vff erden haben Cb. auf erden *fehlt* b. 5. wie sich C. berg vnd tag D. alben C, alpen *fehlt* D. 6. durch irdisches guts *bis* durchgrunden *fehlt* ABD. 7. in betrubnusz *bis* m. widerwertigkeit *fehlt* Cab. 8. in ellende *fehlt* D. widerwertigkeit besitzent D. *von* vnde yemer *bis* widerwertigkeit *fehlt* B. 9. ein man D. irdisch g. Cb. 10. begegnett C. 11. das das g. A. das nyemant gewissen kan D. genissen noch gewissen A. 12. wir iss urbliczlingen übervallen B, uber es ir plufflig C, in stumpflichen D. gagen Ca, in Jagen D. 13. purdin C. und auch C. knechte ABD. 14. weibe ABD. bosz jungk vnd allt Cab. bose ABD. 14. O laide z. B. 15. w. gar wenig achten dasz die Cab. achten dome B. 16. was zu spat B, zu spatt würt D. 17. uber eitelkeit *fehlt* BC. über üppigkeit D. 18. so lasz D. clagen C. dritt A. in welchn orden Ca. 19. wenn du wilt C. gebrechen Ba. findest yettelkeit vnd geprechen C, f. gepresten D. 20. wider *fehlt* BC. such Ca. den frid Cab.

unde tu in stet. Uber alle irdische ding habe liep rein unde lauter gewissen! unde das wir dir recht geraten haben, des kommen wir mit dir an gott, den ewigen, den grossen und den starken.

Hie spricht gott ausz das urteil des kriegs zwischen dem tot und dem clager. Das drei und dreisigest capitel.

Der lentz, der sommer, der herbst unde der winter, die [Z. 7] vier erquicker unde hanthaber des jares, die wurden zwitrechtig mit grossen kriegen. Ire ieder rumet sich seines guten willen in regen, winden, tonder, schawer, sne [Z. 10] unde allerlei ungewitter: wie sie schecht, stollen unde tief grunt gruben in die erden, der erden adern durchgraben und durchpauwen, glantzerden suchent, die sie durch seltsenkeit willen fur alle dinge lieb haben; wie sie holtz vellen, gewent zeunen, heuser den swalben gleich klecken; [Z. 15] pflantzen unde beltzen baumgarten, ackern das ertereich, bauwen weinwachs, machen mulwerk, zu tun zinse, bestellen vischerei, weidwerk und wiltpret, grosse hert vichs zusamen

1. unde *fehlt Cab.* vnde such in stet *A*, und halt den stett *D*. stet vor alle *A*. irdische *fehlt Cb.* uber alle irdische habe *b*. 2. gewessen *B*. vnde *fehlt D*. *Von* wir dir *fehlt Alles bis zum Schluss C*. wir dir nu *D*. 3. grossen den mächtigen vnd den aller sterckesten *D*. 4. stercksten *b*.
5. u. 6. Des ackermanns widerrede Cappittulum xxxiii[m] *A*. Die entschidunge so gott der herre tutt zwischen dem tode vnd dem Ackerman *D*. Das xxxiii capitel in dem spricht ... *b*. in dem spricht *a*. *zum Schluss*: das xxxiii cap. *a*. 7. sumer *ab*. 8. erquickent *B*. vnd hontheller d. *B*, hantheber *A*. 9. zwifursig *A*, zwistossig

94

ab. yeglicher römpt *D.* 10. in winden *A.* winde schnee
donder *D.* schawer sne *fehlt D.* 11. slecht *A.* sie sich
schowen *B.* wie sie stein schelten vnd *D.* 12. in der *A.*
von der erden *bis* lieb haben *fehlt ab.* durchgegraben der
erden adern d. *A*, durchgruben der. *D.* d. erden ander
durchbuwen *B.* durchgraben vnd *fehlt D.* 13. durchg ...
(*unleserlich*) pauwen *A.* durchpautend glantz ertz erde
suchten *D.* 14. selczamkeytt *A.* 15. wellen *A*, wollen *B*,
felten *ab.* gewant zu wünen *A*, gewende zimes *B.* wend
zaun vnd heuser machtent vnd paumgarten pflanztenn
vnd pfletzen Ackern auff erttrich *D.* 17. wachsen *B.*
mulwelk *B*, mülperg *a. m.* treyben *D.* zu tun *fehlt Dab.*
zynsz stifften *D.* bestellen *fehlt D.* 18. vischerunge
waidgenge *B.* und wildwerg *A*, wildperg *a. w.* besachen
D. grosen herrn fiechs zus. *B.*

treiben, [vil knecht unde meide haben, hoch pferde reiten,
goldes, silbers, edel gesteines, reiches gewandes und allerlei
ander habe heuser und kisten vol haben, wollust und
wunnen pflegen.[61] Darnach sie tage und nacht stellen und
trachten. Was ist das alles? Alles ist ein eitelkeit und [Z. 5]
ein serung der sele, vergenklich als der gestrig tag, der
vergangen ist. Mit krieg unde mit raube gewinnen sie es;
wann ie mer gehapt, ie mancherlei geraubet. Zu kriegen
unde zu weren lassen sie es nach in. Die totliche menscheit
ist stetigclichen in engsten, in trubsal, in leit, in besorgen,
[Z. 10] in vorchten, in schewunge, in wetagen, in siechtum,
in trauwern.] und iglicher wolt in seiner wurkung der beste
sein. Der lentz sprach, er quicke und mache guftig alle
frucht; der sumer sprach, er macht reif und zeitig alle frucht;
der herbest sprach, er brecht unde zecht ein beide [Z. 15] in
stedel, in keller unde in die heuser alle frucht; der winter
sprach, er verzerte unde vernutzte alle frucht unde vertribe
alle gifttragenden wurme. Sie rumpten sich unde kriegten
vast; sie hetten aber vergessen, das sie sich gewaltiger
herschaft rumpten.[62] Den geleich tut ir beide. [Z. 20] Der
clager claget sein verlust, als ob sie sein erbrecht were; er
wande nicht das sie von uns were verlihen: der Tot rumpt
sich gewaltiger herschaft, die er doch allein von

1. *Von* vil knecht *bis* der lentz sprach *fehlt ab.* meide zu h.

A. 3. und die allerschönste heuser vnd k. *D*. 4. stellend vnd trachtend *D*. 5. Alles *fehlt AB*. ist es ein üppikaitt *D*. 6. vnd inserung *A*, vsserung *B*. vergenklichkeyt *A*. 8. mancherlei gehebt und g. *B*, beraubet *A*. ye mer geraubt *D*. 9. leyden l. s. e. hinder in *D*. O du t. *AB*. 10. stettes in *D*. sorgen *BD*. 11. schuchunge *B*, in serung *D*. in wetagung *A*. in siechtagn *D*. 12. traurender *D*. t. wurckung vnd wol der beste (böste sin *B*) *AB*. vnd ir *ab*. 13. er macht zeittig vnd erkukt *D*. erkucket *b*. güstig *B*, guftig *fehlt b*. 14. v. er macht *bis* zeitig alle frucht *ist wiederholt a*. zeittig vnd riff *B*. vnd töbig *D*. 15. brecht sie in hewser vnd in keller *D*. in beyde *B*, weyde in *Aa*. 16. stedel oder schurn vnd in k. *B*. aller fr. *A*. 17. nützte *D*. 18. die gefftragende *b*. rumpften *A*. 19. hetten sich aber *A*. aber *fehlt B*. 20. sich gewelter h. rumpffen *A*. sich rümpten *D*. r. ewigclich tut *A*. tünd *D*. ir beider *A*. ir alle peide also *a*. 21. seinen verlust an seinen weib *D*. a. ob es sin *B*. s. rechteserbe w. *D*. 22. Er gedenckt *D*. er wende *Bab*. weren *A*. verliehen was *D*. *Von* die er doch *bis* herschaft ist *fehlt D*. 23. rumet *A*.

uns zu leben hat empfangen. Der claget, das nit sein ist, dieser rumpt sich herschaft, die er nicht von im selber hat. Iedoch der krieg ist nicht gar ane sach. Ir hapt beide wol gefochten. Den zwinget leit zu klagen, diesen die anfertigung des clagers die weiszheit zu sagen. Darumb, clager, [Z. 5] la! her Tot, sige! Ieder mensch dem Tode das leben, den leip der erden, die sele uns pflichtig ist zu geben.

Hie bitt der ackerman fur seiner frauwen sele. Die roten buchstaben, die grossen, nennent den clager. Disz capitel stet eines betes weise und ist das vier und dreisigest capitel.

Immerwachender[63] wachter aller welte, gott aller gotter, [Z. 11] wunderhaftiger her aller herren, almechtiger geist aller geiste, fürst aller fürstentum, brun, ausz dem alle gutheit fleusset, kroner und die kron, loner und der lon, kurfürst, in des kurfürstentum alle kure! wol im wart, wer manschaft [Z. 15] von dir empfahet. Der engel freud unde wunne, indruck der allerhosten formen, alter greiser jungeling,[64] erhore mich!

O liecht,[65] das nicht empfahet ander liecht, liecht, das vervinstert unde verplendet alle auszwendige liecht, schein, [Z. 20] vor dem verswindet aller ander schein, schein, zu des achtung alle lieht sint vinsternusz, zu dem alles schatt erscheinet,

1. der clager claget *b*. 3. gar *fehlt*. on s. *a*. habent A. 4. den do B. dann den ainen z. D. laiden vnd k. B. den andern D. der anfechtung D. muet die affterdayding *ab*. 5. warhait D. c. hab ere *ab*. 6. lasz der todt seyder yeder D.
8. *bis* 10. das xxxiiii capitel da bitt *b*. vnd ditz c. *a*. vnd ist *fehlt ab*. das xxxiiii c. *a*. 11. I *roth a*. I *fehlt in b, sollte*

wol nach gezeichnet werden. So auch im ff. werlt *b.* gotter
herr w. *A.* 12. h. ob allen herrn *ab,* ob allen hertzen *D.*
herren allm. geist *fehlt B.* almechtigster *A.* geist *fehlt A.*
13. Prünn *A.* guttet *A.* rynnet *D.* 14. Tröner vnd der
tronen loner *D. d.* krone aller krone *B.* vnd der lon *fehlt*
D. 15. des kuresten *A,* des kurfürstentum *fehlt B.* in des
kurfürsten wal alle erwelung stet wol *ab.* kure sind *D.*
wart *fehlt D.* 16. manhait von ime empfacht *B.* freud
vnde *fehlt D.* 17. Indruckt *B,* Eindruck *a.* frome aller
greysester *D.* aller *a.* 19. O *roth a.* O *fehlt b.* da da kein
ander lieht empfahet *D.* 20. vervinstrett vnd erplendet *B.*
alles *BD.* auszwendiges *A.* 21. dem da *D.* zu daz *a. B.* 22.
a. lieht enprennent *D.* lieht vnd vinsternusz *B.* sint bis
erscheinet *fehlt D.* licht zu d. *b.* schad *a.*

liecht, das in der beginnusz gesprochen hat:[66] werde liecht,
fewr, das unverloschen ewig prinnet, anefang unde ende,
erhore mich!
Heil unde selde uber alles heil unde selde, weg an allen irrsal
zu deme ewigen leben, bessers, ane das dann [Z. 5] nicht
bessers ist, leben, in dem alle ding leben, warheit uber alle
warheit, weiszheit, die umb fleusset alle weiszheit, aller sterk
gewaltiger, recht und gerecht hantbeschawer[67] und
widerbringer, aller bruch gantz vermugender, satung der
durftigen, labung der krancken, sigel der allerhochsten [Z.
10] majestat, besliesung des himels armonei, einiger
erkenner aller menschengedenke, ungleicher bilder aller
menschenantlitz,[68] gewaltiger planete aller planeten, gantz
wurkender einflusz alles gestirnes, des himelhofes gewaltiger
unde wunsamer hofmeister, zwang, von dem alle himelische
ordenung [Z. 15] ausz irem geewigten angel nimmer treten
mag, liehte sonne, erhore mich! Ewige lucern,[69] ewiges
imerliecht, recht varender marner, dein koke unterget nimer,
panerfurer, unter des paner niemant siglos wirt, der helle
stifter, des erdenkloses pauwer, des meres termer, der luft
unstetikeit [Z. 20] mischer, des fewers hitz kreftiger, aller
element tirmer, doners, bliczen, nebels, schauwers, snes,
regens, regenbogens,

1. in der anbeginnisse *B,* in dem anfang *D,* in dem
anbegyne der welt *ab.* gegensprochen hat vnd werde *B.*

2. fewr *fehlt D.* ewiglich *D.* Anfang *D.* 3. erhör *D.* 4. O
heyl *AB.* H *roth a,* H *fehlt b.* unde selde *fehlt Bab.* weg
fehlt ABD. 5. on irren *D.* bessers *bis* bessers ist *fehlt b.* 6.
lebenden *a.* in *fehlt ABab.* 7. warheit fehlt *ABD.*
weiszheit *fehlt B.* die *fehlt ABD.* die do u. *ab.* umbe
schloss *D.* 8. aller sterk *fehlt a.* gewaltige rechte *D.* vnd
gerecht *fehlt D.* gewaltiger beschawerer der vngerechtn
hant widerbringer *ab.* 9. gebrechen *B,* gepresten *D,*
pruche vnd felle *ab.* gantz vermugender *fehlt ab.* stad
vnd satung *B,* sattgundt *D,* setigung *b.* 10. der kranken
fehlt ABDa. spiegell *D.* 11. beslisser *D.* des himels des
armoney *Aa,* armarei *b.* 12. gedancken *ab.* 13 plonete
gewaltiger *A.* planer *b.* 14. hilshoffs *B,* des hymellischen
hofes *D.* 16. twang *ab.* 16. rechten angel getretten
nymmer mag *D.* nimmer *wiederholt A.* O liechte sonne *D.*
17. O ewige *A.* E(wige) *roth a.* E *fehlt in b.* ymer werndes
l. *D.* 18. dein Schäff *D.* panerfüerr *B.* panertrager *D.* 19.
unter dem *B.* paner *fehlt B.* der helln *D.* der *AD.* 20.
klosse *B.* tremmer *A,* denner *B.* Schöpffer *D.*
vnderstetigkeit *AD,* vnderstikeit *B.* 21. e. wurcker *D.* 22.
blixses *B.* schnesz reges *a.*

miltawes, windes und aller irer mitprauchung einiger
essemeister,[70] alles himelschen heres gewaltiger hertzog,
unversagenlicher keiser, allersenftigclichster, allersterkster,
allerbarmhertzigister schopfer, erparme dich unde erhore
mich! Schatz, von dem alle schetz entsprissen, ursprung, [Z.
5] ausz dem alle reine auszflusz fliesen, leiter, nach dem
niemant ververt in allen wegen, nothaft, zu dem alle gute
ding als zu dem weisel der pin nehen und halten, ursach
aller sach, erhore mich!
Aller seuchen widerpringender artzt, meister aller meister,
[Z. 10] allein vater aller schopfung, allweg unde an allen
enden gegenwertiger zuseher, ausz der muter in der erden
gruft selbmugender geleiter, bilder aller formen, gruntfest
aller guten werke, alte weltwarheit, hasser aller unfletigkeit,
loner aller guten ding, allein rechter richter, einig ausz dem
[Z. 15] anfang aller sachen, ewigclicher nimmerweicher,
erhore mich!
Nothelfer in allen engsten, vester knode, den niemant
aufgebinden mag, volkomens wesen, das aller volkomenheit

mechtig ist, aller heimlichen niemant gewissener sachen warhaftiger erkenner, ewiger freuden spender, irdischer [Z. 20] wunnen storer, wirt, ingesinde unde hauszgenoss aller guten leute, jeger, dem alle spur unverborgen sein,[71] aller sinnen ein feiner ingusz, rechter und zusammenhalter aller mittel und zirkelmasz, genediger erhorer aller zu dir rufender, erhore mich!

1. multawes *A*, miltowes *B*. windes reiffs *ab*. brüchung *D*. Regierer *D*. 2. Ertzmaister *D*. vnd gewaltiger *D*. 3. vnverporgenlicher *a*. allersenftigclichster *bis* schopfer *fehlt ab*. *von* allersterckster *bis* zusamenhalter (*Zeile 23*) *fehlt D*. 5. S *in A roth, fehlt b*. entspringen *B*, enspreiszen *ab*. 6. füerrer *B*. ir (yrr *ab*) wirt *Bab*. 7. in allen krfften *AB*. 8. wiesel *B*. pein *A*. nehenen *b*. sich ursach *A*. 10. A *roth A, fehlt b*. seuchten *AB*. widerpringer *AB*. 11. allein *fehlt ab*. geschopf *a*. allweg unde an *fehlt ab*. allen enden *fehlt A*. 12. grunt *Ab*. 13. selbmuger *AB*. selbmugender geleiter *fehlt ab*. a. sonne *A*, a. raine *B*. 14. alte weltwarheit *fehlt ab*. beloner *ab*. 15. aller rechten *A*, allen r. *B*. richter erhore mich *ab*. *Von* einig *bis* nimmer weicher *fehlt a*. *Von da an fehlt b*. 16. ausz des anefangs allen sachen ewigclichen *A*. erhore mich *fehlt AB*. 18. aufbinden *Ba*. wesens *A*. volkemhait *B*. 20. spenner *B*. 21. storret *B*. ingesinne *B*. 22. geger *a*. verborgen *B*. 23. sinner ingüs *B*. rechter *bis* aller *fehlt a*. aller gewaltigster zusammenhalter alles mittels *D*. 24. *Von* vnd zirkelmasz *bis* aller bedurftigen *fehlt D*. aller die zu d. ruffen *a*.

Nahender beistendiger aller bedurftigen, traurenwender aller in dich hoffender, der hungerigen widerfuller, ausz nichts icht, ausz icht nichts allein vermugender wurker, aller wesen zeitwesen unde immerwesen, gantz mechtiger erquicker, aufhalter unde vernichter des wesens, aller ding [Z. 5] aussrichter, visirer, entwerfer und abenemer, gut uber alle gut, wurdigster ewiger herre Jesu, empfahe gutlichen die sele meiner aller liebsten frauwen! Die ewige ruwe gib ir, mit deinen genadentawe labe sie, unter den schatten deiner flugel behalte sie, nim sie, herre, in die volkomen genuge, [Z. 10] do genugt den minsten als den grosten; la sie, herre, von dannen sie komen ist, wonen in deinem reich bei den uberselien geisten!

Mich rewet Margaretha, mein auszerweltes weip. Gunne ir, genadenreicher herre, in deiner almechtigen unde ewigen [Z. 15] gotheit spigel sich ewigclichen besehen, beschawen unde erfrewen, darin sich alle engelischen kor erleuchten!

Alles, das unter des ewigen fanentragers fanen gehoret, es sei welicherlei creature es sei, helfe mir ausz hertzengrunde seligclichen mit innigkeit sprechen: Amen! [Z. 20]

1. N *roth a*. peistant *a*, peiwoner *D*. 2. aller die in dich hoffen *a*. hungrigen erfüller *D*. 3. *Von* ausz nichts *bis* erquicker (*Zeile 5*) *fehlt D*. ausz nichts icht *fehlt B*. 4. aller weyl wesen *A*, a. wissen wesen *B*. 5. erkicker auffenthalter *D*. vermechter *B*, vermerer *D*. wesens auch als du in der (dir *B*.) selber bist *AB*. *von* aller ding *bis* abenemer *fehlt D*. 6. aussrichten visiren vnd (vnd *fehlt B*.) entwerfen vnd abenemen (obneme *B*.) niemant kan gantz *AB*. uber alle gut *fehlt D*. 7. allerwurdigster *AD*. ewiger *fehlt D*. Jesu christ *D*. empfahe genediglichen den geiste empfahe gutlichen (tiklichen *B*.) *AB*. sele *fehlt D*. 8. ewig rug *D*. 9. deiner *D*. taulab *b*. vnd vnder deinem sch. *D*. *von* deiner flugel *bis* genuge do *fehlt B*. 10. fligel behalt sie *fehlt D*. in deiner v. benügen *D*. 11. do genugt *bis* grosten *fehlt D*. benugt den wenigsten *a*. lasz *AD*. dar von d. *D*. 12. vnd lasz sy wonen *D*. 13. allerseligsten *D*. geisten *fehlt D*. uber *fehlt a*. 14. Margret *B*. gonne *AB*, kunne *a*. gunne *bis* herre *fehlt D*. 15. spigel *bis* erfrewen *fehlt D*. ersehen *B*. darumb *D*. 17. erleichtent *D*. 18. das nun *D*. bandertregers banders *D*. 19. es sei welicherlei creature es sei *fehlt D*. hilffe *AB*. 20. sölich lachn *B*. s. innigklichen vnd demütigklichen sprechen Amen *D*. Innigkeit meines herczen vnd ganczer begird s. *A*. Anno domini 1468. finis *D*.

101

ABHANDLUNG.

Die Ueberlieferung
Werth der Quellen
Sprache der Handschriften
Der Verfasser und sein Werk
Die Sprache des Werkes
Verhältniss zum tschechischen Gegenstücke
Kritik des Tkadleček

Die Quellen, auf denen meine Ausgabe des Ackermannes beruht, konnte ich hier in Prag benutzen, wofür ich zugleich im Namen meines Lehrers Professor Dr. E. Martin den Herren Vorständen der Bibliotheken zu Stuttgart, Heidelberg, Wolfenbüttel und Dresden meinen verbindlichsten Dank ausspreche.

Die Ueberlieferung.

Der *Ackermann aus Böhmen* ist uns überliefert in vier Papierhandschriften und zwölf Drucken, von welch letzteren jedoch nur die beiden ältesten Ausgaben kritischen Werth besitzen.

Die Hss., insgesammt der Mitte des 15. Jh. angehörig, sind die folgenden:

A, Hs. der königlichen Handbibliothek zu Stuttgart *cod.*

103

phil. 23 in Folio. Sie ist geschrieben von zwei Händen. Von erster Hand stammen die Stücke: ›*der ackerman aus beheim*‹, ›*der tewtsch katho*‹, ›*der facetus moralis zu tewtsche*‹ und der ›*Belial*‹. Am Schlusse des letztgenannten Stückes findet sich die Jahreszahl *xlix*, so dass auch der Ackermann in dem Jahre 1449 geschrieben sein möchte. Die zweite Hand schrieb den Rest der Hs., eine Anzahl gereimter Fabeln. Auf der Innenseite des rückwärtigen Einbanddeckels findet sich folgende Bemerkung: ›1566 [dann folgt ein Kleeblatt] *H. M. Andreas Venatorius, Canzleyschreiber*‹. Vorne und rückwärts auf den hölzernen Einbanddeckeln ist ein Kreuz ausgeschnitten. Der Ackermann, das erste Stück, nimmt 16 Blätter von je 2 Spalten auf der Seite und noch eine Spalte ein. Auf jeder Spalte befinden sich 32 Zeilen. Die Ueberschriften der einzelnen Capitel sind mit rother Tinte geschrieben, ebenso auch die Initialen eines jeden Capitels, die die Höhe von 2-3 Zeilen erreichen. Besonders gross und ausgezeichnet unter den Initialen ist das J, so Seite 2^b, 11^a und 17^a.

B, Handschrift aus Heidelberg *Cod. Pal. Germ. 76.* in Folio, ohne Jahreszahl, 31 Blätter enthaltend, auf jeder Seite stehen 28 Zeilen. In ihr befindet sich nur der Ackermann. Sie ist mit 35 colorierten Bildern geziert. Auf jedem Bilde befinden sich zwei Figuren: ein Landmann mit den Attributen seines Standes versehen, und der Tod, in Gestalt eines Menschen mit eingetrockneter Haut,[72] eine Krone auf dem Kopfe, ein Scepter oder einen Stock in der Hand. Die Scene ändert sich mit jedem Bilde: bald befinden sich die beiden Personen im Freien, bald in einem Zimmer. Die Farben sind sehr gut erhalten. Die Capitelüberschriften mit Ausnahme der ersten fehlen, ebenso die Initialen: letztere sollten wol nachgezeichnet werden. Auf dem ersten freien Blatte befinden sich zwei Wappen: drei schwarze Geweihe auf gelbem Felde und ein weisses Kreuz auf rothem Felde. Es sind das die Wappen von Würtemberg und Savoyen, und Besitzer der Hs. war demnach wol Graf Ulrich, der 1453 sich mit Margaretha, Tochter Amadeus VIII., vermählte: s. Stälin Wirtemberg. Gesch. III, 500. Ulrich starb 1480, Margaretha 1479: a. a. O. III, 597.

Dies ist vielleicht dieselbe Hs, die in einer andern Heidelberger Papierhandschrift auf dem 1. Blatte erwähnt wird: *Item zu Hagenow py Dypold läber schreyber lert die kinder sind die bücher tütsch: ... item der ackermann vnd belyal gemalt.* s. Gesch. der Bildung, Beraubung und Vernichtung der alten Heidelbergischen Büchersammlungen von Friedrich Wilken, Heidelberg 1817. S. 406. Nr. 314.

C, Hs. der königlichen Handbibliothek zu Stuttgart *cod. philos.* 22 klein 4° aus dem Jahre 1470. Der Ackermann ist in dieser Hs. das letzte Stück und steht auf 26 Blättern, die Seite zu je 24 Zeilen. Der Schluss ist defect, es fehlen etwa 4 Blätter. Voran gehen in der Hs. der ›*Melibeus*‹, an dessen Schlusse sich die Jahreszahl *lxx* findet, dann die Romane von den sieben weisen Meistern und Alexander dem Grossen. Die Capitelüberschriften im Ackermann sind hier ebenfalls roth, in gleicher Weise auch die Initialen, in der Grösse von drei Zeilen.

D, Hs. zu Wolfenbüttel signiert *75. 10 Aug.* in Folio aus dem Jahre 1468, geschrieben von Konrad von Öttingen. Der Ackermann ist das vierte Stück auf 24 Blättern zu je 33 gebrochenen Zeilen. Ihm voran gehen ›*Doctor Gottfrids von Witterben; Apollony strengez leben*‹, ›*die liepliche hystory von Grysel*‹ und ›*Gwistardi und Sigismunda*‹. Die Ueberschriften im Ackermann sind mit brauner Tinte geschrieben, die Initialen haben verschiedene Grösse und Farbe. Am Schlusse findet sich die Jahreszahl 1468 und der Name des Schreibers. Diese Hs. wird auch von Lessing erwähnt; s. die Ausgabe von Lachmann-Maltzahn XI$_2$ S. 93.

Von den Drucken konnte ich bei der Textherstellung *a* und *b* benutzen. Von *a* hatte ich die Gottschedische Abschrift betitelt: ›Abschrift eines alten Gespräches zwischen einem Wittwer und dem Tode, welches ohngefähr 1400 u. etl. 60 zu Bamberg gedruckt und auf der herzoglichen Wolfenb. Bibl. befindlich ist.‹ Diese Abschrift befindet sich auf der königl. Bibliothek zu Dresden unter der Signatur *M. 90.* Eine Beschreibung des Originales folgt unten.

Den Druck *b* habe ich im Originale gebrauchen können. Das wie es scheint einzige Exemplar befindet sich in der herzoglichen Bibliothek zu Wolfenbüttel sign. *19. Z. Eth.* Es enthält 18 Blätter; hinter dem dritten, achten und fünfzehnten fehlt je ein Blatt des Druckes, weshalb jedesmal ein weisses Blatt zu etwaigem Nachtrage des Fehlenden eingefügt ist. Ebenso fehlen das drittletzte und letzte Blatt, ohne dass Ersatzblätter eingeheftet wären. Somit entgeht uns vom Texte dieser Quelle das Ende von C. VII und Anfang von C. VIII, E. v. XVII und A. v. XVIII, E. v. XVIII und A. v. XXIX, E. v. XXXI und A. v. XXXII und E. v. XXXIV. Die letzten neun Zeilen des XXIII. C. befinden sich noch auf Blatt 12^b, worauf ein freier Raum von einer halben Seite folgt. Die Initialen sind bis C. XVIII incl. vorhanden, von C. XIX an fehlen sie.

Ueber die übrigen Drucke hat Herr Professor Martin mir gütigst Folgendes mitgetheilt.

›Von der ältesten Ausgabe (*a*) des Ackermannes konnte ich das Berliner Exemplar einsehn, welches aus dem Besitze v. Naglers in das k. Museum gekommen ist, und dort im Kupferstichcabinet unter Nummer *D x 12* aufbewahrt wird.

Der Director dieser Abtheilung, Herr Dr. Lippmann, machte mich auf die Beschreibung dieser Ausgabe in der Bibliotheca Spenceriana von Dibdin, Vol. I, London 1814 aufmerksam, worin jedoch meist nach Camus, Mémoires de l'Institut app. vol. II p. 6-8 auf Grund eines in der k. Bibliothek zu Paris vorhandenen Exemplars berichtet wird. Ferner fand ich (Heinecken) Nachrichten von Künstlern und Kunst-Sachen Bd. II (Leipzig 1769) p. 21 angezogen, worin das Wolfenbüttler Exemplar kurz beschrieben ist. Dasselbe ist mit Boners Fabelbuch, welches bei Pfister zu Bamberg 1461 gedruckt ward, zusammengebunden, und stammt nach der Uebereinstimmung der Ausstattung aus derselben Druckerei und derselben Zeit.

Das Berliner Exemplar hat 23 Blätter, indem eins hinter Bl. 2 fehlt, das die Worte des III. Cap. von *gethan. Wegt es selber* an bis gegen den Schluss des V. *wirdenloß und griß (gramig)* enthielt.

Bl. 1^a ist leer. 1^b wird von einem Holzschnitt eingenommen, der wie alle in diesem Exemplar coloriert ist. In einer Halle sitzt der Tod gekrönt auf dem Thron, vor ihm ein Mann in der Kappe, von zwei Knaben begleitet; rechts (vom Beschauer) liegt eine Frau im Leichentuch auf einem Grabstein.

2^a (*G*, roth nachträglich eingemalt, wie alle Initialen) *rymmiger abtilger aller leut* usw. Auf der Seite stehn 28 Zeilen.

3^a ist leer, 3^b Holzschnitt: In einer Halle sitzt hinten der Tod auf dem Thron, vor ihm steht der Ackermann; vorn kniet der Pabst und legt die dreifache Krone nieder, neben ihm ebenso ein weltlicher Herrscher, ein Mann mit einem Säckel, und noch ein vierter wird sichtbar.

8^b schliesst auf der fünften Zeile von unten.

9^a Holzschnitt: Oben jagt der Tod zu Pferd mit Pfeil und Bogen zwei Rittern in ein Burgthor nach; unten mäht der Tod mit der Sense junge Leute nieder; hinter ihm stehen Krüppel und Alte.

9^b *Des todes widerred das x iii. capitel.*
(W)asz poß ist das nenne gut. was gut ist das heiße usf.

16^b schliesst auf der fünften Zeile v. u.

17^a Holzschnitt: Oben thront der Tod im Freien, vor ihm steht der Ackermann. Unten links treten Mönche aus einer Klosterpforte, rechts in einem Garten bekränzt eine Frau einen Jüngling, eine zweite spricht mit einem andern.

17^b *Des clagers widerred das x xvii. capitel* usf.

21^a stehn nur die letzten 10 Zeilen aus dem XXXII. Capitel.

21^b Fünfter Holzschnitt: Oben erscheint Gott von Wolken getragen, von zwei Engeln und von Sternen umgeben; er erhebt die Hände, auf denen Wundenmale sichtbar sind. Unten stehn, durch einen Baum getrennt, der Tod und der Ackermann (letzterer fehlt auf dem defecten Blatt des Berl. Exemplars).

22^b Zeile 5 ff.
Do pitt der clager fur seiner frauen sele. Die grossen rotē puchstabē die nennē den clager. Vnd dies capitel stet eins gepetes weiß das x xx iiij. capitel.
(I)mmer wachēder wachter ...
Z. 17 *mich (O) licht ...*
Z. 24 *(H)eile und selde ...*
Bl. 23^a, 8 ... *(E)wige lucern ...*
Z. 17 ... *(S)chaz ...*
Z. 21 ... *(A)ller ...*
Z. 26 ... *(N)othelffer ...*
23^b, 6.. *(N)ahender ...*
26^b, Z. 3. v. u. Schluss: *mit innkieit* (so!) *sprechen amen.*

Druckort und Jahr sind also nicht angegeben, ebenso fehlen Signaturen und Custoden.

Dieselben Lettern, dasselbe Format zu 28 Zeilen hat ein

Druck ohne Holzschnitte (*b*), welcher bereits oben beschrieben worden ist.

Alle späteren Drucke stammen wol aus einer andern handschriftlichen Recension, welche *D* sehr nahe stand: das beweist für die mir näher bekannten schon die Uebereinstimmung des Titels, sowie dass überall der Text beginnt *Grimmer* (nicht *Grimmiger*), dass hinter *freisamer* das Wort *morder* fehlt, und anstatt *unsælden merunge* es nun heisst *unselige m.*

Nur aus Beschreibungen kenne ich

c: s. M. Jos. v. Rieder in (Jäck und Heller) Beiträge zur Kunst- und Literaturgeschichte, I. und II. Heft. Nürnberg 1822 S. CXXI-CXXVIII. Das Exemplar, damals im Besitze Jos. Hellers, hatte 24 Bl. 4° in 3 Lagen, die beiden ersten zu 10, die 3. zu 4 Bl. Auf voller Seite standen 28 Zeilen Text. Auf der ersten Seite stand der Titel:

HIe nach volgend ettliche zů mole kluoger und subtiler rede wissend Wie einer was genant der ackerman von böhem dem gar ein schœne liebe frowe sin gemahel gestorben was Beschiltet den dot vnd wie der dot im wider antwurt und setzet also ie ein cappittel vmb das ander der cappittel sind xxxij. vnd vahet der ackerman an also zů clagen.

Neben diesem Titel links und oben läuft eine Zierleiste hin; unter dem Titel steht ein Holzschnitt, einen Bauern mit Dreschflegel und den Tod mit einer Leichenbinde und von drei Schlangen umwunden darstellend. Derselbe Holzschnitt, nur dass oben noch Gott Vater mit erhobenen Händen erscheint, steht auch unter der Capitelüberschrift: *Der entscheit so got der herre dut zwuschen dem tod und dem ackerman.* Ein drittes Bild folgt S. 46: Auf einem Kirchhofe kniet der Bauer betend auf einem Grabstein, rechts vor ihm die Frau im offenen Grabe in Leintücher gehüllt, oben Gott Vater mit segnenden Händen.

Am Schluss steht die Zahl LXXIIII; also ist diese Ausgabe 1474 und wie a. a. O. vermutet wird, von Conrad Finer von Gerhausen zu Esslingen gedruckt.

Mit *c* scheint sehr nahe zu stimmen *d* eine von Merzdorf im Serapeum 1850 S. 19 beschriebene Incunabel der Oldenburger Bibliothek, allerdings ein defectes Exemplar. 33

Bl. 4° zu 24 Zeilen ohne Signaturen. Merzdorf vermutet als Drucker: Sorg in Augsburg.

Selber vergleichen konnte ich auf der königl. Bibliothek zu Berlin (ebenso wie *f k l m*) den Druck *e. o. O. u. J.* und ohne Signaturen. 36 Bl. klein 4°. Unter dem Titel, der von dem in *c* nur in der Schreibung abweicht (*ze male ... tod*) steht ein Holzschnitt: die Frau todt auf einem Bette, vor ihr der Tod mit einem Bogen, hinter ihr der Ackermann mit einem Dreschflegel. Aus derselben Offizin stammen auch ein Streit der Seele und des Leibes u. a. Incunabeln der Berliner Bibliothek.

f: 18 Bl. 4° gleichfalls ohne Ort und Jahr, aber mit Signaturen und einem eigentümlichen Titel: *Der Ackerman auss behme beclaget den tod seyner frawen*; darunter ein Holzschnitt: der Tod mit einer Sense hinter einem Sarg, vorn der Bauer mit seinem Dreschflegel. Blatt A II beginnt *(H)ienach* u. s. f.

Die übrigen Ausgaben geben das Druckjahr an. Ueber die beiden zunächst folgenden entnehme ich meine Angaben aus Hain, Repertorium, wo auch *a b c* verzeichnet sind.

g: 32 Bl. 4° zu 22 Z. Am Schluss: *Hie endet sich der ackerman. Getruckt vñ vollendt durch Anthoni Sorgen zu Augspurg Am Freytage nach Martini In dem LXXXIII. Jar.*

h: 20 Bl. 4° zu 32 Z. Bl. 1 vorn leer, auf der Rückseite ein Holzschnitt. Am Schluss: *Gedruckt und volendet durch Heinrich Knobloczer zu Heydelberg am dunerstag vor sant Margarethe tag in dem LXXXX. Jar.*

i fand ich in einem Katalog der Berliner Bibliothek verzeichnet: Strassburg, Joh. Schott 1500.

k und die folgenden Drucke haben wieder einen neuen Titel: *Schone red un widerred eins ackermans und des todes mit scharpffer entscheydung jrs kriegs das eim iegklichen vast nutzliche vnd kurtzweillig zů lesen ist. Pax legentibus.* Darunter ein Holzschnitt: Ein Sämann spricht mit dem Tod, dahinter eine Egge von zwei Pferden gezogen, auf dem einen ein Reiter mit Peitsche. Hinten Bauernhof. 18 Bl. 4°; Rückseite des ersten und des letzten leer. Am Schluss: *Getruckt zů Strassburg von Mathis hüpfuff als man zalt von Christus geburt m.ccccc. vn zwey Jar.*

l ist ganz ähnlich. Der Titel ist erweitert *lesen, vnd auch gůt zu hœren ist.* Am Schluss: *Getruckt zů Strasburg durch den*

*erbaren Martinum Flach. Als man zalt nach der gebůrt Christi. M.
D. vnd. XX. Jare.*

m trägt einen ganz ähnlichen Titel wie *k*. Der
Holzschnitt stellt den Tod mit Stundenglas und einen Mann
im Pelzrock vor. Darunter *Zů Basel by Rudolff Deck 1547*. 20
Bl. 4°; der Ackermann endet auf Bl. 17 (E) Rückseite; dann
folgt *Der Seelen clag, wider den abgestorbnen Lyb.*

> *(H)Ie vor in eyner winther zyt*
>
> *Bschach ein jæmerlicher strit* u. ff.

Eine Umarbeitung des von Th. G. v. Karajan, Der
Schatzgräber, Leipzig 1842 S. 128 mitgetheilten Gedichts‹.

Werth der Quellen.

Unter den Hss. sind deutlich drei Gruppen zu
unterscheiden. Den besten und auch relativ vollständigsten
Text bietet die erste Gruppe, vertreten durch die Hss. *A* und
B, die ohne Zweifel auf eine gemeinsame Vorlage
zurückgehen. Es sind dies auch die ältesten Hss., denn auch
die Entstehung von *B* wird bald nach 1450 anzusetzen sein.

A ist von einem gewissenhaften Schreiber geschrieben,
nur selten hat sie ganz unverständliche Worte oder
Constructionen. Die Interpolationen, deren es nur ganz
wenige gibt, erstrecken sich meist nur auf einzelne Worte
und sind leicht zu erkennen; auch steht in diesen Fällen die
Hs. allein den andern gegenüber; so C. V (7, 9), C. XI (15, 8)
u. a. Nur einmal, in C. XXXIII 54, 1-54, 12 haben wir es
offenbar mit einer grössern Interpolation zu thun, die sich
aber auch noch in *B* und *D* findet. Man vgl. die Anm. zu
dieser Stelle. Auslassungen sind höchstens zwei- oder
dreimal zu verzeichnen. (s. Lesearten.)

Die Hs. *B* hat zwar die Spracheigenthümlichkeit des
Verfassers gänzlich verwischt, entschädigt aber durch
genauen Anschluss im Texte an *A*. Sie ist offenbar von
einem gedankenlosen Schreiber geschrieben ohne Absicht
zu ändern. Das zeigen die zahlreichen unverständlichen
Worte, so wie die Gewohnheit, Stücke zwischen zwei

gleichen oder gleichschliessenden Wörtern im Texte zu überspringen.

Eine zweite Gruppe bildet die Hs. C mit den beiden Drucken a und b. Der Text ist hier schon gekürzt, allerdings mit einer gewissen Kunst. Eine Lücke ist besonders auffallend: in C. XXVI 41, 5 bis 41, 18;[73] kleinere Auslassungen finden sich öfter; so C. IV (6, 5), C. IX (12,4), C. XXXII (51, 12) u. a. Aenderungen der Construction, so wie des Sinnes durch Einfügung von Worten und selbst Sätzen, Einsetzung von Wörtern ähnlicher Bedeutung sind häufig genug und zeigen die Absicht des Schreibers zu ändern; so C. I (1, 8), C. V (7, 5), C. X (13, 9), C. XI (15, 10), C. XVIII (26, 19) u. a.

Die dritte Gruppe wird vertreten durch die Hs. D, an die sich auch einige Drucke anschliessen (s. oben). Der Text in dieser Hs. ist fast als eine freie Wiedergabe des Originals zu bezeichnen. Umfassende, oft ohne Sinn durchgeführte Kürzungen und Aenderungen sind in Fülle vorhanden, so dass diese Ueberlieferung eigentlich nur zum Ausschlaggeben bei einer sonst zweifelhaften Leseart zu benutzen war. Eine sehr bedeutende Lücke ist in C. XXXIV (57, 3-57, 22).

Gegen den Schluss des Werkes, besonders in C. XXXIV, werden fast alle Quellen mangelhaft. C und b fehlen ganz, D kürzt mehr als im Vorangehenden und selbst A ist weniger sorgfältig als sonst.

Sprache der Handschriften.

Bei der Textherstellung habe ich mich besonders an die Hs. A gehalten: denn diese hat die Spracheigenthümlichkeiten des Werkes am consequentesten durchgeführt. Am fernsten steht in dieser Beziehung die Hs. B, die auf allemannischem Gebiete geschrieben zu sein scheint.

Da ich hier die orthographischen Abweichungen der Hss. vom Texte angebe, glaubte ich sie unter den Lesearten nicht erwähnen zu müssen.

Was die Handschrift A betrifft, so habe ich über deren

111

Abweichungen nichts zu sagen, da ich mir dieselbe auch in Bezug auf die Orthographie zur Grundlage genommen habe. Die mitunter doch vorkommenden Varianten hätte ich der Reihe nach aufzählen müssen, habe sie daher lieber unter die Lesearten eingesetzt.

Handschrift *B* hat folgende Abweichungen:

Für *u* fast immer *o* so *komer* 1, 13; *sonne* 2, 2; 8, 12; *gewonden* 2, 12; *wonne* 4, 17; *dorrem* (f. *durrem*) 5, 4; *wonder* 5, 11; *domer* (= *tumer*) 11, 15; 13, 1 u. ö.

â ist verdumpft zu *o*: *on* 3, 13; 5, 5; *geton* 4, 14; *hond* 5, 15; *hon* 5, 16; 7, 3; 11, 17 u. ö.

û ist durchweg geblieben: *hus* 1, 11; *grusam* 2, 14; *lutbar* 3, 3; *vsz* immer; *tube* 4, 13; *vff* immer; *krut* 9, 1; *truren* 10, 1; *trurig* 11, 18 u. ö.

î meist nicht aufgelöst in *ei*, so *buschlin* 1, 1; *sin* und *min* immer; *wip* 1, 2; *by* 1, 11; *syt* 1, 12; *sye* 1, 9; 3, 3; *glich* 3, 9; doch auch *veintschafft* 8, 6; *leib* 10, 5; einmal findet sich *e* in *dressig* 1, 4.

Für *ei* steht gewöhnlich *ai*: in *ain* immer, *behendikait* 1, 5; *fraissamer* 1, 9; *laitten* 1, 13; *boshait* 2, 5; *schaiden* 2, 9; *geschrai* 2, 16; *laid* 3, 3; 10, 9 u. ö.

Für *iu* steht 1.) *u*: *vch* 1, 11; 1, 13; 2, 1 u. ö.; *vwer* 7, 16; *tuffeliches* 7, 17; 2.) *ü* in *lütte* (= *liute*) 1, 8; 1, 9; 2, 7 u. ö.; *üch* 1, 9; 1, 10; 1, 11 u. ö.; *üwer* 2, 8; *nüw* 2, 14; *rüwe* 3, 15; *vszgerüttet* 4, 12; *frünt* 6, 8; *lüchtend* 7, 2; *vernüwend* 7, 12 u. ö.; 3.) *ui* in *huit* 8, 4; *gezuig* 6, 7; *niuwe* 9, 10; *abentuirlich* 13, 18; *truiwe* 43, 11; *gretruilich* 42, 11; *vngehuir* 25, 17; *tuifel* 44, 10 u. ö.; 4.) *eu* in *durchlewchtigeste* 6, 14; *euir* 1, 10; *euich* 1, 12 u. ö.; häufig bleibt *iu* ungeändert, so in *abentiur* 27, 4; *getriuwen* 17, 19; *gehiur* 17, 19 u. ö.

ie meist ungeändert; so in *ye* 1, 3; *liecht* 4, 11; *yeglich* 5, 2; 11, 11; *nie* 5, 12; *nieman* 8, 9; *iemer* 10, 1 u. ö. Daneben aber auch *i*: *ymer* 1, 12; 3, 16; 4, 8; *nymer* 7, 1; 7, 5 u. ö.

ou bleibt gewöhnlich; so in *owen* 2, 3; 13, 14; *roup* 4, 14; *beroubt* 4, 16; *frowe* 6, 4; *ougenwaide* 6, 14; *houpt* 9, 7; *howe* 9, 10 u. ö. Daneben findet sich *au* in *glaube* 8, 7; *augen* 9, 11; *fraw* 10, 3 u. ö. und auch *o* in *winkoff* 29, 20; *lofft* 30, 5; *wettlofen* 26, 18; *hopt* 38, 17.

Für *öu* tritt *ö* ein in *fröde* 4, 9; 4, 16; 5, 3; 7, 6; 12, 1 u. ö.

uo ist wie in *A* gewöhnlich zu *u* oder *ü* verwandelt: *verflüchet* 1, 10; 5, 9; *fluchen* 2, 4; *tust* 3, 8; *buchstaben* 4, 9;

schlug 8, 2; *suchen* 10, 9; *musz* 11, 18 u. ö. Doch bleibt es auch; so in *fluͦchens* 2, 16; *tuͦn* 8, 11; *guͦtt* 8, 12; *stuͦl* 9, 8 u. ö.; oder wird zu *ue*: *bluemen* 4, 11; *gefluechen* 9, 13; *guetter* 10, 6; *schlueg* 23, 10 u. ö.

üe wird *ü*; so in *betrübnusz* 1, 13; *genüglich* 3, 8; *brüffen* 3, 10; *wüttend* 3, 12; *wütte* 4, 15; *betrübet* 5, 4; *fürrender* 7, 10 u. ö.; einmal erscheint *ö* in *hönner* (= *hüener*) 12, 6.

b fehlt in *komer* 1, 13; *bekümert* 3, 14; *domer* 11, 15; 13, 1 u. ö.

h geht fast immer in *ch* über. Es fehlt in *nit* 1, 12; 3, 14; 8, 16 u. ö.; *it* 4, 15.

s geht hier übereinstimmend mit C vor *w* und *l* in *sch* über, so: *verschwindet* 2, 6; *schwerlich* 3, 9; *geschwechen* 3, 16; *verschwige* 4,1; *schwartz* 5, 4; *schwach* 10, 7; *schlug* 8, 2 u. ö.

t bleibt in *twingen* 8, 14, geht aber in *z* über in *bezwinge* 2, 1; 3, 9; *zwenglich* 4, 2. Ueber Verdopplung und Häufung der Consonanten, die in allen Handschriften sich findet, werde ich am Schlusse dieses Absatzes Einiges bemerken.

Handschrift C.

Für *u (v)* steht *o* in *sone* 3, 2; *mogest* 3, 16; *sollen* 10, 13; *ongenugen* 33, 12 u. ö.

â verdumpft zu *o* in *on* fast immer, *vormolen* 3, 4; *vnderlosz* 5, 5; *do* und *da* wechseln; auch steht *ee* in *steen* 9, 9; *begeet* 29, 7; *gedreet* 45, 7.

Statt *ê* steht *ee* in *wee* 14, 19; 19, 1; *ee* 16, 12; 17, 18; *seele* 48, 16.

î ist fast immer in *ei* aufgelöst: doch *ertrich* 32, 20.

û auch meist in *au* aufgelöst. Doch *vff* 8, 16 u. 17; 9, 7 u. ö.; *vsz* 12, 6; 12, 15; 13, 8 u. ö.

Für *ei* steht meist *ai*, so in *laid* 1, 13; 3, 3; 3, 8; *schaiden* 2, 9; *allain* 3, 5; *rain* 3, 7; *mainest* 6, 11; *kaine* 6, 11; *ain* 8, 2 u. a., aber auch *einer* 5, 15; 6, 1; *geiste* 8, 14 u. a.

iu ist immer aufgelöst in *eu (ew)*, so *lewt* immer; ebenso *euch* und *ew*; *rewe*, 3, 15; *trew* 6, 8; *gehewr* 6, 10; *hewtt* 8, 4; *newe* 9, 10 u. a.

Für *ie* steht *i* in *immer* 3, 16; 4, 8; *fridel* 6, 13; *nyndert* 5, 8 u. a.; aber auch *yeglich* 5, 2; 14, 8; *nyemer* 5, 12; *nyemandt* 7, 5 u. a.

ew steht für *iu* in *genewst* 22, 9.

ou ist constant in *au* aufgelöst; so in *auch* 2, 3; *augen* 7, 4; *fraw* 6, 4 u. 5; *berawb* 7, 16; *hawbt* 9, 7; *tawben* 14, 9 u. a.

Für *uo* meist *u*; so in *fluchen* 2, 16; 9, 10; *tust* 3, 8; 5, 13; *plumen* 4, 11; *puchstaben* 4, 9; 5, 16; 6, 2; *gutter* 4,16; 6, 8; *musz* 8, 5 u. a. Doch auch *ue*; so in *bluemen* 13, 14; *muett* 14, 17; *frue* 17, 18; *begrueb* 23, 14; *pluet* 25, 18 u. a.

Auch für *üe* tritt *u* ein in *puchlein* 1, 1; *betrubnusz* 1, 13; *bruffen* 3, 10; *guttig* 6, 9; *mussen* 8, 14; 8, 18; *genugen* 9, 4 u. a.

h geht meist vor *t* auch in *ch* über wie in der Hs. *A*.

Handschrift D.

â verdumpft zu *o* in *on* 3, 13; 5, 5 und 8; *zergôn* 11, 12; *hon* 17, 10 u. ö.

î ist durchweg wie in *A* in *ei* aufgelöst, ebenso ist auch *û* meist in *au* aufgelöst.

Für *ei* gewöhnlich *ai*; so *laid* 1, 13; *layttent* 1, 13; *poszhait* 2, 5; *schaide* 2, 9; *ain* 4, 6; 5, 12; aber doch auch *freysam* 1, 9 u. a.

iu ist immer in *eu* (*ew*) aufgelöst.

ie steht gewöhnlich; so in *ye* 1, 3; *yeglicher* 2, 7; *nie* 5, 11; *liechter* 7, 2; *nyemant* 9, 17; 11, 9; *yeglich* 11, 11; *geniessen* 14, 5 u. a.; aber auch *ymmer* 1, 12 und sonst auch regelmässig so und *nymer* 7, 1.

ou bleibt selten unverändert, wie in *ouch* 8, 6; geht gewöhnlich in *au* über.

Für *öu* ist gewöhnlich *eu*; so *zerstrewen* 7, 17; *hewschrickeln* 9, 3; aber auch *ö*; so *fröden* 12, 1; *fröe* 12, 18.

uo ist gewöhnlich verwandelt in *u*, daneben ist es aber auch unverändert; so in *tůst* 3, 8; *pflůg* 4, 7; *gůter* 4, 16; *flůtt* 5, 6; *geflůcht* 5, 9; *slůg* 8, 2 u. a.

üe ist immer in *ü* verwandelt.

s vor *l* und *w* wird gewöhnlich zu *sch*; so *schwärlich* 3, 14; *verschweig* 4, 1; *geschlecht* 9, 3; 14, 3; aber vereinzelt *swig* 10, 6.

z ist nicht immer zu *s* geworden; so *waz* 3, 3; *daz* 7, 5; 8, 8; *jämerlichez* 7, 7 u. a.

Allen Hss. gemeinsam ist die Verdoppelung und Häufung von Consonanten, z. B. *kunfftig, auff, cappittell, helffen* u. a., worin jedoch keineswegs irgendwie Consequenz herrscht. Ich habe daher, wo möglich, eine Vereinfachung eintreten lassen, und nur da Doppelconsonanz gelassen, wenn dieselbe mit Consequenz und in allen Hss. durchgeführt war.

Dass ich für die gewöhnlichen Schreiberzeichen (*v* für *u*, *u* für *v*, *y* für *i* u. a.) die grammatisch richtigen gesetzt habe, wird wol nicht auffallend erscheinen.

Der Verfasser und sein Werk.

Ueber den Verfasser lässt sich mit Sicherheit nur das Wenige angeben, was er selbst in seinem Werke mitteilt. Seinen Vornamen *Johann* gibt er in akrostichischer Form im C. XXXIV selbst an. Er sei genannt ein *Ackermann*, sein Pflug sei aus *Vogelwaid* (s. darüber die Anmerkung), er wohne in *Böhmen* (C. III), so sagt er selbst. Aus C. IV erfahren wir, dass er in *Saaz* lebte.[74] Er war verheiratet, Vater mehrerer Kinder (C. IX, XVII, XIX, XXI, XXII); sein Weib hiess *Margaretha* (C. XXXIV) und starb ihm bei der Geburt eines Kindes an Petri Kettenfeste (1. August) des Jahres 6599 seit Anfang der Welt (C. XIV). Dieses Ereignis veranlasste ihn, vorliegendes Werk, eine bittere Anschuldigung und Verfluchung des Todes zu schreiben. Das Werk ist höchst wahrscheinlich noch in demselben Jahre verfasst. Dafür spricht die Stelle in C. IV (5, 15), wo der Tod sagt ›*nur neulich*‹ hätte er in Böhmen etwas zu thun gehabt; auch zeigt der ganze Inhalt des Werkes noch den frischen Schmerz, der ihn betroffen. Er gehörte offenbar dem gelehrten Stande an, weshalb seine eigene Angabe in C. III, er sei ein Ackermann, wol in symbolischem Sinne zu nehmen ist. Von der Gelehrsamkeit des Mannes gibt uns einen vollgültigen Beweis sein Werk. Dass er in der Bibel bewandert war, beweist theils die direkte Citierung einer Stelle: 24, 17 (= *Genes. II, 17*), theils Anspielungen und Anklänge an andere: 37, 14 ff. (= *Genes. I, 26*), 38, 14 (= *Genes. I, 26 u. 27*), 48, 3 (= *Epist. B. Joann. Apost. I, 2, 16*) und 53, 15 ff. (= *lib. Ecclesiastes II, 4 ff.*), theils die Anführung biblischer Namen; so *Moises in Egiptenlant* 26, 14, *der gedultig Job* 49, 4, *Salomon, der weizheit schrein* 49, 5.

Aus dem klassischen Alterthume nennt er den *Aristoteles* (33, 1),[75] *Plato*, von dem er eine Stelle citiert (50, 14), *Pythagoras* (23, 15), den *Seneca* (29, 16), aus späterer Zeit den *Boëtius* (46, 12) und *Avicenna* (49, 3). Er weiss von *Paris von Troi und Helena von Kriechen* (48, 18 f.), von *Pyramus und Tysbe* (48, 15), citiert Personen aus der alten Geschichte; so *Alexander* (27, 1; 48, 17), Kaiser *Julius (Caesar)* (27, 7), *Nero* (27, 5). Neben dieser humanistischen Bildung hatte er aber auch Kenntnis der deutschen Litteratur und Sage. Er kennt die Sagen von *K. Karl, Markgraf Wilhalm, Dietrich von Bern, dem starken Poppen* und *hörnen Seifrit* (C. XXX).

Die Urkunden von Saaz, die Herr Director Dr. L. Schlesinger mir in einer Abschrift gütigst zur Verfügung gestellt hat, enthalten keine Persönlichkeit des Namens Ackermann. Wol aber kommen zwei Johannes vor, die unsern Anforderungen an den Verfasser entsprechen würden; freilich sind die Zunamen verschieden. Der eine ›*Johannes Tepla, rector scolarum et civitatis notarius*‹ lässt sich bis zum Jahre 1389 nachweisen, der andere ›*Johannes de Sytbor*‹, desselben Standes wie der vorige, wird zuerst 1404 erwähnt. Ein Schulmeister könnte sich wol mit gutem Rechte Acker- oder Sämann nennen.

Sein Werk verfasste er, wie schon bemerkt, im Jahre 6599. So haben die Hss. *A B D* und der Druck *b*. *C* und *a* aber haben die Jahreszahl 6529. v. d. Hagen in seiner Ausgabe des Ackermanns[76] S. V seiner Einleitung und S. 63 in einer Anmerkung zu C. XIV hält die Zahl 6529 für ein Verderbnis der Hs. anstatt der Zahl 5429, und nimmt bis Christi Geburt die gewöhnliche Zählung von 4000 Jahren an, so dass nach seiner Meinung das Werk 1429 n. Ch. verfasst wäre. Dieser Berechnung folgt W. Wackernagel noch in seiner Gesch. d. deutschen Liter. S. 339. Anderer Ansicht ist er schon in seiner Abhandlung ›der Todtentanz‹ (kl. Schr. I S. 314 Anm.), wo er bis Chr. Geb. 5200 Jahre annimmt, und in einem Manuscripte erläutert er, diese Zählung rühre von Eusebius her und sei im Mittelalter ziemlich gebräuchlich gewesen.

Ein Einblick in die Werke des Eusebius bestätigt auch diese Angabe. In der Schöne'schen[77] Ausgabe heisst es Bd. II S. 95: ›*Reperiuntur itaque secundum Septuaginta virorum versionem ab Adamo usque ad diluvium anni MMCCXLII et a diluvio ad primum annum Abrahami DCCCCXLII, in universum anni MMMCLXXXIV*‹ und Bd. II S. 144: ›*Jesus Christus filius Dei Bethlehemi Judaeae nascitur. Simul colliguntur ab Abraham usque ad nativitatem Christi anni MMXV.*‹ Durch Summierung ergibt sich die Zahl 5199.

Nach dieser Zählung also erhalten wir als Abfassungszeit unseres Werkes das Jahr 1399. Dass diese Art der Zeitbestimmung von Erschaffung der Welt im Mittelalter[78] auch wirklich im Gebrauche war, wird von mehreren Seiten bestätigt. Franz Pfeiffer theilt in Haupts Z. VIII, 274 ff. Mariengrüsse mit, und dort erscheint auch die Zahl 5200 als Jahresangabe bis Christi Geburt. In den Predigten Bruder Bertholds von Regensburg, von dem oben Genannten herausgegeben, findet sich 75, 13 und 381, 37 die Zahl der Jahre bis Christi Geburt auf 5199 angegeben. Eben diese Jahresrechnung wird wol gemeint sein in dem ›Leben Jesu mittelniederländisch‹ von Prof. J. Kelle in der Z. f. d. A. XIX, 96.[79]

Ueber den literarischen Werth unseres kleinen Prosastückes hat Gervinus[80] ein höchst lobendes Urtheil gefällt und gewiss nicht mit Unrecht. Und so nennt auch Wackernagel[81] den Ackermann ›eine der schönsten altdeutschen Prosaschriften.‹

Das Werk ist ein Streitgespräch zwischen dem Tode, der personificiert auftritt, und einem Ackermanne, dem seine Frau gestorben ist. Der Kläger (der Verfasser selbst) hebt an mit einer Verwünschung des Todes und fordert diesen zur Rechtfertigung heraus. Auf die Anklage des Einen folgt die Vertheidigung des Anderen. ›Den zwinget leit zu klagen, diesen die anfertigung des clagers, die weizheit zu sagen‹ (C. XXXIII). In rührender Weise klagt der Beschädigte über den Verlust, den er durch den Tod seiner lieben Gattin erlitten, er sieht nur die schönen lichten Seiten des Ehestandes; während der Tod in den dunkelsten Farben die Mängel und Gebrechen nicht blos der Frauen, sondern der Menschheit überhaupt schildert (bes. C. XXIV und C. XXVIII). Keiner will dem Andern weichen, bis sie sich endlich entschliessen, Gott die Entscheidung zu übergeben. Der Kläger muss seine Klage zurückziehen; aber auch der Tod wird daran erinnert, dass die Macht, deren er sich rühmt, ihm nur übertragen sei. Der Wittwer, dem Urtheile sich fügend, richtet nun, im Bewusstsein, nur auf diese Weise seiner verstorbenen Gattin noch Gutes erweisen zu können, ein inniges Gebet an Gott, worin er für deren Seelenheil fleht.

Der Stil des Werkes ist einfach und schlicht; kein künstlicher Periodenbau, keine seltenen Wendungen oder kühnen Wortstellungen lassen sich nachweisen. Leicht verständlich und fliessend ist die Sprache, die der Verfasser in voller Gewalt besitzt: da gibt es kein Tasten und Haschen nach Ausdrücken, aber auch keinen Schwulst, keine monotone Wiederholung. Wie viele Vergleiche, allerdings etwas derber Art, hat er in C. XXIV für den Menschen, wie viel höchst poëtische Vergleiche C. XXXIV für Gott!

Uebrigens hat der Verfasser unverkennbar auch eine poëtische Ader, die sich in dem Gebrauche von Alliterationen offenbart; so *frut und fro* (4, 18), *singen und sagen* (46, 1), *stock, stein* (52, 5), *witwen und weisen, landen und leuten* (3, 7), *würm in wüstung und in wilden heiden, schuppentragender und schupfriger visch* (11, 6 u. 7), selbst Reime und ganze Verse kommen vor; so *liebes entspent, leides gewent* (17, 8), *snurret ir und wurret* (25, 20), *wann sie ist die beste hut, die ir ein frumes weip selber tut* (43, 12), *kroner und die kron, loner und der lon* (55, 14). Ganz besonders poëtischen Schwung hat das Gebet in C. XXXIV. Der Verfasser wendet aber auch noch andere Schmuckmittel der Rede an. So finden wir Anaphoren (13, 20 f.; 17, 15 ff.; 18, 9 ff.; 25, 6 ff.; 37, 6 f.; 38, 18 ff.), Metaphern, wie in C. II und V in Menge und auch sonst sehr oft Parallelismen (so 14, 15; 15, 9; 18, 14 u. o.), Wortspiele, wie 17, 1 *lust—unlust, willen—unwillen*; Bilder und Vergleiche der schönsten Art in Menge.

Ueber die gelehrten Anspielungen in dem Werke wurde schon früher gesprochen.

Zu erwähnen wären noch die zahlreichen Sprichwörter und Sentenzen, die in dem Werke vorkommen und Zeugnis geben von der Welterfahrenheit des Verfassers, zugleich aber dem Werke einen didaktischen Charakter verleihen; so 9, 10; 17, 6; 19, 9; 29, 21 ff.; 30, 10; 30, 13; 34, 7; 40, 2; 42, 8.[82]

v. d. Hagen meint,[83] der Ackermann sei durch den Belial veranlasst und werde mit diesem von den Schreibern zusammen genannt ›ohne Zweifel wegen des ähnlichen Inhaltes‹. Die letzte Ansicht ist wol nicht stichhaltig; denn im Belial wird ein Prozess mit allen seinen Förmlichkeiten beschrieben, wie die Hölle, erbittert darüber, dass durch Christus so viele Seelen ihr entzogen worden, einen Abgeordneten, den Belial, wählt, um Jesum zu verklagen. Gott setzt als Richter den Salomo ein, als Anwalt Christi erscheint Moses. Was die erste Ansicht v. d. Hagens angeht, so lässt sie sich durch nichts beweisen. Vielmehr wird die Veranlassung zur Anwendung der Gesprächsform mit dem personificierten Tode in dem mittelalterlichen Gebrauche der Personification und bildlichen Darstellung des Todes liegen.

Ich verweise hier nur auf die Abhandlung von W. Wackernagel ›Der Todtentanz‹ in den kl. Schr. I. S. 302-375. S. 305 sagt er: ›Immerfort und immer auf dem Grunde der ironisch-humoristischen Stimmung wurden neue Verbildlichungen und Personificierungen des Todes erfunden und gebraucht und aus der Poësie in die alltägliche Denk- und Sprechweise fortgepflanzt; manche derselben haben sich von da her bis auf den heutigen Tag erhalten‹.

Die Sprache des Werkes.

Die Sprache in dem Werke ist ihren Grundzügen nach dieselbe, deren Charakteristik Müllenhoff in der Einleitung zu den Denkmälern deutscher Poësie und Prosa aus dem VIII.-XII. Jh. v. Müllenhoff und Scherer (Berlin 1873) gegeben hat. S. XXVIII sagt er: ›in den urkunden der Lutzenburger, Johanns von Böhmen, Karls des vierten und Wenzels, weniger in denen Sigemunds, wohl aber in der in Wien aufbewahrten deutschen bibel Wenzels, soviel aus den mitteilungen des Lambecius und Denis zu ersehen ist, herscht eine sprache die eine mitte hält zwischen den beiden mundarten die sich schon im XIII jh. in Böhmen begegneten, als dort gleichzeitig der Meissner Heinrich von Freiberg und der Baier Ulrich von Eschenbach dichteten. sie hat von der baierisch-österreichischen gerade den bestand der diphthonge der ins neuhochdeutsche übergegangen ist, d. h. *ei* für *î*, *eu* für *iu*, *au* für *û* und *ou*, aber kein *üe*, auch behält sie das alte *ei* bei und gestattet dem *ai* selten eingang; aus dem mitteldeutschen aber hat sie *u* für *uo*, das constante *e* für *æ*, *i* für *ie* und umgekehrt häufig *ie* für kurz *i*‹.

Ganz dieselben Merkmale finden sich, wie Herr Prof. Martin mir freundlichst mitteilte, wieder in dem Buche der Malerbruderschaft in Prag, einer Papierhandschrift vom Jahre 1348 mit Nachträgen aus späterer Zeit, die sich im Besitze der Gesellschaft der patriotischen Kunstfreunde in Prag befindet und jetzt von den Professoren Pangerl und Woltmann zur Herausgabe vorbereitet wird.

In eben dieser Sprache nun ist auch unser Werk abgefasst und die einzelnen charakteristischen Merkmale lassen sich auch hier nachweisen.

Für *î* steht immer *ei*; so in *bei* 1, 11; *zeit* 2, 7; *gleich* 3, 9; *dein* 3, 10 u. a.

Für *iu* steht immer *eu*; so in *leute* 1, 8; *euch* 1, 9; *ewr* 1, 10; *new* 2, 14 u. a.

Für *û* steht ebenfalls immer *au*; so in *hausen* 1, 11; *taur* 2, 9; *grausam* 2, 14 u. a.

Für *ou* immer *au*; so in *awen* 2, 3; *auch* 2, 3; *raub* 4, 14;

augenweide 6, 14 u. ö.

ei ist meist unverändert; so in *leit* 1, 13; *rein* 3, 7; *weisen* 3, 7; *freisamlich* 4, 10; *beide* 5, 2 u. ö. Daneben aber auch *ai* in *fraissamer* 1, 9; *laidige* 1, 14; *schaiden* 2, 9; *taiding* 2, 15 u. a.

Für *uo* steht *u* immer; so in *zu* 1, 11; *fluchen* 2, 4; *tust* 3, 8; *buchstaben* 4, 9; *blumen* 4, 11 u. a.

Für *æ* steht *e* in *unselden* 1, 10; *lautmer* 3, 3; *swerlich* 3, 9; *wene* 3, 15 u. ö.

Für *ie* steht *i* in *imer* 1, 12; *iglicher* 2, 7; *licht* 4, 11; *nindert* 5, 8; *zirung* 10, 13; *geniessen* 14, 5 u. ö.; aber es steht auch *ie* unverändert in *nie* 5, 12; *zurstieben* 7, 17; *niemants* 8, 9; *dienerin* 14, 19; *verdienet* 15, 9; *geziehen* 16, 14; *niemant* 18, 5 und 6 u. ö.

ie für *i* lässt sich nicht nachweisen.

Was den Consonantismus angeht, so zeigen sich auch da schon Abweichungen vom Mhd. Das mhd. Auslautgesetz ist nicht mehr beobachtet; so finden wir *tobend, wutend* 3, 11; *clag* 4, 15; *lieb* 16, 18; auch Verdoppelung kommt vor; so in *gott* immer, *dann* 3, 14; *will* 5, 8; *dritt* 5, 17 u. a.

h vor *t* und *s* und nach *r* ist schon durchweg durch *ch* ersetzt; so in *zuversicht* 1, 14; *boszwicht* 2, 8; *vechten* 2, 15; *gewachsen* 13, 17; *vorcht* 2, 9 u. a.

tw ist schon verdrängt durch *zw* in *bezwinge* 3, 9; 8, 14; *zwenglich* 4, 2; und noch einigemal in Wörtern desselben Stammes.

Verhältniss zum tschechischen Gegenstücke.

Zu diesem deutschen Werke existiert ein Gegenstück in tschechischer Sprache unter dem Titel ›*Tkadleček*‹. Es ist ebenfalls ein Prosastück und wurde in zwei Theilen herausgegeben von Wenzel Hanka unter dem Titel: ›*Starobylá Skládanie. Památka XIV. wěku. Tkadleček. W Praze* 1824‹; d. h. Alte Schriftwerke. Ein Denkmal des XIV. Jahrhunderts. Tkadleček. Prag 1824.

Hanka benutzte bei der Herausgabe dieses Werkes, wie er selbst sagt, zwei Hss.: Eine aus der Bibliothek des Strahover Prämonstratenserklosters und eine zweite, früher im Privatbesitze Dobrovskýs, jetzt in der Bibliothek des böhmischen Museums befindlich unter der Signatur 4. H.

16. Es sind beide Papierhandschriften. Die erstere konnte ich nicht einsehen, da sie sich gerade in den Händen eines hiesigen Gelehrten befand. Die zweite ist auf 134 Blättern in kl. 8° geschrieben und sehr jung, in ganz modernem Einbande mit Lederrücken und Goldpressung; das Papier zeigt noch nicht die Spuren höheren Alters. Die Schrift ist anfangs sorgfältig, später flüchtiger.

Ueber die Ausgabe, die Hanka veranstaltet hat, will ich kein Urtheil fällen; ich mache nur aufmerksam auf die Aeusserung Gebauers über den kleinsten Fehler derselben. In seiner Abhandlung ›*Ludvik Tkadleček*‹ S. 115 in den ›*Listy filologické a paedagogické red. J. Kvíčala, J. Gebauer, J. Niederle. Ročník druhý. V Praze 1875*‹; d. h. philolog. und paedag. Blätter redig. v. J. Kvíčala, J. Gebauer, J. Niederle. II. Jahrgang. Prag 1875 sagt er: ›Nicht einmal die nachlässige und mitunter selbst unsinnige Interpunktion Hankas verdarb den Text so, dass die Elasticität des Stiles nicht ersichtlich wäre‹.

In seiner Vorrede sagt Hanka: ›Fünf Theile alter Schriftwerke, abgesehen von der Königinhofer Handschrift, in gebundener Rede sind glücklich veröffentlicht. Allerdings ist das nicht zum Lesen für Jedermann, wol aber für alle die, die ein gewichtiges Wort in der Beurtheilung der alten und neuen böhmischen Poësie zu ihrer Zeit mitreden wollen. Nicht umsonst sage ich auch der neuen, denn offenbar und augenscheinlich ist der Fortschritt der Poësie in dieser kurzen Zeit, seitdem fleissige und hoffnungsvolle Jünglinge an den Nachlässen des Geistes ihrer berühmten Vorfahren sich ergötzend deren Geniessbarkeit und Schönheit mit Vorsicht und Ueberlegung in ihren erfreulichen Werken zum Ausdrucke bringen. Unser ist es! so wollen wir sprechen, und so wollen wir es zu wahren suchen. Unser ist das, was uns Halbgelehrte nur deshalb absprechen, weil sie selbst es in ihrem Vaterlande nicht suchen können oder wollen, indem sie es den Russen, Polen, Kroaten und andern Blutsverwandten zuschreiben, deren Sprache sie nicht einmal kennen. Dieses Vorurtheil aus der Oeffentlichkeit auszurotten, erscheint mir gewiss von Wichtigkeit, und das ist der Sporn und Hauptgrund der Ausgabe dieser wertvollen Werke. Je mehr ihrer an das Licht wird gebracht werden können, um so mehr vergessener, uns jetzt fehlender, gut gebildeter Worte werden, ebenso wie Geschmeidigkeit, Anmuth und Stärke in unsere Sprache zurückkehren und sie mit der ihnen eigenen Kraft erfrischen.

Da ich mit herzlicher Freude sehe, wie die Poësie so gedeihlich sich erholt, so kann ich es nicht länger herausschieben, mit der alten Prosa hervorzutreten. Ich nehme zuerst den Tkadleček, nicht deshalb, als hätten wir keine ältern Handschriften, sondern weil er originell und weltlichen Inhaltes ist, und er eine grosse Belesenheit in griechischen und römischen Philosophen und Dichtern verräth. Lange schon hätte er wegen der Frische und grossen Gewandtheit seiner Sprache verdient gedruckt zu werden, was ihm auch, zwar nicht bei seinen Landsleuten im Originale, wol aber in deutscher Uebersetzung unter den ersten deutschen Drucken zu Theil wurde: *Hie nach volgend etliche tzumale kluger und subtiler rede wissen. Wie eyner der was genant der Ackerman von behem, dem ein schöne liebe fraw sein Gemahel gestorben was, beschicket den tode und wie der tode im wider antwurt, vnd seczet also ye ein capitel vmb das ander, der capitel seind XXXII vnd vahet der ackermann an also zu klagen: Grimmer tilger aller leute Schedlicher achter aller Werlte.* Es findet sich ein Abdruck davon in der kais. Wiener Hofbibliothek in Quart ohne Custoden und Signatur mit einem Holzschnitte.

Unser Schriftsteller Ludwig Tkadleček, so wie seine Geliebte Adelheid, lebten in der ersten Hälfte des 14. Jahrh. als Hofleute in Gräz an der Elbe bei der verwittweten Königin Elisabeth. Es war Adelheid eine Schönheit ihrer Zeit, eine Zierde des königlichen Hofes, um die Tkadleček, als sie sich mit einem andern vermählte, nicht zu stillende Klage erhob, und so verewigte er seine Geliebte, deren Schönheit und Tugend mit seiner Feder, die er nach seinem Namen Weberschiffchen nannte. Der Kläger und das Unglück sind die Hauptpersonen dieser Schrift. Handschriften sind mir nur zwei bekannt: eine alte auf Blättern von Papier, der Trojanerkronik, dem Tristram und Mandiwill beigebunden, befindet sich jetzt auf dem Strahove und war einst im Besitze der Minoriten; eine neue Abschrift einer andern Handschrift hat mir gütigst unser geehrter Dobrowský geboten. Beide habe ich eifrig benutzt, eine aus der andern ergänzend, wobei mich in der Anordnung Herr

Anton Liška, Professor des Neuhauser Gymnasiums, sehr thätig unterstützt hat‹.

Ueber den tschechischen Tkadleček spricht auch Jos. Dobrowský in seiner ›Geschichte der böhmischen Sprache und älteren Literatur Prag 1818‹ (in deutscher Sprache abgefasst.) S. 157. Nr. 9.: ›Tkadleček, der kleine Weber oder žalobník a nesstěstj,[84] ein langes Gespräch zwischen dem Kläger und dem Unglücke, in der Handschrift A ehedem bei den P. P. Minoriten, der Geschichte von Troja beigebunden. Ich besitze auch eine neuere Abschrift nach einer andern Handschrift. Jat sem Tkadlecz vczenym rzadem, so fängt das 3. Kapitel dieses böhm. Originalwerkes an, bez drziewce, bez ramu a bez železa tkati vmiegi (für vmjm).[85] Sein wahrer Name sei aus 8 Buchstaben zusammengesetzt; der erste ist der 11te des Alphabets, der 2. der 20te, der 3te der 4te u. s. w. Nach der Enträthslung kommt nun Luduik heraus und seiner Geliebten Name Adliczka, mit dem Beinahmen Pernikařka. Sie war auf dem fürstlichen Hofe zu Grätz an der Elbe Einheitzerin (topiczka). Diese Beinahmen nimmt der Verfasser, der hier als Kläger auftritt, in figürlicher Bedeutung, und geht zu ihrem Lobe über. Ewig müsse er das Unglück hassen, weil es ihn von seiner Geliebten getrennt habe. Gegen seine Anklagen sucht das Unglück sich zu vertheidigen. Häufig werden die h. Schrift, Plato, Aristoteles, Cicero angeführt. Vor vielen andern albernen Faseleyen hätte diese Schrift, der guten originellen Ausdrücke wegen, wol verdient, gedruckt zu werden. Dies geschah in Böhmen nicht, wol aber ausserhalb. Mein sel. Freund Durich entdeckte einen alten Druck einer freyen deutschen Uebersetzung in der k. Hofbibliothek zu Wien. Das Werk ist in 4. ohne Custos und Signatur, mit einem Holzstiche geziert, der einen Bauer vorstellt, mit der Ueberschrift: Hie nach volgend u. s. w.[86] Dieser Anfang lautet nun im Böhmischen: Ach ach nastogte, Ach ach bieda, ach nasyle, Ach na tie ukrutny a wrucy shladiteli vssech zemi, sskodlivy sskuodce vsseho swieta smiely morderzi vssech dobrych lidij.[87] Das Original ist also viel wortreicher. Wie und warum man in die deutsche Bearbeitung für den Weber einen Ackersmann als Kläger aufnahm, kann ich nicht errathen‹.

Ganz dieselben Angaben über das tschechische Werk, die

Hanka gegeben, hat auch Josef Jungmann in seinem Werke: ›*Historie literatury české. Druhé wydání. w Praze 1849*‹; d. h. Geschichte der böhmischen Literatur, 2. Aufl. Prag 1849 S. 32. N. 71 wiederholt.

Umfangreicher als die bisher erwähnten tschechischen Literarhistoriker behandelt Karl Sabina in ›*Dějepis literatury československé staré a střední doby od Karla Sabiny v Praze 1866*‹. D. h. Geschichte der čechoslavischen Literatur der alten Zeit und des Mittelalters. Prag 1866. Er bespricht das vorliegende Werk an 2 Stellen.

S. 104 sagt er: ›Gewiss hat die slavische Nationalität sich besonders dadurch (nämlich durch sittliche und geistige Stärke des Volkes) geschützt, dass die deutsche Sprache damals nicht zugleich auch Literatursprache in Böhmen wurde und mit ihrer äussern Macht sich zufriedenstellte; denn die Lieder der Minnesänger fanden keinen Eingang beim Volke, noch wurde irgend eine Gattung der Wissenschaft in deutscher Sprache gepflegt und wir haben keine Spur von irgend einer Literatur der in Böhmen ansässigen Deutschen, ausgenommen die Uebersetzung des böhmischen Dalimil und des Tkadleček, nach welchen Arbeiten, wie es scheint, die Hauptentwickelung der deutschen Literatur in Böhmen im XIII. und XIV. Jahrh. aufhörte‹.

S. 187 ff. geht er auf den Tkadleček näher ein: ›Das Sujet der Abhandlung war immer ein und dasselbe, nämlich die Liebe und das zarte Verhältnis beider Geschlechter zu einander. Da wurde alles benutzt, was sich nur in diesen Kreis einbeziehen liess, und wo schon weder Verstand noch Einbildungskraft ausreichte, da wurde die Allegorie eingemischt mit ihrem gewaltigen mythischen und symbolischen Apparate. Aus solchen dialectischen Versuchen entwickelte sich sogar ein eigener Stil, eine Art wunderbarer Beredtsamkeit von ein und derselben Sache, ja mitunter, so zu sagen, von Nichts. Es ist uns ein Beispiel solcher Art erhalten, ein ganz eigenes Büchlein, das man eigentlich schwer zu irgend einer schon bestehenden Gattung der Literatur zählen kann, und das wir nur deshalb in dem Kreis der Romane zählen, weil es eine romanhafte Grundlage hat und der Hauptgedanke durch romanhafte Beschaffenheit sich kennzeichnet. Dieses

Büchlein ist unser böhmischer Tkadleček, bei dem nur am meisten zu beklagen ist, dass der Verfasser sich nicht an eine mehr objective Arbeit gewagt hat und sein hervorragendes Talent nicht anderen Seiten zugewendet hat. Der Tkadleček ist nur eine Episode eines Romanes, dessen Geschichte nicht niedergeschrieben wurde, sondern gerade im Leben sich zutrug, von dem dann in dieser Schrift nur raisonniert und Betrachtungen angestellt werden. Als originelles und selbständiges Beispiel literarischer Production, allerdings dem Zeitgeiste entsprechend abgefasst, aber ganz aus eigenen Kräften des Verfassers hervorgegangen und darauf beruhend, gehört es zu den interessantesten Erscheinungen unsrer mittelalterlichen Literatur.

Es enthält ein originelles Gespräch zwischen dem Kläger und dem Unglücke um den Verlust der Geliebten, und lässt sich als erster uns bekannter böhmischer Originalroman betrachten. Die Literaturgeschichte belehrt uns nur, dass Ludwig Tkadleček und seine Geliebte Adelheid in der 1. Hälfte des 14. Jahrhundertes am Hofe der verwittweten Königin Elisabeth in Königgrätz lebten. Es war Adelheid eine Schönheit ihrer Zeit, und als sie sich an einen andern verheirathete, begann Tkadleček sein nicht zu stillendes Wehklagen, und verewigte seine Geliebte, ihre Schönheit und Tugend mit seiner Feder, die er, seinem Namen entsprechend, Weberschiffchen nennt. Dieses Buch ist ausgezeichnet durch die Gewandtheit und Frische seiner Sprache. Dieses Gespräch stellt sich eigentlich nur als Epilog eines Romanes heraus, dessen Haupthandlung in die Vergangenheit fällt und im Hintergrunde steht; denn die Liebe des Tkadleček und deren Geschicke erfahren wir nur aus den Klagen, die deren unglücklicher Ausgang hervorgerufen hat, und in denen nur wie auf eine vergangene Thatsache hingewiesen wird.

Tkadleček war unzweifelhaft ein ungeheuer verliebter Schüler! Die Unterredung zeigt, dass er aus »gelehrtem, gebildetem Stande, von hervorragendem Range«, und für seine Gelehrsamkeit und Verstand gibt das Buch ein vollgültiges Zeugnis.

Inhalt und Tendenz dieses Gespräches ist folgender: Der Kläger, Tkadleček, »klagt, jammert und ruft offen und laut über das Unglück, schreit über dasselbe und schmäht es,

und verflucht es mit manigfachen Verwünschungen.«— Er
verflucht das Unglück nicht allein seinetwegen, sondern
überhaupt, dass es viele ausgezeichnete Leute vernichtet hat.
—Das Unglück antwortet dann dem Kläger, indem es ihm
zu wissen gibt, weshalb es ihm mit einer Rede antworten
will und fragt dann den Kläger, wer er sei, und weshalb er
ihm so unverschämt zurede. Es hält ihm auch sein
unmännliches Klagen vor.»Wie willst du denn mit deinem
Sinne jemanden wohin leiten, wenn du ihn selbst nicht
gebrauchen kannst!—Weshalb du lästerst, wissen wir
nicht,« sagt das Unglück,»ausser dass wir jetzt unlängst in
Graz an der Elbe, in dieser umwallten Stadt in Böhmen, mit
unserer Macht und unserem Amte zwei junge Leute,
einander an Jahren fast gleich, die mit einander seit einigen
Jahren gut und ehrbar gelebt haben, getrennt und entfernt
haben mit unserer Macht und nicht blos getrennt haben,
sondern wir gedenken, sie von beiden Theilen bis zu ihrem
beiderseitigen Tode nicht mehr zu vereinigen. Das geschah
vor der Verbrennung dieser Stadt etwa im dritten
Monate.«[88] Auf diese Weise wird uns bekannt der Ort und
die Zeit, ja sogar schon die ganze Begebenheit. Nach dem
Anzeichen wäre dies beiläufig das Jahr 1339, im welchem im
April ganz Gräz abbrannte. Der Kläger nennt sich dann mit
verstecktem Namen und bildlich, und gibt dem Unglück
damit seinen Rang und Stand an, und weshalb er es
schmäht; dass er nämlich der sei, der so unbarmherzig und
so schmählich von seinem Troste getrennt und alles
weltlichen Trostes damit beraubt sei.
    »Sie war es«, sagt Tkadleček,»mit der ich seit einigen
Jahren lebte, doch deucht es mir, als wäre ich mit ihr eine
Stunde gewesen! Sie ist es, die immer mit mir gewesen ist
und ich mit ihr ... doch sie hat sich von mir schon entfernt!
Sie war mein Schild gegen alle weltlichen Feinde! ... Hinweg
ist meines ganzen Wohles zuversichtliche Wahrsagerin; du
Unglück, du hast mich mit ihr verfeindet. Hinweg gewendet
von mir hat sie sich, sie denkt vielleicht nicht daran,
zurückzukehren, vielleicht kann sie nicht, hat sie nicht die
Absicht—will sie nicht! Allein bin ich geblieben in
verwaistem Zustande durch ein so grosses Unglück!
Hinweg ist die, die zu lieben meine Freude, mein Trost war;
wenn ich mit dieser mich unterreden konnte, verlangte ich

keine andere Speise.... Hinweg ist die, bei der ein Mensch, wenn man mit ihr hätte leben können, in Ewigkeit sich nicht bekümmert hätte!... Hinweg ist die, die meine Jugendjahre in aller Ehrbarkeit zur Mannbarkeit gebracht hatte, Verstand gab, den Muth erhöhte, Kurzweil vermehrte ... Verborgen hat sich mein tägliches Licht und hinweg begeben hat sich mein lichter Stern, nach dem ich mich mit meinem ganzen Sinn gerichtet habe, wie der Fährmann auf dem Meere nach dem himmlischen, umwölkten Sterne!—Hinweg ist der lichte Schein meiner Sonne!... Schon ist sie unter den Berg gesunken, in meinen Zeiten kehrt sie nicht wieder zu mir zurück!... Finstere Nacht hat mich in ihre Macht genommen; wo ich gehe, da irre ich und Nebel hat mich umfangen, schauend sehe ich nicht, ausblickend kann ich mich nicht bemerken, mich kennend habe ich mich selbst vergessen.... Ach Unglück, du hast mir schon meine Fahne herabgerissen, unter der ich meinen Verstand gerichtet habe.... Verloren habe ich den Kampf, an Ehre bin ich verringert! Wehe über den unglücklichen Tag, über die unglückliche Stunde, über die leidvolle Weile, in der mein Diamant zerbrochen ist!... Schon habe ich mein erstes und letztes Kleinod verloren, das ich als Schatz in meinem ungetheilten Herzen bewahrt habe, woran ich mich in Noth, und wann es nothwendig war, erfreute.... Hinweg ist sie, allein bin ich geblieben, ja weniger als allein, denn ich bin ohne sie wie ein halber Mensch—nicht mein, nicht ihr.«

Wer möchte nun—nach diesen Worten—dem Tkadleček lebendige Einbildungskraft und entflammtes Gefühl absprechen? Klingt das nicht so, wie wenn Abelard nach Heloise oder der modernere Werther klagen würde?—Aber das Unglück lässt nicht lange auf Antwort warten. Man kann sagen, dass, wie dieser ganze Roman von Allegorien überfliesst, auch das Unglück mannigfache Aufgaben auf sich nimmt, manchmal die des schlimmen Geschickes, manchmal des blossen Zufalles, manchmal des mahnenden und strafenden Pflegers, manchmal endlich vertritt es die Stelle des gesunden Verstandes. Es ist manchmal, wenn es spricht, als wenn der überlegene Verstand der zügellosen Einbildungskraft Antwort gäbe. Es sagt jenes selbst von sich, dass es das, was immer es gethan hat, gut und mit Recht gethan hat, seinem Stande gemäss, und dass, was immer auf Erden geboren wird, nicht ohne Unglück sein kann; es setzt auseinander, dass, wenn alle Leute, die schon von Anfang der Welt auf Erden waren, bis zu dieser Zeit ohne Unglück gewesen wären, dass alle herrschaftlich und ohne Standesunterschied nur sich zu Willen und Belieben wohnen und leben wollten, und dass bei solchem Laufe und Unordnung die Welt schon zu enge wäre für den menschlichen Stolz, Hochmuth und kühnen Sinn, und dass aus wahrem Stolze und Gewalt Einer den Andern verzehren würde!—Dem entgegen aber soll sich der Mensch auszeichnen durch Mässigung und weise Handlungen und thun, wie die Sonne, die der ganzen Welt leuchtet und in sich selbst Licht ist.

Der Kläger aber auf diese Vernunftgründe nicht achtend sagt, dass es nicht einmal möglich wäre, das Leid um die Braut fern zu halten von sich, weil er eine so liebe, holde und edle Braut verloren hätte!—Und er erzählt dazu von ihrer Gestalt und ihren Gewohnheiten. Sie ist »reich an ihrer Ehre«—sagt er—»schön und fröhlich über alle ihre Gespielinnen und Genossinnen; von ordentlichem Wuchse, anmuthiger Sprache, von liebem Anblicke, guten Gewohnheiten, schnellem Schritte, schönem Gange, fröhlichem und freundlichem Zureden, zarter Sprache.« »Ich bin nicht im Stande«, sagt Tkadleček weiter, »von ihr viel zu sprechen, ich bin nicht werth, sie zu loben, noch kann ich ihren Adel ganz beschreiben.... Ueberglückliche Welt, auf der je ein solches überaus edles Geschöpf ist. Wer sie kennt, trennt sich ihretwegen nicht gern von der Welt.« —Und weiter lobt dann Tkadleček auch den, der sie als sein Weib hat, und dass der mit einem Geschenke über alle Geschenke beschenkt ist, und dass kein anderes Geschenk auf der Welt wäre als ein gutes und vollendetes Weib!... »Ach, du allmächtiger, gewaltiger Gott!«—ruft Tkadleček—»was hast du mir für eine Freude gegeben und was für eine Freude habe ich gehabt in meinem jugendlichen Herzen, als ich sie muthig vor mir stehen sah, und ehrbar einherschreiten mit ihrem überaus vorzüglichen Gange, ihrem schönen Wenden, ihrem sachten und ruhigen Umblicken, ihrem lustigen Springen beim Umkehren ... gewiss ich kann sagen, dass ich dieser guten Gewohnheiten nie satt wurde.... Freue dich, du Mann, der du eine solche Gattin hast, ... Weisheit und ein gutes Weib kommt nur von Gott allein!... Ach könnte ich noch vor meinem Tode ihr liebes, anmuthiges, freundliches Wort hören, könnte ich nach Belieben mich mit ihr ausreden, könnte ich ihr öffnen mein geheimnisvolles trauriges und leidvolles Herz!« ...

Aber das Unglück lacht nur zu Alle dem und hält eine lange Rede von der Ehre und Unehrbarkeit u. s. w. und endlich räth es dem Tkadleček, weise zu sein, und wenn nicht Adelheid für ihn sei, dass er sich eine andere, vielleicht wieder eine solche Geliebte, wie diese achtenswerthe gewesen ist, suche. »Du hast uns früher,«—sagt das Unglück, —»gesagt, dass du Tkadlec[89] seist, das verstehen wir; dass du mit dem Kopfe aus dem Böhmerlande stammest, das verstehen wir auch; mit den Füssen von Allerwärts, das verstehen wir auch, ... wohin du dich wendest, auf welche Seite und welches Land immer, dass du dort wie zu Hause seiest.... Auch wissen wir, dass du in manchen Königreichen und manchen königlichen Städten gewesen bist;—aber sage uns ohne Redeschmuck und ohne Schrift, ob du schon einen solchen Menschen gesehen, oder von ihm gehört hast, wie du bist, Tkadleček, dessen Gutes ganz an einem einzigen Menschen und dazu an einem so leichten Menschen gelegen sei, wie diese deine Freude ist? Thu' wie Thales und danke dem Glücke für die drei grössten Geschenke, womit es dich beschenkt hat: dass du ein Mensch bist und nicht ein Thier, so dass du weisst, was dem menschlichen Verstande gemäss sein soll und was nicht; dann dass du ein Mann bist und nicht ein Weib, und endlich, dass du ein literarisch Gebildeter und nicht ein Laie und dummer Mensch bist.— Gebrauche also deinen gelehrten Verstand. Du sagst, dass sie Hofheizerin war, du lobst ihre Ehrbarkeit und Vollkommenheit u. s. w.« Dann gibt sich das Unglück an die Auseinandersetzung weiblicher Tugenden und worauf sie beruhen. Es fragt, aus welchem Grunde ein Weib ehrbar sei und ob für sich oder für einen Anderen, und sagt, dass die Ehrbarkeit eines Weibes vierfach sei: aus Scham, aus Ueberlegung und Anhänglichkeit, aus Gewohnheit wie bei Hofleuten und endlich aus blosser List bei schmeichlerischen Leuten, die sich nur so zum Lobe oder des Nutzens halber zeigen u. s. w. »Aus welchen von diesen Ursachen war wol diese deine Heizerin vollkommen?« ruft das Unglück weiter; »ei Literat, erinnere dich! Schüler, sei bei Verstande! Höfling, sei nicht so dumm ... und halte das Ross deines Verstandes am Zaume. Wir sagen dies, auf dass du die Rede lassest von dieser Heizerin; ... du bist in den besten Jahren, ... und sie ist ja wol nichts anderes als jeder andere gewöhnliche Mensch.... Es gibt auf der Welt viel überaus guter und ehrenhafter, ... weit ist die Welt weiblicher Ehre, ... deine Füsse sind überall; sei nur nicht faul zu suchen. Solcher, wie sie, findest du, wohin du dich wendest, ... noch vollendetere! ... Vielleicht hast du selbst sie so vollkommen gemacht durch deine Rede und deinen Verstand; ... sei fröhlich und freue dich, dass du mit diesem Geschenke versehen, dass du der lebendige Meister davon bist.... Mit diesem deinem Verstande und deinem Wissen wirst du leicht eine andere gewinnen und vielleicht eine bessere, als diese deine Heizerin gewesen ist; ... glaube nicht, dass wenn du diese deine Heizerin, diese Backofenschürerin verloren hast, auch alle Zeit verloren hast. Es gibt noch viele Zeiten, bevor die Welt endet; ... lass fliessen im Wasser Eis und Schnee ... wisse, dass ein lebender Kopf einen Hutmacher erhält.«

Aber Tkadleček hört nicht auf zu seufzen und auf das Unglück zu schmähen; und sehr naiv sagt er von sich:»Ich bin wahrlich wie ein kleines Kind von der Mutter getrennt ... wie ein unerwachsenes Kätzchen von der Milch zurückgestossen! Wie ein Eselchen, das unausgebildet in seiner Kraft vor der Zeit zur Arbeit getrieben wird, so bin ich dir, Unglück, untergeben und in meinen jungen Jahren schon dir überantwortet.... Leichter ist es einem Wittwer; wenn der seine Freude verliert, so beweint er sie und weiss, dass das nicht anders sein kann, und vergisst sie mit der Zeit. Aber wie ist es mir möglich, meine überaus theure Heizerin zu beweinen, da sie noch lebt, noch gesund ist, in der besten Kraft und grössten Kurzweil, zwar nicht für mich, sondern für einen Andern!... Leute in meinen Jahren gehen von einer Freude in die andere: aber ich stehe schon wie ein dienstbarer und dummer Esel unter meiner Last in einem sumpfigen tiefen Thale, kann mir nicht herauf helfen. Ich bin überall fremd, wohin ich mich wende.... Freiheit habe ich keine, überall ist es mir eng, ich seufze und weine, ich habe nur Gelächter von schlimmen Leuten.... Ich schweife umher, keiner zieht mich zu sich, bald wird aus mir ein Greis.... Hohe Berge muss ich aufsuchen, tiefe Thäler durchkriechen, in finstere Wälder, in öde, ungewohnte Länder, zu unbekannten Leuten muss ich gehen.... Womit könntest du mir das ersetzen, Unglück? Mit nichts Gutem bist du versehen! Nichts thust du zur Zeit, Musse hast du nicht, nichts Gutes hast du bei dir, weder Erbarmen noch Mitleid. Du bist wie der Falke, wie der Sperber, wie Vögel, die vom Fange leben. Du bist wie ein Wolf, wie ein Luchs, Löwe und Bär ... was du thust, thust du zum Schaden der Leute; ... du bist schlimmer als der Henker, heuchlerischer als der Teufel...«. Darauf antwortet dann das Unglück sehr witzig dem Tkadleček und erzählt ihm von den Leiden der Menschen und legt ihm zum Schlusse die Liebe und deren verschiedene Arten auseinander, und wie einer sich von der Liebe befreien soll, der von ihr bemeistert ist.... »Erwäge deine Worte«, sagt es, »die du mit deiner Zunge gar unverständig schmiedest, indem du thust wie ein schlechter Müller, der die Mühlräder loslässt, damit sie mahlen, er selbst aber geht fort, und achtet nicht, wie sie gehen, und wie die Mühle mahlt.... Was klagst du, du guter, ehrbarer Tkadlec, du weiser Schüler, du pfiffiger! Ist es nicht besser, dass wir dich von dieser deiner Küchenkehrerin und Backofenheizerin, die durch ihre List den Ofen mancher guter, weiser, schöner Jünglinge mit heimlicher Liebe entzündet hat; ist es nicht besser, dass wir dich von dieser Lebzeltnerin, dieser Stubenfegerin befreit haben, als dass du in jener Welt ihretwegen verdammt werden sollst? Du solltest dich lieber dafür bedanken.... Hast du etwas Widerwärtiges auf dem Herzen, —verschweige es und bedecke dein Leid.«

Sehr interessant ist dann folgende Stelle, wo das Unglück den Tkadleček an seine eigene Ansicht von der Liebe erinnert, die er in irgend einem Buche niedergelegt hätte. Es scheint mithin, dass Tkadleček vor dieser Unterredung noch irgend eine andere Schrift verfasst, von der wir allerdings nichts Anderes wissen, als was hier erwähnt wird. Das Unglück sagt: »Sage uns, Tkadlec, wohin ist es mit deinem Werke und deinen Büchern gekommen, die du verfasst und zusammengestellt hast, von der Liebe (und zwar von der Verschiedenheit der Liebe, und du hast die Liebe in zwei Theile getheilt und sagst, dass sie heimlich und öffentlich, innerlich und äusserlich sei,) und von allen ihren Theilen ... darin hast du, in diesen deinen Büchern nicht nur die Lehre niedergelegt, wie ein Liebhaber aus feindlichen Unfällen sich ausreden soll, sondern auch noch viele andere Stücke, wovon wir wissen, wem zu Liebe du dies ausgesagt und niedergeschrieben hast u. s. w.... Aber, Tkadleček, weil du so klug und so viel von dieser Liebe gesagt hast, so sage uns doch, mit welcher Liebe liebtest du diese deine Gewisse, von der du immer schwatzest und so viele Reden machst?« Dann begibt sich das Unglück an die Betrachtung der »Complexe« oder »Temperamente«, von denen es ziemlich verkehrte Ansichten entwickelt. Die Physiologie allerdings trat diesmal sehr in den Hintergrund. Die Melancholiker wären nämlich von Allen die gröbsten und an Geist unter allen andern Leuten auch die dümmsten und am meisten vergesslichen! Dann verfolgt er, zwar etwas weitschweifig, aber nicht uninteressant, die Abhandlung über die Liebe, welche endet: »Keine Liebe ist ohne schweren Sinn und kein schwerer Sinn ohne Schmerz, und wo Schmerz, dort ist Noth, wo Noth, dort Trauer, wo Trauer, dort Wehklagen.... Die Liebe ist nur eine Fessel und Trauer und Leid!... So viele Beispiele haben wir dir schon gegeben, dass du es schon gleichsam mit der Hand fühlen könntest ... wir aber müssen diese deine feindliche Rede hören, und wir können nicht allen Hunden, wenn sie unnöthiger Weise bellen, ihren Mund zubinden, und es kann auch nicht immer jeder Hund, der viel bellt, wie er will, viel beissen!« ... »Wir sind ein Bote aus Gottes Hand«, sagt dann das Unglück von sich selbst; »aller feindlichen Handlungen flinker Vollstrecker, wir sind die biegsame Peitsche und der Stock und die Ruthe aller Schöpfung, wir sind der Mäher aller Wiesen und Rasenplätze, der verwelkten und jungen, mit der stumpfen und abgefeilten Sense. Unsere Botschaft ist nicht umsonst. Wir sind die Peitsche, deren Streich heftig geisselt, und nach dem es heftig brennt, und wir übergehen mit der Zeit keinen!... Wir sind der Stock, der sich nie und an keinem bricht, nicht krümmt, nicht zerknickt ... wir sind der Meister alles Handwerkes, aller Leute.... Nicht fragen wir nach Farben: ... da entflieht vor uns nicht die Lilie mit ihrer

Schönheit und weissen Farbe, mit ihrer guten Hoffnung, da entfaltet sich uns die rothe Rose mit ihrer Scharlachfarbe brennender Liebe, da versteckt sich nicht vor uns weder der Klee, noch die Wolfsmilch, noch das Immergrün, das jeder begonnenen Liebe Führer ist. Da kann die Feldrose mit ihrer röthlichen Farbe aller Heimlichkeit uns nicht entlaufen. Da erhebt sich die ausgedachte und gestohlene graue Farbe, aus vielen zusammengesetzt, mit ihrem hohen Sinne nicht über uns, da widersetzt sich uns nicht die himmelblaue Kornblume oder der Wegewart mit seiner schlimmen Vorbedeutung, oder mit seiner Vollkommenheit u. s. w.« So ist hier eingeführt die Bedeutung der Farben und Blumen und dem Leser wird ihr allegorischer Sinn bekannt, wie er zu jenen Zeiten anerkannt wurde. »Wir sind ein tiefer Schacht, ohne Luft, mit verfaulten Säulen gestützt ... aus dem Niemand, der einmal hereinfällt, so leicht von selbst wieder herauskommt ... und je höher ein Mensch in seiner Ehre auf der Welt war, desto roher drücken wir ihn herunter ... was wir aber anfangen, das vollendet der Tod!« ... Auf des Tkadleček neuerlichen Angriff nimmt das Unglück abermals das Wort und beginnt seine Rede mit einer Fabel. —»Der Wolf war einmal sehr schwer krank«, sagt es, »und da er gesund werden wollte, versprach er in der Krankheit, kein Fleisch zu essen bis zu seinem Tode. Als er heil und gesund war, konnte er sich einst nichts zu seinem Frasse bei dem grossen Wasser erjagen und begab sich zu einem Bache, um Fische zu suchen, und es begegnete ihm ein Esel, der durch den Bach watete und von der Mühle einen Sack Mehl auf seinem Rücken trug. Der Wolf sagte zu ihm: Helfe dir Gott, lieber Hausen! was habe ich dich heute den ganzen Tag gesucht, bis ich dich getroffen habe. Der Esel antwortet: Lieber Wolf, ich bin ein Esel, ein dummes, dienstbares Thier und bin kein Hausen. Der Wolf antwortet: Hast du vielleicht nicht gehört, dass der Wolf in den Wäldern, die Maus im Loche und der Fisch gern im Wasser zu sein pflegt? Sieh, ich esse kein Fleisch, ausser nur das, was im Wasser ist; du bist jedenfalls ein Hausen oder ein Wels. Der Esel sagt ihm: Du irrst dich und hast dich schlecht unterrichtet. Der Wolf sagt: Sage du diese Rede dem, der keinen Fisch kennt, du bist immerhin Fischfleisch und ich verzehre dich; rede, was du willst, was ich kenne, das kenne ich.... So sei du, Tkadleček, kein Wolf und richte nicht nach deinem Vortheile.... Du thust uns, wie einem bösen Menschen.... Wer nicht darnach trachtet, dass ein Guter ihn liebt, der kann auch wieder keinen Guten lieben.... Viel Gutes haben wir dir gesagt, und du widersetzest dich uns immer.... Ist es nicht besser, dass wir dich von dieser deiner Lieben befreit haben?... Du bist auch befreit von aller ihrer Klugheit und ihrer List, durch die du von ihr gleichsam gebunden und ihr Gefangener warst.... Viele haben viele Anfechtungen, aber dennoch trachten sie, dass sie frei bleiben. Du aber, als du frei warst, hast dich freiwillig in das Gefängnis begeben, und jetzt, da du dich befreien kannst, klagst du über das, wovon du ledig bist. Gönne das einem Anderen und bleibe allein.... Wen gab es je, der mehr beunruhigt wäre, als ein Liebhaber? Und wer magert jemals mehr ab und welkt dahin durch irgend welchen Kummer und Arbeit und weltliche Mühe und altert und geht darin auf manigfaltige Weise zu Grunde, als ein junger, verliebter Mensch, der nicht weiss, woher die Liebe kommt, oder was sie ist, oder was mit ihm vorgeht?... Du klagst, Tkadleček, dass du sie verloren hast, und klagst nicht über dich selbst, dass du ihretwegen deinen Verstand verloren hast.... Glückliche Stunde, die dich von ihr getrennt hat! Denn beraubt all deines Verstandes bist du zurückgekehrt, ... du hast gesehen dein Irren, dass du der Liebe wegen Jahre lang nicht sehen konntest. Du bist zurückgekehrt zur Freude, ... du bist befreit von Kummer, ... leicht schläfst du, reissest dich nicht aus dem Traume, du bist ohne Unruhe, Kummer hast du nicht. Es ist besser, dass du sie jetzt verloren hast, als wenn der Fall eingetreten wäre, dass du sie mit der Zeit hättest verlieren wollen und nicht können.... Sind wir etwa Schuld daran? Haben wir dich von ihr ohne ihren Willen oder mit demselben befreit? Wenn mit ihrem Willen—so freue dich. Wenn sie dir treulos geworden ist, dann erinnere dich, Tkadleček, wie viel guten und edlen Jungfrauen und Frauen du treulos geworden bist. Daher schweig!... Du hast ja nur ein Fieber verloren, sei froh, dass du davon befreit bist.... Die Freiheit ist nicht mit Gold zu bezahlen.... Du machst aus dir einen Thoren und Verblendeten, während du dich, je länger, desto mehr vervollkommnen sollst.... Schweig mithin und schäme dich! Gedenke, dass wer alte

135

Liebe und vergangene Minne aus seinem Herzen und Sinne nicht lassen will, der ihrer nie satt, noch von Trauer befreit wird ... dem wird keine Speise angenehm sein, der hat schon alles Gute und Schlimme, Gesundheit und Krankheit, Weisheit und Unverstand, Witz und Thorheit, wovon du, Tkadleček, weisst, wie du früher ein Buch von der Liebe verfasst hast.« Es räth ihm dann weiter, er möchte lieber diese Liebe und Klage lassen und sich lieber auf die Grammatik und Mathematik u. s. w., überhaupt auf Wissenschaft und Kunst werfen. Sehr interessant sind da die Definitionen verschiedener Wissenschaften, wie auch einige im Tkadleček angeführten Kenntnisse überhaupt sehr wunderbarer Art sind und in die Wissenschaftslehre jener Zeiten einen überraschenden Einblick gewähren. —»Die Philosophie ist der Acker aller Weisheit«, —heisst es dort —»aus dem hervorgeht und entstammt jedes Talent. Und dieses Talent theilt sich in zwei Theile, in Weisheit angeborener Sinne, die man von Natur erkennen kann, und in die Bereicherung vieler angeborener Sitten und Gewohnheiten« u. s. w.... Es wird dort auch unter den Wissenschaften angeführt Geomancia, Pyromancia, Chyromancia, Astrologia, Alchymia und eine ganze Reihe wahnwitziger Afterwissenschaften bis »zur Kunst, deren Name ist Neroka, die mit ihren süssen und gottesfürchtigen Gebeten, mit ihrem gewaltigen Beschwören und verschiedenen Dingen wahres Wissen sich erwirbt« u. s. w. Das Buch endet dann mit einer Mahnung des Unglückes, und wir erfahren nicht, ob Tkadleček etwas darauf gibt, oder nichts und ob er sein Jammern lässt. Diese Schrift also, die unvollendet geblieben ist, befriedigt nicht ganz; denn nicht blos, dass keine Handlung in derselben enthalten ist, sondern auch, dass es keine abschliessenden Gedanken am Schlusse, noch eine Darlegung eines vollkommenen Ausganges der angeführten gibt. Die Handlung liegt ganz im Hintergrunde, und diese Handlung ist sehr einfach, gewöhnlich, durch Nebenumstände nicht beleuchtet. Die Treulosigkeit der Geliebten, dass ist wahrlich ein Stoff, der alle Tage im Leben und im Romane vorkommt, der erst irgend eine Neuheit und Reiz erhält durch Vorführung begleitender Verhältnisse. Davon aber erfahren wir im Tkadleček nichts. Die Gespräche bewegen sich dort fast ausschliesslich nur auf dem Gebiete der Betrachtung, ohne Abschweifungen. Aber der Punkt, um den sich diese Gespräche bewegen, ist die Liebe, die Seele romanhafter Dichtung und des Romanes. Der Mangel an Handlung und unmittelbarer Entwicklung derselben ist allerdings der Hauptfehler dieses Werkes, der aber durch den Reichthum gehaltvoller Reflexionen und anmuthiger Bildlichkeit reichlich aufgewogen wird. Es zeigt sich uns gewiss in diesen Gesprächen ein genug buntes und lebendiges Bild der Zeit, in der sie entstanden, der vorherrschenden Meinungen in derselben, deren Vorurtheile, des Zeitgeistes und der herschenden Sitten, was alles aus dem Privatkreise hervorgeht, aus der einen und einzigen Hauptsituation, der freien Entwickelung, wie gerade der Augenblick es verlangt und keineswegs aus der rein objectiven Darstellung, worauf der Charakteristiker und Beobachter der Cultur achtet. Für den Forscher vergangener Cultur in Böhmen wird es nöthig sein, fleissig in dem Tkadleček nachzusehen, aus dem er gewiss manches lernt, das er in andern gerade belehrenden Schriften von den Sitten der Zeit des Tkadleček kaum zu lesen bekäme, auch manche Sprichwörter findet er dort, die Tkadleček »bäuerisch« nennt, wie: nach Geschmack Missgeschmack, nach Lachen Trauer u. a., auch schöne Sprachformen, die wir durch fremden Einfluss schon ganz verloren haben. Es wäre hier nicht am Platze, in alle Einzelheiten der Charakteristik dieses Buches sich einzulassen; es lag uns nur daran, in einer kurzen Bemerkung hinzuweisen auf die Schrift, deren Hauptgebrechen wir meist nur der nicht gereiften Zeit zuschreiben können, deren schöne Seiten hingegen gerade ein Verdienst des nicht gewöhnlichen Talentes des Verfassers sind. Aber nicht blos das Talent, der Verstand und Phantasie erregen unsere Aufmerksamkeit, sondern auch seine hohe Bildung, der Ueberblick über die allgemeine Literatur und die bewundernswerthe Belesenheit. Der ganze Charakter der Schrift verräth, dass Tkadleček in der Literatur seiner Zeit ganz zu Hause war. Wunderbare Metaphern und Hyperbeln, die er besonders in den ersten Abschnitten der Schrift gebraucht, sind ganz eingerichtet nach der Manier, die damals an den sogenannten Minnehöfen herschte und durch sie in die schöne Literatur jener Zeit eingeführt wurde. Geradezu auffallend aber ist die Bekanntschaft Tkadlečeks mit der alten griechischen und lateinischen Literatur, des alten und neuen Testamentes und der Schriften der Kirchenväter. Es liesse sich ein geistreiches Anecdoton von Aussprüchen alter Weisen zusammenstellen, die in dem Buche des Tkadleček angeführt sind, und es wäre dies eine ganz anständige Sammlung. Wir gewinnen damit neue Beweise von der Cultur in Böhmen zur Zeit, als in Europa ein neuer Geist erwachte, und es ist für uns um so mehr zu beklagen, dass so wenig dichterische Denkmale in böhmischer Sprache aus jenen Zeiten uns erhalten sind, da doch aus dem Buche des Tkadleček ersichtlich ist, dass selbst von ihm noch eine zweite Schrift, die über die Liebe handelt, herausgegeben wurde, von der wir allerdings nichts anderes wissen, als was er selbst aus derselben hier anführt. Wenn aber auch der Tkadleček den Liebhabern der Literatur, den Cultur- und Sprachforschern ein sehr interessantes und wichtiges Buch ist, so ist es doch nichts weniger durch übermässige Weitschweifigkeit, durch Wiederholung ein und desselben Gedankens und weite Auseinandersetzung, so zu sagen, Verwässerung des Planes und die schon lange todten und begrabenen Ansichten für einen gewöhnlichen Leser, der zwar eine belehrende, zugleich aber auch frische Unterhaltung sucht, ein nicht eben verdauliches Buch.— Damit es ein solches werde, müsste man die Pedanterie beseitigen und einen kurzen Auszug aus dem allzulangen Ganzen machen, wie dies einige französische Schriftsteller z. B. J. Janin und andere mit den alten weitschweifigen englischen Romanen, indem sie interessante und pikante Novellen schufen. Allerdings müsste dieser Auszug geistreicher ausgeführt sein, als die deutsche Uebersetzung des Tkadleček und der Auszug aus demselben, der gleich unter den ersten deutschen Drucken erschien und erneuert von Hagen herausgegeben wurde. In Böhmen erschien der Tkadleček gar nicht im Drucke, bis erst im J. 1824 in der Ausgabe von Hanka‹.

Aus den Angaben Al. Adalbert Šemberas, die im Wesentlichen mit den schon angeführten Daten übereinstimmen, will ich nur zwei Stellen anführen. (›*Dějiny řeči a literatury české sepsal Alois Vojtěch Šembera. Vydání třetí ve Vídni 1869*; d. h. Geschichte der böhm. Spr. und Literatur

von Al. Adalbert Šembera. 3. Ausgabe. Wien 1869‹.)
S. 124 sagt er: ›Tkadleček oder die Unterredung zwischen
dem Kläger und dem Unglücke über den Verlust der
Geliebten. Ein originelles Werk aus dem XIV. Jahrhunderte,
verfasst in ungebundener Rede von Ludwig zubenannt
Tkadleček, der in Königgrätz lebte zur Zeit der Königin
Elisabeth, genannt der pommerischen‹; und an einer andern
Stelle ebendaselbst: ›Dieses Gespräch, das gewiss poëtischen
Werth hat, wurde schon im XV. Jahrhunderte in das
Deutsche übersetzt und gedruckt mit der Aufschrift:
»Ackerman (statt: Weber) von Behem«.

Ziemlich eingehend behandelte den Gegenstand auch Dr.
Gebauer a. a. O. in der Abhandlung: ›Ludwig Tkadleček‹,
aus der ich im Folgenden die wichtigsten Angaben
hervorheben will. S. 114 heisst es: ›Den Inhalt dieses Werkes
bilden die Klagen eines Verliebten über die Untreue der
Geliebten, auf die das Unglück antwortet und sich
entschuldigt. Es ist dies ein Gemisch von Gelehrsamkeit und
Talent; Gelehrsamkeit zeigt sich in den Citaten,
Anspielungen und der stylistischen Form, Talent in dem
gewandten Gebrauche alles Möglichen. Der Gegenstand
würde genug geeignet gewesen sein zu einer poetischen
Bearbeitung; aber unser Verfasser wählte nach dem
Geschmacke seiner Zeit lieber die dialektische
Gesprächsweise, den gelehrten Streit, deren Formen bekannt
waren aus den Schulen und man kämpft hier von beiden
Seiten mit Verstandesbeweisen aus der heil. Schrift, mit der
Beweiskraft weltlicher Schriften, mit angebornen
Beweisgründen und mit verschiedenen Beispielen (II. 79.).
Seiner Zeit gefiel eine solche Lecture, uns ermüdet sie jetzt.
Daher hat auch das ganze Werk keinen dichterischen Werth
und nur in sprachlicher, rhetorischer und literarhistorischer
Hinsicht kann man es beurtheilen. Was die Sprache
anbelangt, so hat sich darüber schon Dobrovský geäussert:
Vor vielen andern albernen Faseleien hätte diese Schrift der
guten originellen Ausdrücke wegen wol verdient, gedruckt
zu werden (Geschichte der B. Spr. 1818, 157), und
Jungmann (Gesch. d. Literat. 1849, 32) nennt sie gleichfalls
ein Buch, ausgezeichnet durch die Frische und Gewandtheit
der Sprache. Damit stimmen wir vollkommen überein, der
Verfasser war gewiss ein sehr gewandter böhmischer Stylist

und fast möchten wir ihn den Meister der altböhmischen Belletristik nennen; nicht einmal die nachlässige und mitunter selbst unsinnige Interpunktion Hankas verdarb den Text so, dass die Elasticität des Styles nicht ersichtlich wäre. Aber mit alle dem wird nicht der Hauptfehler unseres Werkes verdeckt, der geschmacklose Inhalt und die unschöne Anlage, und wenn es trotzdem frühzeitig ins Deutsche übersetzt wurde, so können wir uns dies nur daraus erklären, dass der damalige Geschmack des Lesers mit Dialektik sich zufrieden stellte, wo er Poësie hätte verlangen können‹.

Weiterhin heisst es:

›Nach diesen Angaben lebte Ludwig Tkadleček zur Zeit des guten Kaisers Karl (I. 24), der in dieser Zeit böhmischer König war. Er war mit dem Kopfe aus dem Böhmerlande und mit den Füssen von allerwärts (I. 10. d. h., wie das Unglück später auslegt, lebte er an verschiedenen Orten) und lebte im Hofdienste (nach Jungmanns Auslegung an dem Hofe der verwittweten Königin Elisabeth, Lit.-Gesch. 1849, S. 32) in Gräz an der Elbe (I. 13. 85.). Hier erfreute er sich seit einigen Jahren (I. 13.) an der Liebe seiner Adelheid, bis sie das Unglück trennte im Jahre seit Erschaffung der Welt 5167, in demselben Jahre, als Gräz abbrannte und zwar den dritten Monat nach diesem Feuer[90] (ebd.). Hanka verlegt darnach die Trennung der Liebenden in das Jahr 1339, in welchem Jahre nach Bienenberg Gräz abbrannte. Die Jahreszählung vom Anfange der Welt ist entweder schlecht angegeben oder gründet sich auf eine andere Zählung, als die war, an die man sich in Westeuropa gewöhnlich hielt. Der Geburt nach war Tkadleček von mittlerem Stande (I. 74.), also aus dem niederen Adel, da sich nach seiner Auslegung an einem andern Orte (I. 23.) die Leute in drei Stände theilen: In den hohen Stand vom Kaiser zum Grafen, in den niederen Stand, in den der Adeligen, der Edelleute, der Ritter, Herren und Vladiken, und in den niedersten Stand, in den der Bauer und der Bürger gezählt wird.

Tkadleček war sein Zuname. Wie er an einem andern Orte den Zunamen seiner Geliebten in witziger Weise erklärt (I. 14.), so thut er es auch mit seinem (I. 9.) und in dieser Interpretation gibt er sich aus als Gelehrten und Literaten.

Er sagt nämlich von sich, dass er ein Weber gelehrten Standes sei, dass er ohne Holz, ohne Rahmen und ohne Eisen weben könne; und an einem andern Orte (I. 12.) sagt das Unglück, dass in diesem Schlage und diesem Weberhandwerke, zu dem sich Tkadleček zählt, der grösste Meister Aristoteles war.

In seiner Jugend lebte er in manchen königlichen und fürstlichen Ländern (1. 74). Liebesabenteuer erlebte er wol genug, denn das Unglück macht ihm diesen Vorwurf: Du sprichst von ihrer (der Geliebten) Treulosigkeit—und Tkadleček, wie viel guten und edlen Jungfrauen und Frauen hast du dich oft treulos erwiesen! (II. 83.). Du warst auch einer von denen, die Alles von ihrer Seite aus wie in einem Drechselstuhle haben, aber sich selbst nicht überantworten wollten (II. 83.). Mit Adelheid traf er unzweifelhaft erst am Hofe in Gräz zusammen. Als die Treulose ihn verliess, und er deshalb auf das Unglück klagte, war er eben in der besten Lage und den besten Jahren (I. 92.), im Jugendalter (ebd.). An einigen andern Stellen wird sein Alter noch bestimmter angegeben, besonders I. 90, I. 91. und ganz besonders I. 87, wo wir erfahren, dass er schon den Jünglingsjahren entwachsen, die bis zu 24 Jahren reichen, dass er vor sich noch das Mannesalter habe, das bis zu 50 Jahren reicht, ebenso das Greisenalter, und dass er sich in der Jugend oder den jungen Jahren des Mannesalters befinde, die im Lateinischen juventus heisse (I. 83.).

Dass die treulose Geliebte des Tkadleček Adelheid hiess, lässt sich auch aus einem Räthsel mit dem ABC errathen (I 13.). Ihr Zuname war nun Pernikářka[91] (I. 14.) und dieser Name wurde ihr gegeben von dem Unglücke (oder dem Geschicke) nicht deshalb, als wäre sie eine solche, sondern deshalb, weil sie das Wort..., wenn sie es einmal irgendwo jemandem sagen wollte, in ihrem Sinne hin und herwälzte (d. h. wie eine Lebzeltnerin den Teig knetet, I. 14.).

Der Geburt nach stammte sie aus mittlerem (I. 80.) oder niederem Stande; genauer wird in dieser Hinsicht gesagt, dass sie adelig war (I. 33.), und aus einer andern Stelle (I. 69.) erhellt, dass sie aus Vladikengeschlechte abstamme. Ihrer Beschäftigung nach aber war sie nur Heizerin am fürstlichen Hofe (I. 33.),—etwas Anderes kannte sie nicht, noch hatte sie etwas Anderes gelernt, noch war sie wo anders als dort, wo der Backofen, Ofen, Kalkofen oder Feuerherd auszubrennen oder zu heizen war (I. 74.), — war sie etwa Hofdame deshalb, weil sie Hofheizerin war? (I. 77.) Ausserdem gibt er ihr auch verächtliche Namen: Backofenschürerin (I. 96., II. 13.), Küchenkehrerin (II. 13. 57.), Stubenkehrerin (II. 15.) u. dgl.

Im Folgenden geht Gebauer ein auf die Beweisführung, dass der Kläger, der sich als Tkadleček einführt, wirklich auch der Verfasser des vorliegenden Werkes sei, und dass er, nach einer Stelle in demselben zu schliessen, noch ein zweites Werk von der Liebe verfasst habe.

Seite 119 fährt er dann fort: ›Von seiner reichen Schulbildung zeugt auch der Umstand, dass er sich fast auf alle Autoren beruft, die in den mittelalterlichen Schulen bekannt waren; so citiert er oft den *Isaias, Salomon, Job, David, Ezechiel, Jeremias, Augustin, Gregor, Bernhard* u. a., aus den »Heiden« den *Cato, Seneca, Ovid, Boethius, Virgil, Valerius, Horaz, Tullius (Cicero), Aristoteles, Socrates, Pythagoras, Plato, Diogenes* und viele andere. Aus sehr zahlreichen Erwähnungen sieht man dann, dass er die altklassische Mythologie und Heroënsagen kannte (z. B. von *Jason und Medea* I. 11. 54. 56., von *Pyramus und Thisbe* I, 34.), ja aus der Anspielung auf *Veles* und *Zmek* zu schliessen (II. 2.), wusste er auch etwas aus der čecho-slavischen Mythologie. Aus der biblischen Geschichte erwähnt er *Judit* (I. 25.), *Esther* (I. 26.), *Samson* (I. 28.), *Abraham* (I. 70.), *Josias* (II. 23.), *Josef und Pharao* (II. 22.), *Susana* (II. 76.), *Daniel* (ebd.) u. a. und in der Weltgeschichte spielt er an auf *Caesar* (I. 24.), *Alexander* (I. 24. 30. 42., II. 11.) und *Polykrates* (I. 45., II. 95.) und die ungarischen Ereignisse (I. 24.). Auch von andern Wissenschaften und mancherlei Künsten seiner Zeit hatte er eine ziemliche Kenntnis, wie dies aus der Darlegung erhellt, wo das Unglück behauptet, dass ein jeder sich ihm unterwerfen müsse (II. 91.-94.).

Ausser diesen Zeugnissen von der Schulgelehrsamkeit finden wir auch in dem Werke des Tkadleček einige Fabeln, theils ausgeführt, theils nur angedeutet, und einige böhmische Sprichwörter und Redensarten, besonders die Fabeln, weshalb der Affe einen verstümmelten Schweif (I. 22. 28. 32.), weshalb der Hase lange Ohren hat (I. 22. 32.), weshalb der Hund die Katzen hasse (I. 22. 32.), von dem

Wolfe, der die Gänse an dem Pfahle liess, damit er nicht in die Grube falle, von dem Wolfe, der vor den Leuten die Kutte anzog, damit diese ihn ehren (I. 80. 82.), von dem Löwen, der von einer kleinen Maus aus seinem Neste vertrieben wurde (II. 44.), und von dem Wolfe, der in der Krankheit versprach zu fasten und dann einen Esel für einen Fisch (Fastenspeise) verzehrte (II. 72.). Von diesen Fabeln findet sich, so viel ich weiss, nur die vorletzte in dem mittelalterlichen Aesop (z. B. in der Ausgabe Milichthalers Olm. 1584, im I. B. Nr. 18.), die übrigen haben andern Ursprung (die dritte vom Ende erinnert an eine Stelle des deutsch-franz. Reineke) und zwar zum Theile gewiss heimischen tschechoslavischen Ursprung. Auf diese Weise würde dem Verfasser Tkadleček auch das Verdienst gebühren, dass er uns aus der alten stammeseigenen Fabelliteratur wenigstens Etwas bewahrt hat, was an sich wirklichen Werth besitzt. Selbst die Fabel vom Wolfe, der in einer schweren Krankheit ein Gelübde ablegte, dass, wenn er gesund würde, er bis zu seinem Tode kein Fleisch essen wolle, und dann, als er gesund geworden, einen Esel in einer Furth überfiel und als Fastenspeise verzehrte, ist ein sehr wichtiges Ueberbleibsel seiner Art, weil es sich kühnlich mit guten äsopischen Fabeln vergleichen lässt‹.

Dies die wichtigsten Angaben Gebauers. Einiges Neue bringt Josef Jireček in dem Werke: ›Rukovět k dějinám Literatury české do konce XVIII. věku. Svazek II. v Praze 1876; d. h. Handbuch zur Geschichte der böhmischen Literatur bis zu Ende des XVIII. Jahrhunderts. 2. Band. Prag 1876‹. S. 289 sagt er: ›Tkadleček Ludwig, Höfling der Kaiserin Elisabeth, die als Wittwe nach Karl IV. von 1378 bis zu ihrem Tode 1393 mit ihrem Hofe in Königgrätz lebte. Ludwig entbrannte in Liebe zu der Hofdame Adelheid, und als diese sich an einen Andern verheirathete, tröstete er sich dadurch, dass er seinen Jammer niederschrieb. Er selbst sagt von sich, dass er ein Weber aus gelehrtem Stande sei, der ohne Holz, ohne Rahmen und ohne Eisen weben könne. Sein Schiffchen sei aus Vogelwolle (d. h. Feder), er sei mit dem Kopfe aus Böhmen, mit den Füssen von Allerwärts.

Daraus ist zuvörderst ersichtlich, dass der Beiname Tkadleček nur ein angenommener ist, anderseits wieder, dass dieser Ludwig ein gelehrter Mann war, wie auch sonst noch dies sein ganzes Werk beweist. Die Höflinge des kaiserlichen Hofes pflegten aus höheren Geschlechtern zu sein, und es ist kein Zweifel, dass auch Ludwig aus solchem Stande war. Unter den damaligen Personen kennen wir nur eine, auf die diese Merkmale passen und welche diesen Taufnamen führt, der zu jenen Zeiten in Böhmen unter dem Herrenstande ungewöhnlich war, d. i. Ludwig Berka, der im Herbste 1390 in Prag Baccalaureus wurde (Liber Dec. I. 269.).

Unter Adelheid ist vielleicht versteckt Adelheid, die Gemahlin Heinrich Berkas von Dub und Jestřeb, die im Jahre 1405 Wittwe wurde (Arch. č. III. 475.).

Gespräch zwischen dem Kläger und dem Unglücke. Hs. auf dem Strahov 1449. Herausgegeben von W. Hanka. Prag 1824 in 2 Theilen. Die altdeutsche Uebersetzung findet sich unter den ersten Drucken: *Hie nach volgend etliche tzumale kluger vnd subtiler rede wissen, wie eyner, der was genant der Ackerman von behem beschiltet den tode* u. s. w. (Dobr. L. G. 158.)«.

Kritik des Tkadleček.

Wie verschieden auch sonst die Ansichten der genannten Gelehrten unter einander sind, so stimmen sie doch alle darin überein, dass das deutsche Werk, betitelt ›der Ackermann aus Böhmen‹, aus dem tschechischen ›Tkadleček‹ entstanden sei. Ein Beweis findet sich nirgend, man müsste denn die Worte Dobrovskýs (Gesch. der böhm. Spr. und Lit. S. 158) ›das Original ist also viel wortreicher‹ als solchen gelten lassen wollen.

Eine Beeinflussung des einen Werkes durch das andere muss man jedenfalls annehmen; das bestätigen die zahlreichen, stellenweise wortgetreuen Uebereinstimmungen zur Genüge. Dass aber das Verhältnis der beiden Gegenstücke zu einander nicht so sei, wie die tschechischen Gelehrten es bisher darzustellen pflegten, sondern vielmehr umgekehrt, glaube ich im Folgenden beweisen zu können.

Eine Entstehung des deutschen Werkes aus dem tschechischen ist einmal aus zeitlichen Gründen unmöglich.

Im Tkadleček steht als Zeitangabe der Trennung beider Geliebten[92] Folgendes I, 13: ›Und das (nämlich diese Trennung) geschah von uns in dem Jahre vor der Verbrennung dieser Stadt (Gräz a. d. Elbe, d. i. Königgrätz) etwa im dritten Monate, und dann von Erschaffung der Welt, als man zählte fünf tausent Jahre und dann im einhundert und sieben und sechzigsten‹.

Zu dieser Angabe schreibt Hanka in einer Anmerkung: ›Im Jahre 1339 im Monate April brannte ganz Königgrätz ab. (Bienenberg in der Gesch. der Stadt Gräz S. 113)‹. Auf diese offenbar höchst unsichere Annahme, da Gräz nach Bienenberg öfter als einmal abbrannte, gründet er die Zeitbestimmung und nimmt an, der Verfasser hätte in der ersten Hälfte des XIV. Jh. gelebt, und zwar am Hofe der Königin Elisabeth. Unter dieser kann offenbar nur Elisabeth, die Grätzer Königin, Gemahlin K. Wenzel II., dann Rudolf I., Tochter Přemysls von Polen, gemeint sein. Da aber diese schon 1336 starb, so konnte Tkadleček *nach* dem Jahre 1339 sein Werk natürlich nicht mehr an ihrem Hofe verfasst haben. Eben diesen Angaben folgen Jungmann und Sabina.

Šembera beachtet die Zeitbestimmung in dem tschechischen Werke gar nicht, sondern versetzt die Abfassung des Werkes in die Zeit, als Elisabeth, Wittwe (von 1378 bis 1393) nach Karl IV., in Königgrätz lebte. Derselben Ansicht ist J. Jireček.

Gebauer stützt sich auf eine offenbar interpolierte Stelle[93] und lässt den Verfasser zur Zeit K. Karl IV. (1347-1378) leben. Dann aber sagt er weiter: ›er lebte im Hofdienste (nach Jungmanns Auslegung an dem Hofe der verwittweten Königin Elisabeth[94]: Literaturgesch. 1849. S. 32) in Gräz an der Elbe (I. 13, 85.). Hier erfreute er sich seit einigen Jahren (I. 13.) an der Liebe seiner Adelheid, bis sie das Unglück trennte im Jahre seit Erschaffung der Welt 5167, in demselben Jahre, als Gräz abbrannte und zwar den dritten Monat nach[95] diesem Feuer. Hanka verlegt darnach die Trennung der Liebenden in das Jahr 1339, in welchem nach Bienenberg Gräz abbrannte‹.

Nun lässt sich aber die Zeit der Trennung beider Geliebten genau und hiemit annähernd die der Abfassung des Werkes feststellen. In O. J. von B. (Bienenberg) Geschichte der Stadt Königgrätz, Prag 1780, S. 243 heisst es zu dem Jahre 1408: ›In einer alten Handschrift, die im städtischen Archiv verworfen liegt, habe ich angetrofen, dass die Stadt den 8. September ausgebrandt seie‹. Das Jahr vor der Verbrennung dieser Stadt wäre mithin 1407. Dieses Jahr erhält man aber auch aus der zweiten Zeitangabe seit Erschaffung der Welt; denn nach *jüdischer* Zeitrechnung, nach welcher im Jahre 1 der christl. Aera 3760 gezählt wurde, ergibt die Zahl 5167 seit Erschaffung der Welt das Jahr 1407 nach Ch. G. Dazu stimmt auch noch der Umstand, dass um diese Zeit in Gräz Hofhaltung der Königin Sophia war, wie dies aus einer Stelle, die Bienenberg anführt, erhellt. S. 236 sagt nämlich dieser zum Jahre 1405: ›Den Tag nach St. Blasius d. i. am 3. Februar 1405 hatte der Kanzler Magister Stephan und H. Mstidruch der Frauen Königin Unterkammerer zwischen dem Richter Rath und der Stadt Grecz, dann dem Prokob Rebil einen Vergleich wegen von ihme Rebil zurückgehaltenen Städtischen

Steuern, zu Stand gebracht, und die Zahlungsleistung ausgesprochen wie folget: ... Hier erscheinet nun abermal der Königin Unterkammerer, der Mstidruch geheissen, deme sonst nirgend gefunden, und giebet dieses eine wiederholte Probe, dass die Königin Sophia der Zeit Frau des Orths gewesen, weilen ihren eigenem Unterkammerer das Recht eingeraumet war, in Grecz die Zwistigkeiten beizulegen und Urteil zu schöpfen‹.

Wie schon aus den Angaben der tschechischen Literarhistoriker deutlich hervorgeht, befand sich Tkadleček, als er eben sein Werk verfasste, an dem Hofe zu Königgrätz; es musste demnach damals ein Mitglied der königlichen Familie in dieser Stadt seinen Sitz aufgeschlagen haben. Gerade an eine verwittwete Königin Elisabeth zu denken, ist man durchaus nicht genöthigt, da in dem ganzen tschechischen Werke dieser Name nicht erwähnt wird. Ganz gut zu den früheren Zeitangaben aber stimmt es, wenn man sich der begründeten Annahme anschliesst, Königin Sophia habe damals die Stadt als Leibgeding besessen und dort residiert.

Auch die Anspielung auf historische Ereignisse der letzten Zeit, wie sie sich in dem tschechischen Werke findet, lässt sich mit dem gefundenen Jahre ganz gut in Einklang bringen. I, 24 heisst es nämlich: ›Schreibe nur die Unfälle auf, die die Könige im Ungarlande von uns hatten, und es wird kein Ende sein‹. Man kann in diesen Worten wol eine Anspielung auf die schwierige Lage Sigmunds, der damals Ungarkönig war, erblicken. Bekannt sind ja die fortwährenden Aufstände der ungarischen Grossen gegen Sigmund, der sogar 1398 in Vyssegrad gefangen gehalten wurde. Es mag auch nicht ganz ohne Absicht sein, dass der tschechische Verfasser gerade die Ereignisse aus Ungarn hereinbezog, wo damals ein *Lutzenburger* herrschte.

Wenn nun nach diesen untrüglichen Angaben als die Zeit der Trennung der beiden Geliebten das Jahr 1407 anzusehen ist, so wird wol das Werk nicht lange darnach, jedesfalls aber nach dem Brande im Jahre 1408 entstanden sein. Der Verfasser befand sich damals etwa in seinem vierundzwanzigsten Lebensjahre, wie sich dies aus dem Werke mit ziemlicher Bestimmtheit festsetzen lässt,[96] so dass er 1384 oder 85 geboren sein möchte. Hiemit fällt auch die Ansicht Jirečeks, Ludwig Tkadleček sei niemand anderer als Ludwig Berka, der im Herbste 1390 in Prag Baccalaureus wurde (s. oben S. 112); sie ist ebenso haltlos wie die Vermuthung, die Heizerin Adelheid sei nur eine Maske für eine bestimmte vornehme Dame. Nun entstand aber das deutsche Werk, wie oben gezeigt wurde, im Jahre 1399, daher nur eine Beeinflussung des tschechischen Werkes durch das deutsche möglich.

Für diese Annahme sprechen aber auch noch andere Gründe. Vorerst ist nicht ohne Bedeutung ein ganz äusserer Grund, nämlich das Verhältnis der in beiden Werken übereinstimmenden Stellen. Anfangs stehen die Texte einander ziemlich nah, der Sinn ist meist derselbe, die Worte des einen grösstentheils Uebersetzung des andern, nur dass in dem tschechischen Werke schon von allem Anfange an der Text durch Wiederholungen und gehaltlose Erweiterungen zerdehnt wird. Dies gilt besonders von C. I, das in beiden Werken auch noch ziemlich gleichen Umfang hat. Die folgenden Capitel beginnen ebenfalls mit denselben Worten;[97] doch ist es eben nur der Anfang, der diese Uebereinstimmung zeigt, denn sonst wird in dem tschechischen Werke der Raum durch Excurse der verschiedensten Art, die meist nicht im entferntesten zu dem eigentlichen Inhalte des Werkes passen, ausgefüllt. Und je weiter der tschechische Verfasser in der Ausführung seines Werkes vorschreitet, desto grösser und zahlreicher werden die Abschweifungen, desto umfangreicher die Capitel[98]; denn durch die Arbeit selbst erlangte er die Fertigkeit im Reden oder vielmehr Schwatzen. Und so kommt es denn, dass er mit fünfzehn Capiteln schon sehr viel geschrieben hat, während das deutsche Werk, bei dem Ebenmasse aller seiner Theile und der streng an das Thema sich anschliessenden Behandlung des Stoffes, erst zur Hälfte erschöpft ist. Der tschechische Verfasser schliesst daher plötzlich sein Werk mit dem sechzehnten Capitel, ohne dass auch nur einigermassen ein Schluss hergestellt wäre: das Werk ist kein abgeschlossenes Ganze, wie dies auch Sabina in seiner Literaturgeschichte anerkennt (s. o. S. 104), ganz im Gegensatz zum deutschen Werke, das durch die Berufung beider streitenden Theile auf Gott (C. XXXI und XXXII) durch die endgültige Entscheidung dieses höchsten

Richters (C. XXXIII) und das Gebet des Wittwers für das Seelenheil seiner verstorbenen Gattin (C. XXXIV) einen würdigen Abschluss findet.

Zu diesen äussern Beweisen kommen aber noch viel gewichtigere innere Gründe.

In dem deutschen Werke finden wir eine Personificierung des Todes. Wie gang und gäbe diese im Mittelalter war, hat Wackernagel in seiner Abhandlung ›der Todtentanz‹ (Kl. Schr. I, 320) nachgewiesen. Im tschechischen Werke aber wird das Unglück personificiert, wofür sich sonst wol kaum Beispiele finden. Hier also finden wir Künstelei, dort Natürlichkeit, hier das Seltene, dort das Alltägliche; und die Entscheidung, ob wol dies aus jenem entstanden sein mag, oder das Umgekehrte wahrscheinlicher ist, ist leicht zu fällen. In dem deutschen Werke fordert ein Wittwer, ergriffen vom Schmerze über den Verlust seiner geliebten Gattin, den Tod zur Rechtfertigung heraus, sie streiten mit einander, der eine mit Worten, die der Schmerz ihm in den Mund legt, der andere mit den überlegenen Waffen der Weisheit und Gelehrsamkeit. Dem gegenüber aber klingt es wie eine Parodie, wenn im tschechischen Werke ein verliebter junger Mann, ein Höfling aus vornehmen Stande, voll Gram über die Untreue seiner Geliebten, einer Heizerin, mit den schärfsten Worten das Unglück heraufbeschwört, damit es ihm Rechenschaft gebe über diese ungerechte That. Der Verlassene jammert und klagt über das Unglück in allen nur möglichen Worten der Verwünschung, die ihm aber noch nicht zu genügen scheinen, so dass er in steten Wiederholungen des schon Gesagten seinem Schmerze Luft macht.[99] Anderseits zeigt sich wieder in den Worten, die dem Unglücke in den Mund gelegt werden, unverkennbar das Streben des Verfassers, seine Gelehrsamkeit leuchten zu lassen, die er allerdings mitunter grösser erscheinen lässt, als sie in der That ist.[100]

Von entscheidender Beweiskraft sind aber jene Stellen in dem tschechischen Werke, die ihren fremden Ursprung von selbst verrathen, sei es, dass sie förmlich aus dem Contexte gerissen dastehen, oder dass sie, auf geänderte Verhältnisse angewendet, durchweg unpassend, mitunter sogar unsinnig erscheinen.

Eine parallele Anführung dieser Stellen aus dem

tschechischen Werke neben den entsprechenden aus dem deutschen wird dies Verhältnis klar machen. I, 39 im tschechischen Werke heisst es im Munde des Unglücks: ›Wenn wir vom Anfange der Welt oder vom Anfange des ersten Menschen, der aus Lehm zusammengeklebt ist, bis zu dieser Zeit nicht unsere Macht gezeigt hätten und die Leute nicht wie ein Gärtner gepfropft, übersetzt und andere mit der Wurzel aus ihrem Stande ausgerottet hätten, so hätte schon einer den andern verzehrt, einer würde über den andern schalten, wer von ihnen mehr Kraft hätte; denn keiner würde sich vor dem andern fürchten; denn keiner würde von Demuth und von niederem Stande etwas wissen, noch würde er erkennen können, was gut, was schlecht und was die Mitte zwischen beiden sei; keiner würde etwas thun, keiner würde den andern erhören. Diese alle wollten Herren sein, alles, was auf Erden, was jemand erreicht, was er sich erworben hätte, das sollte, wie der Mensch glaubt, ewig ihm gehören, und sollte er auf keine Weise darum kommen oder es irgendwie verlieren können. Alle Fische verschiedener und aller Art in der Tiefe des Meeres und in andern breiten, weiten, wogenden Gewässern die würden schon nicht mehr ausreichen, alle kleinen und grossen, wilden und nicht wilden Thiere des Waldes die wären schon zu Grunde gegangen, die Vögel, die in der hohen Luft unter den Wolken wohnen, die hätten schon nicht mehr ausgereicht‹.

Die entsprechende Stelle aus dem deutschen Werke findet sich C. VIII (11, 5 ff.) im Munde des Todes: ›*hetten wir seit des ersten von leim gelecket mans zeit leut auf erden, tiere unde würm in wüstung und in wilden heiden, schuppentragender und schupfriger visch in dem wage zuwachsung und merung nit auszgereutet: vor kleinen mucken mocht nu niemant beleiben, vor wolfen torste niemant aus, es wurde gefressen ein mensch das ander, ein tier das ander, ein ieglich lebendig beschaffung die ander, wann narung wurde in gebrechen, die erde wurde in zu enge*‹. Wie diese Stellen aus den beiden Gegenstücken sich zu einander verhalten, ist leicht zu ersehen. Was der tschechische Verfasser in seinem Werke selbst erfunden hat, das passt in den Zusammenhang; was aber mit dem deutschen Texte übereinstimmt, ist höchst gezwungen und schwer verständlich, während es im deutschen Werke einen sehr guten Sinn gibt. ›Wäre ich‹, sagt hier der Tod, ›nicht gewesen, so würde jetzt ein Mensch den andern, ein Thier das andere verzehren, da es überall an Nahrung gebrechen würde‹: kann dies wol auch das Unglück von sich sagen? Warum sollte denn da ein Mensch den andern verzehren? Ebenso schwer verständlich sind auch die darauf folgenden Worte des Unglückes: ›Alle Fische des Meeres, alle Thiere des Waldes, alle Vögel der Luft würden nicht mehr ausreichen‹. Warum sollten diese nicht mehr ausreichen? etwa wegen des Uebermuthes der Menschen? Zur Noth liesse sich dies noch annehmen; die Erklärung ist aber gewiss gezwungen.

I, 43 im Tkadleček heisst es: ›Und wenn wir Jemandem etwas Schlimmes gethan haben, so sage es uns; doch wir wissen, dass, wenn du in den Büchern des Aristoteles gelesen hast, er im ersten Buche von der Entstehung aller Dinge sagt, eines Dinges Ursprung sei des andern Untergang oder Verderben. Und weisst du dies etwa nicht, was die ganze Welt weiss, dass die Leute das, was sie vor einigen tausend Jahren erspart, verwahrt und zusammengehäuft haben, alles nach sich andern Leuten hinterlassen haben, die jetzt leben, während sie selbst davon hinweggestorben sind, und das, was ihr jetzt aufhäufet, das werdet ihr auch nicht mit euch nehmen, werdet es auch Jemandem zurücklassen, so dass immer Einer von dem Andern lebt‹.

Erst wollen wir die aus Aristoteles citierte Stelle näher betrachten. Sie findet sich in dem Werke: περὶ γενέσεως καὶ φθορᾶς l. I c. 3 §. 16 (In der Pariser Gesammtausgabe des Aristoteles Bd. II S. 439). Sie lautet: ›καὶ ἔστιν ἡ θατέρου γένεσις ἀεὶ ἐπὶ τῶν οὐσιῶν ἄλλου φθορὰ καὶ ἡ ἄλλου φθορὰ ἄλλου γένεσις‹.

Hier redet Aristoteles von wirklicher Vernichtung, von dem Untergange des einen Dinges, wodurch die Entstehung des andern veranlasst wird; im Munde des Unglückes geben mithin diese Worte gar keinen Sinn. Aber es lässt sich erklären, wie diese Stelle hereinkam. C. XXXI (50, 14) im Deutschen sagt der Wittwer: ›*So sprichet Plato und ander weissagen das in allen sachen eines zurrüttung des andern berung sei und wie alle sach auf ewer kunde sint gepauwet und wie des himels lauf aller und der erden von einem in das ander verwandelt werden*‹.

Der Verfasser dachte da wol an Platons Phaedon C. XVI, [101] er wusste aber auch, dass ähnliche Erklärungen vom

Entstehen und Vergehen der Dinge noch in andern Werken zu finden seien und sagt daher ›*Plato und ander weissagen*‹; vielleicht schwebte ihm gerade die angeführte Aristotelische Stelle vor. Dies ist um so wahrscheinlicher, als Aristoteles selbst a. a. O. l. I C. 2, 42 den Plato erwähnt: ›Πλάτων μὲν οὖν μόνον περὶ γενέσεως ἐσκέψατο καὶ φθορᾶς, ὅπως ὑπάρχει τοῖς πράγμασι, καὶ περὶ γενέσεως οὐ πάσης ἀλλὰ τῆς τῶν στοιχείων‹. Nun mochte der tschechische Verfasser diese Stelle gerade gekannt haben und führt nun, um seine Gelehrsamkeit zeigen zu können, nicht die Worte, die im deutschen Werke stehen, an, sondern die erste Hälfte der erwähnten Aristotelischen Stelle gleichen Inhaltes. Noch einmal bringt er dieses Citat I, 44, wo das Unglück sagt: ›Sieh, was für ein sonderbares Amt uns übertragen ist. Aristoteles der hat gut, ganz gut gesagt: Eines Dinges Ursprung ist des andern Untergang oder Verderben; denn das pflegt nicht der Fall zu sein, dass ein Ding, wie immer es sei, wenn es zu Grunde geht, nicht zu etwas oder zu irgend einem Dinge gut wäre‹.

Dem Verfasser scheint aber diese Stelle im Munde des Unglückes doch nicht ganz passend zu sein, und so fügt er unmittelbar eine zweite Stelle aus Aristoteles bei, die in höchst auffallender Weise ohne jeden Zusammenhang dasteht. Das Unglück fährt nämlich fort: ›Und anderswo sagt Aristoteles in seinen Büchern, dass das Glück doch immer auf zwei Füssen laufe, und das Unglück auf einem; das Unglück jedoch mit einem Fusse so viel durchläuft, wie das Glück auf zwei Füssen, und dass dort, wo das Glück läuft, in der Nähe desselben das Unglück zu sein pflegt‹.

Einen eclatanten Beweis dafür, dass der tschechische Verfasser das deutsche Werk benutzt habe, liefert folgende Stelle:

C. IX (12, 6) im Ackermann klagt der Wittwer mit den Worten ›*Tot ist die henne, die do auszzog sollich hüner*‹ über den Verlust seines Weibes. Dieses nennt er die Henne, die Kinder Hühner: ein gewiss sehr passender Vergleich. Nun sehe man aber, was aus dieser Stelle im Tkadleček geworden ist. I, 49 heisst es: ›Ich bin das einzige Junge dieser überaus edlen Henne, bei der Brut verkühlt, aus mir wird schon nichts mehr, entfernt aus diesem Neste ist die überaus edle, unbezahlbare Henne, die mich zum Leben ausbrüten und zu einem ehrbaren Küchlein mich erziehen und leiten sollte zu jedem Range weltlichen Standes, wofür ich ihr Ehre und Lob gegeben hätte und ihr bis zu meinem fernen Tode mit wahrer Treue und ohne alles Zögern hätte dienen und ihren Willen vollbringen müssen‹. Das sind die Worte des verlassenen Verliebten, er das Küchlein, seine Geliebte die Henne, die ihn zum Leben ausbrüten sollte, ein Vergleich, der fast an das Lächerliche streift, und trotz der gewaltsamsten unnatürlichsten Verdrehungen als fremdes Eigenthum sich verräth. Oder wäre es etwa wahrscheinlicher, dass das Verschrobene und Unpassende in dem Originale (wenn man das tschechische Werk als solches annehmen wollte) gestanden wäre, woraus dann durch blosse Uebertragung das Natürliche und Treffende geworden wäre?

I, 62 des tschechischen Werkes erhalten wir ein Beispiel, wie durch Hereinziehung einer deutschen Stelle förmlich der Context unterbrochen wird. Der Kläger spricht:

›Du hast das nicht erkannt, noch erkennst du es, noch sollst, noch kannst du es erkennen, noch wird es dir jemals zu Theil, wie es mir zu Theil geworden ist. Zwar habe ich nicht die Liebe, die für die Ehe gehört, aber doch die wahre gute Treue und die Liebe zu ihr gehabt, die ein treuer Liebhaber in aller Ehrbarkeit zu seiner geliebten Jungfrau und seiner lieben Braut haben soll, ohne dass Eines das Andere an der Ehre verletzt. Gewiss und ganz gewiss rede du oder wer immer, was beliebt. Das ist ganz gewiss so, dass der, den Gott mit einer guten, ehrbaren und edlen Frau oder ehrbaren Geliebten beschenkt, schon gut und vollkommen beschenkt ist; und diese Gabe heisst eine ausgezeichnete Gabe, die alle irdischen Gaben überwiegt, die man weder mit Gold, noch Silber, noch Edelsteinen, noch Städten, noch Burgen, noch mit irgend einem irdischen Dinge bezahlen kann; denn sie ist eine Gottesgabe und von Gott stammend. Und es ist ganz würdig, dass ein mächtiger Herr mit mächtigen Gaben beschenke, die Niemand bezahlen kann‹.

Die entsprechende deutsche Stelle ist in C. IX (12, 13 ff.): ›*Man rede, was man wolle; wen gott mit einem reinen, schonen und zuchtigen weibe begabet, die gabe heisset gabe vor aller irdischer auszwendiger gabe*‹. Dass diese Worte in sehr gutem Zusammenhange stehen, kann man sich leicht überzeugen;

im tschechischen Werke aber treten die Worte ›Gewiss, ganz gewiss rede du oder wer immer u. s. w.‹ urplötzlich ausser allem Zusammenhange in den Text, es kehrt nämlich hiemit der tschechische Verfasser wieder von seinen langen Excursen zu dem Originale zurück, nimmt daraus ohne grosse Wahl eine Stelle, um daran neue Abschweifungen, neue Betrachtungen zu knüpfen. Denn man beachte nur die unmittelbar an die angeführte Stelle geknüpfte Fortsetzung: ›Du Unglück, erkenne es selbst: es gibt verschiedene Gaben auf der Welt und viele Tugenden, mit denen viele Jungfrauen und Frauen beschenkt sind, aber nicht mit allen zugleich, denn wir sehen, dass manche Jungfrauen und Frauen mit verschiedenen Geschenken beschenkt sind, aber immer nicht mit allen zugleich‹.

Das Wort ›Gabe‹ ist also hier die Naht, an die die nun folgenden ganz gehaltlosen Erweiterungen angeknüpft sind.

Aber auch die Vergleichung der in beiden Werken übereinstimmenden Stellen liefert mit einen Beitrag zum Beweise, dass der tschechische Verfasser das deutsche Original nachgeahmt habe. Im Ackermann heisst es: ›*wen gott mit einem reinen, schonen und zuchtigen weibe begabet*‹—im tschechischen Werke: ›wen Gott beschenkt mit einem guten, ehrbaren und edlen Weibe oder ehrbaren Geliebten‹. Weshalb liess denn da der Verfasser nicht die ersten Worte: ›mit einem guten, ehrbaren und edlen Weibe‹ aus? Er sah offenbar, dass der Besitz einer ›ehrbaren Geliebten‹ allein doch nicht so hoch gepriesen werden könne, wie er es im Folgenden thut, zumal nicht der Besitz (oder vielmehr Nichtbesitz) einer solchen Geliebten, wie die Adelheid unseres Tkadleček war. Da wäre es nun in der That ein höchst merkwürdiger Zufall, wenn der deutsche Verfasser schon das, was er bedurfte, in seinem Vorbilde gesammelt vorgefunden hätte, wenn dieses gleichsam nur eine Vorarbeit zu einer Nachbildung wäre.

In doppelter Hinsicht wichtig für diese Untersuchung ist die Stelle II, 24 des tschechischen Werkes. Das Unglück sagt: ›Daher beklage nicht, beweine nicht das, was vorüber ist, glaube nicht, du thust gut daran, dass du nicht aufhören willst, vertraue nicht, du könnest etwas gegen uns ausrichten, täusche dich nicht selbst mit deinem Vertrauen, wie jener weise Avicenna gethan hat, von dem Aristoteles und dessen Commentator im dritten Buche, das er geschrieben hat vom Himmel und der Welt, sagt: Drei Dinge brachten es oft dahin, dass Avicenna irre ging in natürlichen Dingen. Zuerst, dass er versuchte, wessen er nicht sicher war und was er noch nirgend gesehen hatte; zweitens, dass er auf seinen Verstand und seinen Scharfsinn in allen Dingen vertraute; drittens die Unkenntnis der Logik, das ist der Kunst, die die Wahrheit von der Unwahrheit unterscheiden kann‹. Auch im Deutschen findet sich jener Avicenna erwähnt: in C. XXX (49, 3), und hier steht er unmittelbar hinter Aristoteles. Aus diesem späten Anhänger der aristotelischen Lehren, der im 11. Jh. n. Ch. lebte, macht nun der tschechische Verfasser eine in den Werken des Aristoteles auftretende Persönlichkeit, von der er offenbar gar nichts wusste, denn das hier angeführte Citat lässt sich in Aristoteles nicht nachweisen, es ist eine blosse Fiction. Die Absicht ist klar: er wollte möglichst grosse Gelehrsamkeit entwickeln, und zu diesem Zwecke suchte er auch die gelehrten Anspielungen im deutschen Werke so viel als möglich auszunützen. Um sich nun den Schein von Selbständigkeit zu geben, änderte er die betreffenden deutschen Stellen, ohne jedoch darauf zu achten, ob die vorgenommene Aenderung Wahrscheinlichkeit besitze.

Eine weitere Stelle, die meine Behauptung, das tschechische Werk sei aus dem deutschen entstanden, begründet, ist II, 41. Der Kläger sagt: ›Unglück, du thust wie der Basilisk. Dieser tödtet nach seiner Natur die Leute mit seinem Blicke und richtet sie zu Grunde, wenn er sie ansieht, und wenn er einen Menschen vernichtet und mit seinem Blicke getödtet hat, so kommt er dann zu diesem Menschen und beweint ihn heftig, und voll Leid klagt er über ihn und bejammert ihn: so thust auch du mir, du hast mich all meines Trostes beraubt, der mit mir wie eines Sinnes war, und thust, als bemitleidetest du mich heftig‹.

Wie unwahr und übertrieben diese Schilderung des Basiliskes ist, bedarf wol keines Beweises; aber man sieht auch nicht, inwiefern das Unglück mit einem Basiliske verglichen werden kann; hier allerdings ist ein Vergleichungspunkt hinzugefügt: wie der Basilisk jammert und klagt, wenn er jemanden getödtet, so jammert das

Unglück über den unglücklich Verliebten; doch eben diese Ausführung ist blosse Erfindung des tschechischen Verfassers, denn wer hätte noch je von ›Basiliskenthränen‹ oder ›Basiliskengejammer‹ gehört? Diese Vorstellung war dem Mittelalter fremd. Im Ackermann hingegen C. XVI (23, 14 ff.) sagt der Tod: ›*Pitagoras gleicht uns zu eines mannes schein, der het baseliscen augen, die wanderten an allen enden der welte, vor des gesichte sterben must alle lebendige creature*‹. Und diese Vergleichung des Todes mit einem Manne mit Basiliskenaugen, die alles vernichten, ist gewiss sehr treffend.

Ihren Ursprung aus dem deutschen Werke verrathen auch deutlich noch folgende Stellen des Tkadleček:

II, 50 sagt das Unglück: ›So geben wir uns dir zu erkennen und wollen uns bekannt geben; so höre schon: Wir sind ein Bote aus Gottes Hand, zu allen widerwärtigen Dingen ein jäher Vollstrecker, wir sind die biegsame Peitsche und der Stock und der Prügel für alle Geschöpfe des Schöpfers, wir sind der Mäher mit der stumpfen und ausgefeilten Sense, aller Wiesen, aller Anger sowohl der welken wie der frischen. Unsere Sendung, die wir vollstrecken, ist nicht umsonst. Wir sind das Peitschchen, dessen Schlag heftig stäupt, nach dem es heftig brennt, womit wir mit der Zeit keinen verschonen. Wir sind der Stock, der an Keinem sich abschlägt, an Keinem sich krümmt, noch bricht; und Niemand kann sich vor ihm sichern, wer sich ihm widersetzt. Niemandem verpflichten wir uns unter keiner Bedingung. Wir sind der Mäher, dessen Sense hin und her gefeilt ist, doch wird sie nie stumpfer, weder durch den Stein eines harten Sinnes, noch durch die weiche Scholle einer guten Rede, noch durch den Sand vieler Gedanken, noch durch die Graswurzeln grosser List‹. Anschliessend an diese Stelle ist die folgende:

II, 51: ›Da versteckt sich vor uns nicht Viola[102] mit ihrer Macht und ihrer lieblichen Farbe aller Beständigkeit, da entläuft uns nicht die Lilie in ihrer Schönheit und Reinheit mit ihrer guten Hoffnung, da entgeht uns nicht die rothe Rose mit ihrer Scharlachfarbe in brennender Liebe; da verbirgt sich vor uns nicht der Klee, noch Epheu, nicht Wolfsmilch, noch Immergrün, das im Anfange aller Liebe Führer ist, da kann die Feldrose mit ihrer röthlichen Farbe

156

aller Heimlichkeit vor uns nicht entlaufen, da erhebt sich wider uns nicht die ausgedachte und gestohlene Farbe Grau, zusammengesetzt aus vielen mit ihrem hohen Sinne; da stellt sich uns nicht entgegen die himmelblaue Kornblume oder die Zichorie mit ihrer schlimmen Hoffnung oder ihrer Vollkommenheit; da hilft auch nicht gegen uns der Löwenzahn mit seinem Safte, mit seiner gelben Farbe, die man als Scham auslegt‹.

Man vergleiche damit die Stelle in dem deutschen Werke. C. XVI (22, 5 ff.) spricht der Tod: ›*Du fragest wer wir sein. Wir sein gottes hant, her Tot, ein rechter wurkender meder. Praun, grün, bla, gra, gel und allerlei glantzplumen und grasz hew ich fur sich nider, irs glantzes, irer kraft, irer tugend nichts geachtet. Do geneust der veiel nicht seiner schonen varbe, noch seines reichen ruches*‹.

Wie heut zu Tage, so war auch im spätern Mittelalter die Darstellung des Todes als Sensenmann etwas Gewöhnliches, [103] das Mähen als Zeichen der Vernichtung diesem Attribute, so wie dem Berufe des Todes vollkommen entsprechend: geradezu widersinnig ist es aber, auch dem Unglücke eine Sense als Attribut zu geben; soll es etwa den Beruf jenes anzeigen, oder soll man sich unter dem Mähen mit der Sense die Anfechtungen durch das Unglück denken? Da wäre der Phantasie der Leser gewiss zu viel zugemuthet! Diese Stelle lässt sich wieder nur daraus erklären, dass der tschechische Verfasser die Worte aus dem deutschen Werke herübernahm, ohne viel darauf zu achten, ob sie ihm in den Zusammenhang passen oder nicht.

Auch noch in zwei andern Stellen des Tkadleček erscheint das Unglück als Mäher mit einer Sense. Die eine II, 61, wo der Kläger sagt: ›Wie kommt es denn, das sage mir, dass du bei Verwaltung deines Amtes, zu dem du, wie du sagst, bestimmt bist, beim Mähen der Wiesen mit deinen Unannehmlichkeiten und Widerwärtigkeiten immer mit deiner Sense früher einen guten Menschen als einen schlimmen triffst und bewältigst und ihm mehr Unannehmlichkeiten bereitest als dem Bösen, unterweise mich darin und belehre mich‹.

Die andere Stelle ist II, 62: ›Nicht umsonst hast du dich in dem Stande, in dem du deine Macht ausübst, einen Mäher genannt. Denn wenn ein solcher die Wiesen mäht, was da guter Gräslein, riechender und anderer Blumen ist, das mäht er nieder und andere Pflanzen, als Disteln oder Weissdorn oder andere nicht sehr nützliche oder selbst schädliche Kräuter, die lässt er stehen‹.

Im deutschen Werke finden wir das Vorbild zu diesen Stellen im C. XVII (24, 15 ff.): ›doch hewet ewer segensz neben recht. Mechtig plumen reut sie ausz, die distel lasset sie stan. Unkraut bleibt, die guten kreuter müssen verderben. Ir gicht, ewr segensz hawe fur sich. Wie ist dann dem, das sie mer distel dann gut plumen, mer meusz dann cameln, mer boser leut, dann guter unversert lest beleiben‹.

II, 54 lässt der tschechische Verfasser das Unglück von sich erzählen, wie es einst in bildlicher Darstellung aufgefunden worden war: ›Erfahre, wie uns die Römer malten, die doch weise Leute waren, und diese haben uns gemalt, wie sie es verstanden und wie sie uns kannten, doch nicht vollkommen, wie wir in Person sind, sondern so wie sie uns beschrieben.

Höre! zur Zeit des Romulus, der Rom erbaute; dieser erbaute nach der Gründung Roms einen Tempel, in dem er verschiedene Götter, das ist Götzenbilder, aufstellen liess: unter allen seinen Göttern liess er uns nun so malen und darstellen, und dann liessen seine Nachkommen, die mit der Zeit mächtig geworden waren, uns aus Stein aushauen und zierlich und verständig ringsum bemalen; es war dies die Person oder Gestalt eines grossen Mannes, und dieser Mann sass auf einem Hirsche, dargestellt wie zum Laufe oder Sprunge. Dieser Mann, der auf dem Hirsche sass, hatte die Augen verbunden, dass er nichts sah. Diesem Manne sprühten aus dem Munde feurige Funken, und diese Funken flogen hierhin und dorthin, einige zündeten, wohin sie fielen, und breiteten sich weit aus, andre Funken erloschen und verschwanden. Dieser Mann hielt auch in jeder Hand einen beschriebenen Zettel: in der rechten Hand einen, auf dem also geschrieben stand: Mit mir ist Widerwärtigkeit, in der linken Hand auf dem andern Blatte stand geschrieben: Mit mir ist Trauer und Betrübnis. Ueber dem Kopfe dieses besagten Mannes war, wie in der Luft, über ihm ein Blatt, auf dem geschrieben stand: Ich bin die feindliche Macht und Gewalt; unter den Füssen dieses Mannes war ein Blatt, auf dem also geschrieben stand: Ich bin die Schnelligkeit und Hurtigkeit des Augenblickes. Dieser Mann zog auch hinter sich einen fetten Ochsen mit zehn Hörnern. Auf diesem Ochsen war anstatt eines Reisesackes ein geflochtenes Netz. Gegen diesen Mann waren viele Leute mit verschiedenen Waffen. Da war der Kaiser, da waren Könige, da waren Fürsten, da waren Grafen, Ritter und Herren, da waren verschiedene Leute mancherlei Standes, angreifend und sich vertheidigend mit verschiedenen Angriffs- und Vertheidigungswaffen, vom höchsten Stande bis zum niedrigsten. Da war auch eine Nonne mit ihrem Psalter und ihrem faltigen Schleier, da war der Mönch mit seinem Antifonenbuche und seiner kurzen Kutte, da war eine Städterin mit ihrem gesteiften Schleier, da war auch eine Hofdame in stolzem Sinne und kühnem Schritte mit ihrem Bande und ihrem ... [104] Da war ein zahnloses Mütterchen, ein buckeliges, mit ihrem Spinnrocken. Alle diese Leute waren gegen diesen Mann, indem sie auf ihn hieben und schlugen, die Waffe auf ihn warfen, jeder mit dem, was er hatte, nach seinem Stande, aber nichts konnten sie ihm schaden. Und, wenn du, Tkadleček, von dieser Auslegung unserer Gestalt, die nicht wir, sondern die Römer von uns berichten, wissen willst, so lies den Fulgentius, diesen Meister, der in seinen Büchern von den Abbildungen, Gestalten und Personen verschiedener Tugenden und Untugenden schreibt, vielleicht findest du hier auch etwas von unserer Gestalt.‹

Die Vorlage, nach der er bei dieser Beschreibung gearbeitet, findet sich im deutschen Werke C. XVI. (23, 5 ff.) welche lautet: ›*wann man uns vand zu Rome in einen tempel an einer want gemalet, als ein man auf einem ochsen sitzend, dem die augen verbunden waren. Derselbe man furet ein hawen in seiner rechten hant unde ein schaufel in der linken. Domit vacht er auf dem ochsen. Gegen im slug, warf und streit ein michel menig volkes allerlei leut, igliches mensch mit seines hantwerks gezeuge. Do was auch die nunne mit deme psalter. Die slugen und wurfen den man auf dem ochsen. In unser gedechtnisz bestreit der tot unde begrub sie alle.*‹ Dass hier wirklich eine Darstellung des Todes zu Grunde liege, ist wol nicht zu bezweifeln.

Wackernagel a. a. O. S. 337. Anm. 128 führt mehrere Beispiele des *reitenden* Todes an, und S. 338 wird der Tod erwähnt fahrend auf einem mit *Büffeln* bespannten Wagen.
[105]

159

Eine Darstellung des Unglückes aber in der Weise, wie der tschechische Verfasser es thut, ist ganz ohne Sinn und Bedeutung. Ausserdem aber verräth sich die Stelle selbst als blosse Nachbildung des Deutschen, da dieselbe in ihren einzelnen Theilen sich widerspricht, was nur daraus zu erklären ist, dass der Verfasser Anfangs Zusätze macht, dann aber auch Stellen aus dem Originale mit hineinbezieht, die den früheren Zusätzen widersprechen.

Im Ackermann 23, 5 fg. heisst es: ›*wann man uns vand zu Rome in einen tempel an einer want gemalet.*‹ Das erschien dem tschechischen Verfasser zu wenig gelehrt und so änderte er die Stelle in ›Höre zur Zeit des Romulus, der Rom erbaute; dieser erbaute, nachdem er zuerst Rom gegründet, einen Tempel‹ ... (s. o.), fügt aber gegen Schluss seiner Beschreibung (II, 55) ganz harmlos bei: ›Da war eine Nonne mit ihrem Psalter und ihrem faltigen Schleier, da war der Mönch mit seinem Antifonenbuche und seiner kurzen Kutte‹. Mönch und Nonne lebten also schon zur Zeit des Romulus! In dem deutschen Vorbilde fand er die Nonne; und in seiner Geschwätzigkeit fügt er den Mönch auch mit bei. Zwar liesse sich hier einwenden, dass der tschechische Verfasser die unrichtige Vorstellung gehabt hätte, als könnte zur Zeit des Romulus Mönch und Nonne d. h. das Christenthum gewesen sein. Dem aber widerspricht die oben angeführte Stelle selbst; es heisst nämlich dort: ›Dieser (Romulus) erbaute nach der Gründung Roms einen Tempel, in dem er verschiedene *Götter* das ist *Götzenbilder* aufstellen liess‹. Der Verfasser wusste mithin ganz gut, dass damals noch das Heidenthum herschte; es kann demnach diese Stelle nur gedankenlose Nachbildung des Deutschen sein.

Ganz deutlich ist aber die gewaltsame Aenderung, die sich der tschechische Verfasser mit der Stelle aus C. XVI (23, 18 ff.) des deutschen Werkes erlaubt. Dort sagt der Tod: ›*Wir sein von dem irdischen paradeise. Do tirmt uns gott unde nant uns mit unserm rechten namen, do er sprach: Welliches tages ir der frucht empeisst, des todes wert ir sterben.*‹ Nun sehe man, was der tschechische Verfasser daraus macht. II, 56 sagt das Unglück von sich: ›Unsere erste Macht und unsere erste Widerwärtigkeit hat sich gezeigt an dem ersten Menschen Adam darin, dass er durch das Kosten des Apfels unserer Macht überliefert ward, damit er dem ewigen Tode übergeben werde. Da wurde auf unser Veranstalten Adam dem ewigen Tode übergeben, und bis heute sind wir Unglück in Gesellschaft des Todes.‹

Die Bibelstelle, auf die die Worte des Ackermannes sich beziehen, ist Genes. II, 17. Hier ist aber nicht im entferntesten eine Andeutung einer solchen Vermittlerrolle des Unglückes, wie der tschechische Verfasser darstellt. Aber dieser lässt sich nicht beirren: mit geschwätziger Breite schildert er die Coalition mit dem Tode und fügt dann mit entsprechenden Aenderungen abermals eine Stelle aus dem deutschen Werke an. Anschliessend an die oben angeführte Stelle heisst es weiter: ›Da wurde uns und dem Tode volle Macht und Recht gegeben über alle seine Nachkommen bis zum Ende der Welt, damit wir keinen mit unsrer Widerwärtigkeit übergehen und diese Macht haben wir von dem hohen Schöpfer Himmels und der Erde. Du selbst hast es uns vorgeworfen und gesagt, du glaubest, dass wir mit dem Tode verbündet seien. Wisse das ganz bestimmt, dass es oft geschieht, dass das, was wir beginnen, der Tod vollendet. Hast du jemals unsre grossen Widerwärtigkeiten oder grossen Ereignisse wahrgenommen, ohne dass der Tod gleich zu Hülfe geeilt wäre? Das ist wol selten der Fall. Und wenn vielleicht der Tod nicht gleich da ist, so wird er oft von vielen Leuten, die in unsre Widerwärtigkeit fallen, erwünscht. Die in unsre Macht gelangen, verlangen nach dem Tode und bedürfen ihn auch wirklich oft. Lies den Aristoteles, der in seinen Büchern von dem Tode und Leben schreibt: Leben und Tod sind allen gemein, und das siehst du wol selbst, dass es nicht eben sehr wunderbar ist, dass das, was geboren wird, auch wieder stirbt. Wir aber sagen, dass es ebenso auch von uns gilt, denn wie alles, was geboren wird, wieder sterben muss, so muss auch alles, was auf der Welt ist, unsrer Widerwärtigkeit untergeben sein. Das haben wir auch schon früher gesagt. Und deshalb schreiben wir uns wegen dieser Macht über alle Leute, aller Welt also auf unsern Zetteln: Wir Unglück, Gottes Wille, Macht und Herrschaft aller Widerwärtigkeiten auf der Erde und in der Luft vom Anfange der Welt bis zum Ende derselben, vom Aufgange der Sonne bis zum Mittag, vom Mittag bis zum Untergange der Sonne, bis zur Mitternacht und von Mitternacht bis wieder zum Aufgange der Sonne haben wir die ganze Welt in unsrer Zucht, alle Welt ist uns zu allen Widerwärtigkeiten vollständig in unsre Macht gegeben‹.

Was für eine breite Ausführung musste da der tschechische Verfasser geben, bevor er einen noch leidlichen Uebergang zu der Stelle erhielt, die im Deutschen unmittelbar an die oben angeführten Worte der Bibel anschliesst (24, 2): ›*Darumb wir uns also schreiben: wir Tot, herre und gewaltiger auf erden, in der luft und meres straum.*‹

Nach diesen äussern und innern Beweisen wird es wol keinem Zweifel mehr unterliegen, dass das deutsche Werk als das Original anzusehen sei, aus dem der tschechische Verfasser schöpfte. Hiemit will ich aber keineswegs behaupten, dass das tschechische Werk eine blosse Uebertragung des deutschen sei: vielmehr sind die zahlreichen Excurse theils gelehrten Inhaltes, mitunter aber auch ganz gehaltlos, durchaus das Eigenthum des Nachbilders, die Form jedoch, sowie das Grundgerippe des tschechischen Werkes sind dem deutschen Originale entnommen. Zur nähern Beleuchtung dieser Thatsache will ich einen Theil des C. X (I. 65)[106] aus dem tschechischen Werke in wörtlicher Uebersetzung folgen lassen. Das Unglück spricht: ›Nach dem Geruche das Gewürze, nach der Wolle das Tuch, nach der Farbe den Unterschied, nach der Rede den Menschen können weise Leute unterscheiden. Das müssen auch wir dir, Tkadleček, sagen. Wir erkennen dies schon, hören und merken nach deiner Rede, dass du aus diesem Brunnen mit deinem gelehrten Sinne nicht getrunken hast, wie jene sieben Göttinnen im Heidenthume gethan haben, von denen der Meister Horaz, dieser Heide, erzählt, noch hast du vielleicht jemals von dem natürlichen Laufe irdischer Dinge gelesen, wovon ganz verständig Seneka erzählt und auch Aristoteles in seinen betreffenden Büchern, denn sonst könntest du wahrlich unsere Rede erwägen, da wir früher, wie jetzt schon so viel gesagt haben, und hättest dir sie tief in deinen Sinn und dein Herz geschrieben, und immerhin solch leichtfertige Reden, die zu nichts taugen, nie aus deinem Kopfe noch deinem Munde in so unverschämter Weise gelassen. Es sagte der Weise Pythagoras: Wer nicht schweigen kann, der weiss auch nicht, wann und wie er zu reden habe, und der Weise

Sokrates sagt: So oft ein Mensch den andern schmäht und tadelt, denn vielleicht kann er von ihm nichts Gutes reden, so redet er nicht allein von dem Einen, sondern von Keinem etwas Gutes, denn er ist eben von dem Charakter, dass er nie von Jemandem etwas Gutes spricht. So thust du uns. Du verfluchst uns mit ungehörtem Fluche aus Zorn, rufst gegen uns Rache herab aus Hass, verlangst gegen uns Missgeschick aus Neid, wahrlich das thust du umsonst und ohne Noth. Und wenn es zum Aeussersten kommt, rede was du willst, rufe wie du willst, klage auf uns, so viel du können wirst, wir werden uns nichts darum kümmern, wir werden uns darum keine Sorgen machen. Wir sind schon an solche Rede, an solches Fluchen gewöhnt. Wahrlich uns ist dein Rufen, dein Geschrei wie das Geschrei des Gänserichs und das Geschnatter der Gans; dein Weinen gilt uns wahrlich so viel wie das Knarren und Knirschen eines nicht geschmierten Rades; drohen kannst du uns nicht, denn du bist zu schwach nicht mit deinen Kräften, sondern mit deinem Verstande. Wenn du hören willst wie, so höre, was Plato sagt: Unter allen Leuten sind die am stärksten, die ihren Zorn in ihrem Sinne überwältigen können. Da zeigt es sich schon, wie ohnmächtig und kraftlos du bist, weil du deinen Eifer und diesen Zorn gegen uns nicht überwältigen kannst; denn du zeigst an dir eine kindische Rede und eine solche Sprache, dass du den Verstand eines Kalbes an dir zu erkennen gibst und kindisches Gezänke zeigst du offen. Doch das wundert uns an dir, dass du dich nicht schämst. Doch es sagt der Weise Epikurus: Wer sich nicht zugestehen will, dass er schlecht handelt, der lässt sich auch nicht zurechtweisen, noch will er eine Zurechtweisung annehmen. Tkadleček, du ziehst ohne Noth den Hund am Schweife, ohne dass du ihn kennst; hüte dich, dass er dich nicht beisse; du streichelst ihn, während er schläft; wenn er dich fühlt, so wird er dich beissen; hüte dich, dass er dadurch nicht in Zorn geräth. Weisst du nicht, was der Weise Plato sagt? Aber wisse, also sprach er, dass unter allen Unvollkommenheiten, die ein Mensch an sich hat, der grösste Jammer mit dem ist, der gerne viel spricht und schändliche Reden führt. Es steht geschrieben: Willst du Frieden haben, so unterhalte kein Gezänk; willst du, dass man dich nicht schmähe, so reize ohne Noth keinen gegen dich. Willst du ohne Unannehmlichkeit leben, so kümmere dich nicht um das, was dich nichts angeht. Wir haben es dir schon früher eröffnet, was wir sagen, und das höre gut, und hast du vielleicht Ohren wie ein Kalb oder ein Esel, die sehr gross sind, mache sie gut auf und nimm immer unsre Rede sorgfältig zu Herzen. Weder Adel, noch Reichthum, noch Heldenmuth, noch Weisheit, noch Verrücktheit, noch irgend etwas, was auf Erden ist und in der Welt lebt und noch leben soll, hilft etwas: alles muss unsern Widerwärtigkeiten unterworfen sein und in unsere Macht fallen und durch unseren Stand gezüchtigt werden; nicht alt, nicht jung, nicht schön, nicht hässlich, nicht lieblich, nicht garstig, nicht Kaiser nicht König, nicht Kaiserin nicht Königin, nicht deren Herrschaften, nicht deren Kämmerer, nicht deren Hofmeister, nicht Marschälle, nicht Schenken, nicht Vorschneider, nicht Küchenmeister, nicht deren Städter, nicht deren Bauern: diese alle und andre gewöhnliche und vornehme Leute, die müssen insgesammt mit der Zeit vor uns weichen und uns freien Weg nach unsern Willen machen. Hast du je von einem König, Kaiser, Königin oder einem solchen Menschen aus hohen oder niedern Stande in Erfahrung gebracht, dass er ohne unsere Angriffe sei, und wenn du dies genau erfahren hast, so lass es uns sorgfältig wissen, und du wirst erfahren, dass wir (nicht?) getäuscht haben und nicht, dass diese genannten mächtigen und bekannten Leute ohne unsere Anfechtung waren. Und gewiss auch diese deine vollkommen freie, früher nicht freie, die ist uns noch nicht entgangen. Und wie willst du denn sagen, wie du es thust, dass all dein Gutes an ihr gelegen sei, da sie doch selbst nicht frei ist, noch frei sein wird; denn sie kann uns, das Unglück ebenso schnell bei sich haben, wie irgend ein Glück und gewiss noch früher, oder als irgend ein gutes Ereignis. Lies deshalb, guter Tkadleček, das Werk jenes Weisen Sokrates, der in seinen Büchern von der Natur des Menschen schreibt: Ein jeder Mensch eröffnet und verkündigt gleich bei seiner Geburt durch Weinen den Anfang seiner Leiden, die er auf der Welt haben soll, und da er noch nichts von den kommenden Dingen weiss, was er zu dulden hat oder was ihm begegnen wird, so fühlt die unwissende Seele blos die Widerwärtigkeiten, die auf der Welt sind, und diesem Menschen ist auf der Welt vielleicht

Jammer und Weinen bestimmt. Weder ein Mensch aus vornehmem noch einer aus niederem Stande, weder Kaiser noch Bauer ist bei seiner Geburt ohne Weinen. Hör' und sieh, was du lobst, wem du Lob zollst, sieh und merk', wie viel Gutes an dieser deiner Heizerin, an deiner Auserwählten ist. Weil ein jeder Mensch, der geboren wird, gleich Anfangs bei seiner Geburt weint und jammert und vor seinem Elende erschrickt, so irrst du dich, wenn du etwa glaubst, dass diese deine Geliebte frei davon oder ohne Leiden war oder ohne Noth sein wird; und wenn es ihr so gehen soll wie jedem gewöhnlichen Menschen, was du nicht glaubst, wie soll denn dein Wohl an ihr liegen, die selbst jammerte und weinte, vor Noth, Arbeit und verschiedenen andern Unannehmlichkeiten auf der Welt Schrecken und Furcht empfand, bis sie in dieselben verfiel? Und du, Tkadleček, redest noch so viel von ihr, und schwatzest noch so viel über sie! Genug wäre dessen, wenn sie von Gott auserwählt oder vor der Zeit zu etwas ganz besonders Gutem bezeichnet worden wäre. Oder hältst du das für ein Geschenk, dass sie adelig war? Höre, Tkadleček, das ist sie nicht durch sich selbst, sondern durch die Verwandten, von denen sie abstammt. Denn läge es an ihr, so wäre sie lieber eine Fürstin als Vladikin, und wäre sie Fürstin, so wollte sie lieber Königin sein. Weil dies aber nicht an ihr liegt, was ist dir denn eingefallen, dass du von ihr nicht aufhören willst? Du sagst, sie sei reich an Ehren. Wundre dich nicht darüber, das bewirkt die angeborne Scham, die in dem jungen Blute liegt; warte nur, wenn du kannst, bis dieses jugendliche Blut verschwindet, dann schwindet auch die Scham, und schwindet die Scham, so wird sie vielleicht auch arm an Ehren. Wiederum sagst du, sie sei schön, lieblich; und was wunderst du dich denn darüber, als ob du früher nie derartiges gesehen oder gehört hättest. Wenn du ihr Alter abwartest, erwartest du auch, dass auch diese Schönheit mit dem Alter vergeht, dass all ihre Ueppigkeit verschwindet und zuletzt nichts von ihr sein wird, ausser was in ihrem Sinne ist; das wird sie zieren, das wird in Wahrheit Ehre und Zierde sein und wird ihr auch bleiben, zwar nicht immer, aber solange, als ihr Sinn sein wird. Tkadleček, scheint sie auch so schön zu sein und ist sie auch so schön, wie du sagst? Es kann sein, dass sie wirklich so schön war, oder dass sie nur so schön zu sein schien. Höre, was dazu Aristoteles der Weise sagt: Wenn die Leute Augen hätten wie ein Luchs, der so scharf sieht, dass er eine Wand durchblickt, dann möchten sie wohl inwendig diese Schönheit und Anmuth, die aussen ist oder als Zierde aufgetragen zu sein scheint, erblicken. Aber dass die Leute mitunter etwas für schön oder zierlich ansehen, das kommt nur daher, dass sie es nicht auch inwendig so deutlich sehen können, wie es sein sollte, und weil sie dies auch nicht sehen können, so irren sie sich, und das, was so erscheint, halten sie wirklich für so. Passend sagt dazu Aristoteles: Es ist unmöglich, das zu sein, was man nicht ist, und anderswo sagt er: Nicht Alles ist so, wie es zu sein scheint. Schweig, Tkadleček, rede nicht albern in deiner Rede; sehr kränkt es uns, dass du dich unsrer Rede nicht fügen willst. Höre doch, was dazu Aristoteles in seinen ersten Büchern Ethicorum sagt: Jeder beurtheilt das, was er kennt, gut. Wie willst denn du gut sprechen und es gut beurtheilen, dass sie schön, lieblich und anmuthig war, da du sie wahrlich nicht in ihrer Schönheit erkannt hast, woher sie dieselbe hat, oder was ihre Schönheit sei, oder woher sie gekommen und was für einen Zweck sie hat. Es betrübt uns sehr und schwer fällt es uns, zu hören, was du von ihr sagst, was du von ihr erzählst, anders, als du von uns hörst. Wir wollen dir etwas sagen und du höre dies! Im alten Testamente wurden vier Personen vor ihrer Geburt durch den Engel verkündet und deren Namen von den Engeln angegeben, von denen uns nicht so betrübendes widerfuhr, wie wir von dir genug misslicher Reden erfahren. Der eine, der durch den Engel verkündet wurde, war Ismaël, der Sohn Abrahams, von dem geschrieben steht in dem Buche Genesis im siebenzehnten Theile, der andre war Isak, von dem geschrieben steht in dem Buche Genesis im achtzehnten Theile, der dritte war Josias, von dem das Buch der Könige erzählt im dreiundzwanzigsten Theile, der vierte war Samson, von dem das Buch der Richter im vierzehnten Theile erzählt. Im neuen Testamente wurden zwei durch den Engel vorherverkündigt: Johann, der Täufer Gottes und Jesus, von denen im Buche des hl. Lukas im ersten Theile geschrieben ist. Und gleichwol haben wir nicht so viele Reden von diesen Guten gehört, wie wir von dir hören um diese deine Geliebte, die wenig und sehr wenig gilt im Vergleiche zu jenen Guten, die auch nicht ohne irdische Anfechtung blieben. Und weil diese nicht ohne Anfechtungen blieben, die in so glücklicher Weise vor ihrer Ankunft auf die Welt durch einen Engel vorher verkündet waren, wie willst denn du das erreichen und darum dich viel und heftig bemühen, damit deine Geliebte ohne Anfechtung oder du selbst ohne dieselben seiest, und du in ausserordentlichem Grade Gott theilhaftig seiest. Ei, Tkadleček, du kommst uns sehr lächerlich vor und ebenso lächerlich dein Jammer, weil du auch so kindisch mit uns redest und gerade, als ob du im Traume oder aus Leid etwas sinnest. Aber Leid und Wehmuth empfinden wir über dich, wohin es mit deinem natürlichen Verstande, mit deinem gelehrten Sinne, mit deinem Witze, deinen Beweisen und deinen Reden gekommen ist, womit du den thörichten Sinn andrer Leute überführt hast, und du willst schon selbst dies nicht mehr verstehen, dass du gegen dich selbst redest, dass deine Trösterin all deine Freude, dein Trost und deine ganze Fröhlichkeit sei. Und wenn dies auch der Fall gewesen wäre, hast du da nicht erfahren, was Aristoteles sagt: Unter allen Dingen, die auf der Welt sind, altert nichts früher dem Menschen als die Freude, das heisst: Unter allen Dingen schwindet bei dem Menschen nichts früher als die Freude und weltliche Lust. Ei sieh, was für eine Lust du gehabt hast, erwäge, was sie gewesen ist, was ihr mit Recht widerfahren ist, das verstehe und vergiss nicht, was daraus hätte entstehen können, was ihre Liebe Schlimmes und Unangenehmes hätte bringen können. Sieh an die Liebe und Milde Gottes, wie lange er Nachsicht gehabt, und erkenne selbst, worin du gefehlt und wie du dich schon selbst vergessen hast und soweit an dir selbst, dass du einen so thörichten, albernen und kindischen Sinn hast, zu glauben und zu meinen, wie wir dies aus deiner Rede hören und du sprichst und denkst, all dein Gut, deine Ehre, dein Glück, deine Lust liege nur allein an ihr, wofür du uns so grob zuredest wie wir gehört haben, und uns keine Ruhe geben willst. Und wenn du dies so wirklich in deinem ganzen Sinne und Herzen glaubst, wie du es im Munde führst und überall laut erzählst, so ist es uns wunderbar, sehr wunderbar: denn wir können uns nicht genug darüber wundern, wohin du deinen guten und vielseitigen Verstand gegeben oder wo du ihn gelassen. Der du so gern und viel gelesen hast, du hast das noch nicht gelesen, da du dessen vergessen hast. Höre, lieber Tkadleček, sage uns, warum du unter deinen andern Reden sagst, dass diese deine Geliebte ehrenreich und glücklich, und dass sie dazu ehrbar sei und dass sie deshalb ewig leben sollte. Wir wundern uns wahrlich darüber, woher du das erfahren oder gehört hast, oder was du damit meinst, dass du so viel von einer solchen sprichst, die nichts Anderes kannte noch etwas Anderes gelernt hatte, noch bei etwas Anderem gewesen ist, als dort wo ein Backofen, Ofen, Kalkofen oder Herd auszubrennen oder zu heizen war.‹

Dies ist etwa der vierte Theil des C. X.

Verbesserungen und Zusätze.

S. 1 in den Lesearten Zeile 3 v. u. ist die Ziffer 13. vor *wandrent* zu

setzen.

» » » » »   »   1 » » » » »   15. zu streichen.

» 2 » » »   »   2 v. o. » » »   2. vor *erden* zu

setzen.

» » » » »   »   3 » » » » »   3. vor *gewilde* zu

setzen.

» » » » »   »   10 » » » » »   7. in die vorhergehende

Zeile vor

ieglicher sch. zu setzen.

» » » » »   »   11 v. o. ist die Ziffer 8. in die vorhergehende

Zeile

vor *blibent* zu setzen.

» 3 » » »   »   3 » » ist die Ziffer 3. vor *lutbar* zu

setzen.

» 5 » » »   »   7 v. u. » » »   13.
in die nächste

                                                 Zeile vor

Behemer zu setzen.

» 6 » » »   »   9 v. o. » »   Ziffer 9.
vor *gewerre* zu

setzen.

» 7 » » »   »   6 » » » »   »   6.
vor *muge* zu

setzen.

» » » » »   »   9 » » » nach *geschryen*
der Punkt zu

streichen.

» 8 » » »   »   8 v. u. ist die Ziffer 14.
vor *künnen* zu

setzen.

» 11 » » »   »   8 » » »   nach *zergon*
ein C. zu setzen.

» » » » »   »   7 » » » »   *weinet*
»   D. » »

» » » » »   »   2 » » » statt 17. die
Ziffer 18. zu

setzen.
» » » » »   »   4 » » » statt
vernunftbait
vernunftlait
zu setzen.

» 16 » » »   »   4 v. o. »   die Ziffer 3.
vor   *w belebent* zu

setzen.

» » » » »   »   1 v. u. » » »   21.
zu streichen.

» 19 » » »   »   9 v. o. » » »   9.
in die vorhergehende
                                        Zeile vor
Es ist ff. zu setzen.

» 30 » » »   »   2 v. o. ist nach *mensch*
fehlt ein *D* zu

setzen.

» 32 » » »   »   4 v. u. soll es für
eschöpffe
geschöpffe
heissen.

» 36 » » »   »   6 v. o. ist nach *nacket*
ein *D* zu setzen.

ANMERKUNGEN.

[1] [2, 5. (vgl. 7, 13) *iemerig*. Zu dieser Adjectivbildung von einem Adverbium der Zeit vgl. *nûic* in einer Brünner Urkunde von 1328 (Rössler Rechtsdenkmäler 2, S. 404) *von gnaden ... unsers nuycgen kunig Johans* und ebd. *mit den nuicgen und mit den alten gesworn schephen*. Martin.]

[2] 2, 9. *graw* (*grûwe*) sw, m. ›Grausen‹: s. Virginal hrsg. v. Zupitza im V. Bd. des Brl. Hb. 274, 10 und Anm. ›*mich bestuont der grœste griuwe*.‹

[3] 3, 1. *ankreutung* zu dem st. n. *krot* und sw. v. *kröten, kroten* (auch *kruden*) gehörig, ein md. Wort: ›Anfechtung, Belästigung.‹

[4] 4, 6. *von vogelwait ist mein pflug. pflug* hatte im mhd. auch die Bedeutung ›Geschäft, Erwerb, Beruf‹, wofür die Wörterbücher hinreichend Belege bieten. *vogelwaide* war nicht blos der Ort, wo Vögel gefangen, sondern auch der, wo sie gepflegt wurden. Nach einer Vermuthung Prof. Martins wäre sonach die ganze Stelle in symbolischer Bedeutung aufzufassen: ›Mein Erwerb (d. h. das, was mir den Lebensunterhalt verschafft,) kommt von der Vogelweide‹, d. h. von der Feder. Dafür spricht auch die entsprechende Stelle im tschechischen Gegenstücke Cap. III: ›Ich bin ein Weber aus gelehrtem Stande, kann ohne Holz, ohne Rahmen und ohne Eisen weben. Mein Schifflein, mit dem ich anzettele, ist aus *Vogelwolle*, mein Garn ist gemacht aus der Kleidung verschiedener Thiere; der Thau, der meinen Acker befeuchtet, ist nicht gewöhnliches Wasser, noch ungemischt, und beim Gebrauche sprenge ich ihn herauf, herab, hin und her‹. Wenn diese Vermuthung angenommen werden darf, so ist es um so wahrscheinlicher,

dass einer der unten nachgewiesenen *Schulrectoren* und *Notare* von Saaz der Verfasser des Werkes sei.

[5] 4, 13. *turkeltaube,* auch *türkel-* und *durkeltûbe* findet sich: s. Lexer II, 1588. Dialektisch im westlichen Böhmen jetzt fast ausschliesslich im Gebrauche.

[6] 5, 4 ff. Vgl. Wolframs Parzival 57, 10 ff.:

>*ir freude vant den dürren zwîc,*

als noch diu turteltûbe tuot.

diu het ie den selben muot:

swenne ir an trûtscheft gebrast,

ir triwe kôs den dürren ast.<

[7] 7, 2. *flutend* vielleicht zusammenhängend mit *vlœje, vlât;* also >sauber, schön, glänzend<?

[8] 8, 11 f. Evang. Matth. V, 45.

[9] 8, 15. *bilbis* s. J. Grimm Mythologie^2 S. 441 ff. *zauberin* ebend. 990 ff.

[10] 9, 10. *Papenfels* vielleicht ebenso gebraucht wie unser Tripstrill, d. h. von einem unbekannten Orte gemeint. Man vergleiche dazu >*Gouchesberc*< Freidank 82, 9, Boner 65, 55 und >*Affenberc*< Docen Misc. II, 187. Die gleich folgenden Worte sind offenbar sprichwörtlich. Aehnliche Redensarten bei Wander (deutsches Sprüchwörter-Lexicon Leipzig 1876) Bd. IV S. 644: Nr. 4 >Doar fall't kên Spöön, se ward denn hau't< (Süderdithmarschen); Nr. 7 >Es fallen kein spän, man haw sie denn<. Desselben Inhaltes sind Nr. 8, 9. Vgl. auch Zingerle die deutschen Sprichwörter im Mittelalter S. 64 unter >Haupt<.

[11] [10, 2, *mein erenreicher valke, mein tugenthaftige fraw:* diese Vergleichung scheint schon MSF. 10, 17 angedeutet. Weit häufiger ist der Falk das Bild für den geliebten Mann: s. Vollmöller, Kürenberg 17 ffg. Martin.]

[12] 11, 14. Matth. VIII, 22.

[13] 12, 5. *engelt* >Ersatz<. Grimm Wb. III, 541 übersetzt es mit >*pretium*<.

[14] 12, 10. *nestlinge* in übertragener Bedeutung von den Kindern: s. Sanders Wb. d. d. Sp. II^1, 429, und zu 43, 4.

[15] 13, 17. *entrisch* s. Schmeller b. W. I, 88. Hier ist es zusammengebracht mit ags. *ent* Riese. Beóv. 1680, 2718, 2775 (3. Ausg. v. M. Heyne). Schmeller I, 77 erklärt *enderische* (*entarisch, entrisch*) mit >befremdlich, ungewöhnlich, nicht

recht, nicht geheuer‹; es liege darinn immer der Begriff des Fremden, Andern.

[16] 15, 13. *zuchtiger* ›Henker, Scharfrichter.‹ Schmeller IV, 247.

[17] 15, 14. *wigen* ein mir unbekanntes Wort, vielleicht ein Marterwerkzeug. Dies wäre möglich, wenn es sich mit *weigan* ›*vexare*‹ (s. Lachmann kl. Sch. 203 und Wb. III, 555[b] f.) zusammenbringen liesse.

[18] 17, 6. Ein bekanntes Sprichwort, das auch im Mittelalter oft gebraucht wurde; so Hartm. Büchlein I, 496, Boner Edelstein 63, 53. Redensartlich: ›*schaden und schande gewinnen*‹ Erec[2] 6741, Iw.[3] 2029. s. Martin zur Kudrun 132, 4.

[19] 23, 5 ff. Zu vergleichen W. Wackernagel kl. Schr. I, 338 Anm. 130. Sollte wol eine Abbildung des Saturnus zu Grunde liegen? Man vergleiche, was Fulgentius (in Auctores Mythographi Latini. Cajus Julius Hyginus, Fab. Planciad. Fulgentius, Lactantius Placidus, Albricus Philosophus. Curante Augustino van Staveren. Lugd. Bat. et Amstelaed. 1742. S. 626) sagt: ›*Saturnus Pollucis filius dicitur, Opis maritus senior, velato capite falcem gerens...*‹ und Albricus (ebd. S. 869): ›*Saturnus pingebatur, ut homo senex, canus, prolixa barba, curvus, tristis, et pallidus, tecto capite, colore glauco; qui una manu, sed dextra, falcem tenebat...*‹

Noch besser würde zu der in unserem Werke gegebenen Schilderung die Darstellung des Jupiter Dolichenus passen, wie Prof. Dr. O. Benndorf mir freundlichst mitteilte. In Felix Hettners: De Jove Dolicheno S. 2 heisst es: ›*Deus sic fere solet sculpi: stat in tauro dextrorsum verso barbatus, caput vestitus pileo, lorica indutus, paludamento amictus, ocreatus, soccatus; in sinistra tenet fulmen, in dextra elevata bipennem; praeterea in plerisque monumentis fictae sunt aquila et Victoria deum coronatura.*‹ Ein heidnisches *bilde*, welches den *tôt* darstellt, wird zertrümmert Wolfdietrich D (B. Hb. IV) VI, 114 ffg.

[20] 24, 1. Genes. II, 17.

[21] 24, 9. Dieses Sprichwort ist auch heute noch gang und gäbe s. Wander III, 362 Nr. 24: ›Alter Mann, neue Mär; gelehrter Mann, unbekannte Mär.‹

[22] [26, 15. *einen lewen an dem bein namest*: wol Anspielung auf deutsche Sagen; s. König Rother (in Rückerts Ausgabe) 1146 ff. Martin.]

[23] [26, 18. *wetlauf, den du tettest mit dem hasen.* s. Kinder-

und Hausmärchen der Brüder Grimm 3. Aufl. 3. Bd. S. 255 Nr. 187 ›Der Hase und der Igel‹. Martin.]

[24] 27, 7. Bekannt ist der Ausspruch Caesars, auf den hier wol angespielt ist: ›Ἴθι ἔφη, γενναῖε, τόλμα καὶ δέδιθι μηδέν· Καίσαρα φέρεις καὶ τὴν Καίσαρος τύχην συμπλέουσαν‹ s. Plutarchs vitae. C. Julius Caesar Cap. XXXVIII.

[25] 27, 12. *esel wefels weis getragen*: so verbessert von Martin, *wefelsweis* ›in der Weise eines Webers‹.

[26] 27, 14. *gluckesrad.* s. Wackernagel: ›Das Glücksrad und die Kugel des Glückes‹ in Haupts Ztsch. VI, 134-149. S. 138 heisst es: ›Es blieb jedoch das glücksrad nicht so innerhalb der poetischen sprache als blosser redeschmuck und tropus stehen: es trat auch, und zwar eben dieses von menschen erklommene und die menschen wieder abwerfende in die lebendigc sage über: vgl. ... die erzälung von den 12 Johansen, die auf einer glückscheibe durch die lande fahren und alles erkunden, was in der ganzen weit geschieht‹. Dazu die Anmerkung: ›Die sage bezeichnet sie als deutsche schüler, die jedoch im dienst eines fränkischen, d. h. wol eines königs von Frankreich stehen, vgl. ackermann v. Böheim Cap. 18‹.

[27] [27, 16. Ueber die Beratung der Tugenden als Töchter Gottes über die Erlösung vgl. Heinzel Ztsch. f. d. A. XVII, 43 ff. Martin.]

[28] 28, 18. *zu kurtz geschach mir* ›ich wurde verkürzt, benachteiligt‹. activ: *einen ze kurz tuon* ›einen benachteiligen, verkürzen‹.

[29] 29, 8. *es must der hamer den amposz treffen und hert wider hert wesen.* Vgl. Freidank 130, 22

    der hamer und der ambôz

    hânt vil herten widerstôz.

Vgl. ausserdem Kudrun 1444, 2.

[30] 29, 16. Offenbar *L. Annaeus Seneca*, der Philosoph, der sich 66 n. Ch., da er wegen Teilnahme an einer Verschwörung des Piso zum Tode verurteilt wurde, die Adern öffnete. s. Tac. Ann. XV 60 ff. Von seinen Werken mag wol eine der zwei Trostschriften gemeint sein: *de consolatione ad Polybium* oder *de consolatione ad Marciam*; welche, ist bei der Allgemeinheit der Stelle nicht zu entscheiden.

[31] 29, 20. Aehnlich Wander I, 80 Nr. 21: ›Anfang und

Ende reichen einander die Hände‹.

[32] 30, 9. s. Wander IV, 832 Nr. 46: ›Sobald ein Mensch geboren, ist er alt genug zu sterben‹. (Aus Petri ›der teutschen Weissheit‹ Hamburg. 1605. Bd. II.)

[33] 30, 13 f. Aehnliche Sprichwörter bei Wander I, 382 Nr. 33 ›Reife Birnen fallen gern in den Koth‹ (geschöpft aus dem Florilegium Politicum von Christophorus Lehmann 1630.) Lehm. II, 535, 30. Eiselein (Sprichwörter und Sinnreden des deutschen Volkes 1840) 78. Nr. 36: ›Wenn de Bire ruip es, fällt se meir up'n Dreck, osse up't Regne‹. (Regne = Reine); (Lippe). Firmenich (Germaniens Völkerstimmen. Berlin 1843 ff.) I, 267. Nr. 37: ›Wenn dei Beer riep is, föllt sei ihre in'n Dreck, as up'n Rosenbladt‹. (Mecklenburg). Nr. 48: ›Zeitige birn fallen zuletz in koth‹. Henisch (Teutsche Sprach und Weissheit 1616) 392.

[34] 30, 14. reisend: ›von selbst abfallend‹ (in Folge ihrer Reife.)

[35] 30, 19. Hermes offenbar H. genannt Trismegistos: s. Paulys Realencyclopädie der klass. Alterthumswissenschaft III, 1209 ff. und Preller griech. Mythol.³ S. 340 und Anm. 3.

[36] 32, 8. Der Sinn ist: ›Wie die Gans gedankenlos schnattert, so hast auch du keine Richtschnur (fadenricht) für deine Gedanken, sprichst Thörichtes‹.

[37] [34, 5. Vielleicht mit Cab pickel ›Spitzhacke‹? Martin.]

[38] 36, 6. Psalm L, 7 B.

[39] 36, 15. leschkruk: wol mit Bezug auf das viele Trinken.

[40] 37, 2. swelckend. Mundartlich im westlichen Böhmen noch heute für ›verwelkend‹.

[41] 37, 18. sussen ›mit seinen Freundlichkeiten‹: man erwartete den Dat. Sing.

[42] 38, 10. schretlein: s. Schmeller III, 519. In Haupts Zeitsch. VI, 174 Vers 187 wird es beschrieben:

›daz was kûm drîer spannen lanc

gein dem fiur ez vaste spranc,

ez was gar eislich getân

und het ein rôtez keppel an‹.

[43] 38, 11. clagmuter: s. Schmeller II, 355. ›Klagmuetter, das klagweiblein, die Stimme des Käuzleins, welche von Abergläubischen als Verkünderinn eines Todfalles gefürchtet

wird.‹ *vgl. Mythol.*[1] S. 660.

[44] 38, 14. Genes. I, 26.

[45] 39, 1. *durchnechtigclichen*: s. Schmeller I, 393.
›vollkommen, gänzlich‹.

[46] 40, 8. In unserem Werke werden ein und zwanzig
freie Künste angeführt: *Gramatica, Rhetorica, Loica, Geometria,
Arismetrica, Astronomia, Musica, Philosophia, Physica, Geomancia,
Pyromancia, Ydromancia, Astrologia, Geromancia, Nigromancia,
Notenkunst,* die des *Augur,* des *Aruspex, Pedomancia,
Ornamancia* und die des *Juristen.* Die freien Künste hat
Heinrich von Mügeln (s. Schröer, die Dichtungen Heinrichs
von Mügeln in den Wiener Sitzungsberichten Bd. LV. S. 474
f.) mehr als einmal behandelt. In einem kleinen Gedichte von
sieben Strophen behandelt er sieben Künste: 1. *gramatica,* 2.
logica, 3. *rhetorica,* 4. *arithmetika,* 5. *geometria,* 6. *musica,* 7.
astronomia. In der Maide Kranz kommen ausser der
philosophia noch vier dazu: 9. *physica,* 10. *alchimia,* 11.
metaphisica, 12. *theologia.* In einem spätern Gedichte von
fünfzehn Strophen wächst die Zahl auf fünfzehn, wobei sich
auch theilweise die Aufeinanderfolge ändert. Als achte tritt
zu den erstgenannten sieben: *alchamia,* 9. *philosophia,* 10. *die
Lehre der perspectiven,* 11. *phisica,* 12. *theologia,* 13. *nigromancia,*
14. *pyromancia,* 15. *geomancia.* Im tschechischen Gegenstücke
zum Ackermann werden zwei und zwanzig Künste
aufgezählt: *Grammatica, Rhetorica, Logika, Geometria,
Arithmetika, Astronomia, Musika, Philosophia, Phisica, Geomancia,
Pyromancia, Baromancia, Astrologia, Chiromancia, Nigromancia,
Alchimia, Neroka, Auguria, Auspicium, Gedomancia, Ornomancia*
und *Jura.* Die Form *Arismetrica* begegnet öfters, u. a. bei
Heinrich v. Mügeln in der Hs. M.

[47] 41, 18. *vogelgederme* ist nur ein Ersatz für die
unverständlichen Worte der Hss. Man würde, nach dem
tschechischen Werke zu schliessen, ein Wort erwarten, das
Hahn oder Geier bezeichnet. Hier heisst es nämlich I 93:
›Ornamancia, die angestellt wurde an den Eingeweiden des
Auerhahnes und Hühnergeiers‹.

[48] 42, 6. *geuknecht*: s. Schmeller II S. 2. *gäu* ›Land‹, bes.
›das flache Land‹. Angeführt wird: *gäubauern* ›Bauern der
Ebene‹, *gäumann* ›landmann‹, *gäuleute* ›Landleute‹.

[49] 43, 4. *nest* ›das Lager, Bett, Ehebett‹, s. zu 12, 10.

[50] 43, 12. Ein im Mittelalter oft gebrauchtes

Sprichwort; so in Freidank 101, 7 ›ez enist kein huote alsô guot sô da's ein wîp ir selber tuot‹. Vgl. Zingerle a. a. O. S. 36 f.

[51] 44, 18. *widerpurren* sw. v. (simplex: *bürn, burn* oder *burren*) ›sich wider Jemanden erheben, sich entgegensetzen‹.

[52] 45, 2. *werewort* ›Vertheidigungsworte‹.

[53] 45, 14. *muffeln* wol hier gleich *muffen* ›murren, brummen‹, s. Schmeller III, 554; vgl. Wb. 2, 274ᵃ.

[54] 47, 15. *hauptman von berge*: s. W. Wackernagel kl. Schr. I, 307 Anm. 6 und Grimm Mythol. S. 807; beide geben auch nur Vermuthungen über den Sinn des Ausdrucks.

[55] 48, 3. Epist. B. Joannis Apostoli I, 2, 16.

[56] [48, 14. Vgl. Hagen MS. III, 452ᵃ: *die snüere müezen brechen wol, swâ der esel klenket gîgendœne;* vgl. auch Strauch, der Marner S. 160 Anm. zu Z. 4 f. und ferner Carm. Bur. S. 40 *Brunelli chordas incitant.* Afrz. Flore ed. Bekker v. 812 *et les asnes faisoit harper.* Bildlich dargestellt auf dem bekannten Portal zu Verona, wovon andere Stücke in der Z. f. d. A. XII, 331 beschrieben sind. Missverstanden aus dem griechischen: ὄνος πρὸς λύραν von einem gegen jede Musenkunst unempfindlichen Menschen. Martin.]

[57] [49, 1. *Der starke Boppe.* Wackernagels Vermutung (Zeitsch. VIII, 349), dass der öfters vorkommende Beiname *der starke* von dem Baseler Dichter Boppe, dessen Sprüche in die siebziger und achtziger Jahre des dreizehnten Jahrhunderts fallen, herrühre, steht in Widerspruch gegen eine von Haupt (ebd. III, 239) angeführte Stelle in den lat. Predigten Bruder Bertholds, der bekanntlich 1272 starb und von Boppe in Ausdrücken spricht, die annehmen lassen, dass dieser früher gelebt habe. Sie stützt sich auf die Colmaer Annalen, die um 1270 einen Baseler des Namens, ohne ihn indessen als Dichter zu bezeichnen, seiner Stärke wegen rühmen, in Ausdrücken, die dem Epos entnommen sind: s. meine Anm. zur Kudrun 106, 1. So möchte doch wol auch der erste Träger des Beinamens vielmehr einer Zeit angehören, die auch sonst historische Persönlichkeiten sagenhaft verherrlicht hat. Mon. Germ. St. 6, 203 sagt Eckehard von Ursperg: *ex parte quoque regis Heinrici Poppo* (*de Henneberg* fügt die Anm. des Herausgebers hinzu) *vir mire fortis occubuit*: in dem Treffen zwischen Heinrich und dem Gegenkönige Rudolf bei Strowi am 7. Aug. 1078. Wie dieser Poppo VIII. hatte auch Poppo XIII. den Beinamen *fortis*: v. d.

Hagen MS. 4, 62. Es wird sich mit dem Namen der Beiname ebenso eng verbunden und zusammen vererbt haben, wie *Dietrich der mære helt*: s. Uhland in Pfeiffers Germ. 1, 306. Martin.]

[58] 50, 4. *krochen*, vielleicht *kroten*? oder sollte es reimen mit dem folgenden *gerochen*? *krachen* mit *B* gegen *Aab* einzusetzen, zumal auch *C* ein *o* hat, schien voreilig.

[59] 50, 14. Aus Platos Phaedon Cap. XVI: s. die Abhandlung.

[60] 52, 12. Ecclesiastes IX, 12.

[61] 54, 1. ff. ist wol als Interpolation anzusehen, trotzdem sich diese Stelle in drei Hss. (*ABD*) findet. Die ganze Stelle zeigt nämlich eine auffallende Aehnlichkeit mit der Bibelstelle Ecclesiastes II, 4 ff. Der Schreiber der gemeinsamen Vorlage mochte diese am Rande als Erläuterung des Vorangehenden eingetragen haben, und von hier mag sie in den Text gekommen sein.

[62] 54, 20. gewaltiger herschaft ›durch Vollmacht erlangter, precärer‹? M.

[63] 55, 11. C. XXXIV. Die grossen rothen Buchstaben stehen am Eingange der Absätze, die, den letzten allein ausgenommen, mit dem Refrain: ›erhore mich‹ schliessen. Nun sind aber in allen Ueberlieferungen ausser den sechs Buchstaben, die den Namen ›Johann‹ geben, auch noch *E* und *S* durch Grösse ausgezeichnet. Sie stehen ebenfalls am Anfange von Absätzen, die mit ›erhore mich‹ schliessen. Durch Umsetzung dieser Abschnitte erhielte man den Namen ›Johannes‹. Dann müsste nach dem Worte *gut* (58, 6) eine grössere Interpunktion gesetzt werden und die beiden Theile, die mit *Ewige lucern* (56, 17.) und *Schatz von dem* (57, 5.) beginnen, derselben nachgesetzt werden. Möglich ist jedoch auch, dass der Verfasser in diesem Akrostichon die Buchstaben nicht ganz in der Reihe, wie sie in seinem Namen stehen, folgen liess.

[64] 55, 17. *alter greiser jungling*. So genannt, weil er in Christus sich erneute; ›sein graues Haar, sein weisser Bart wurden braun‹. s. W. Grimm Konrads goldene Schmiede Einleitung S. XXIX, 17 ff. ›Daher ist er auch *altherre und juncherre* zugleich‹ (ebd.). Vgl. noch Walther 24, 26.

[65] 55, 19. *O liecht*. Vgl. g. sm. XLVIII, 19 und XXXVIII, 34.

[66] 56, 1. Genes. I, 3.

[67] 56, 8. *hantbeschauer. beschauern* nach dem Wb. der Brüder Grimm I. 1548 ›*tueri, tegere*‹. Hier wird auch verglichen *schauer* ›Obdach‹. Sonach hiesse *hantbeschauer* ›Schützer mit der Hand‹.

[68] [56, 12. Vgl. R. Köhler Germ. VIII, 304: ›Die Ungleichheit der menschlichen Gesichter‹. Martin.]

[69] 56, 17. *Ewige lucern.* S. g. sm. XXXIX, 5.

[70] 57, 2. *essemeister* eigtl. Metallarbeiter, dann wol Verfertiger, Schaffer überhaupt?

[71] 57, 22. *jeger, dem alle spur unverborgen sein.* S. g. sm. XXXIII, 5, wo auch auf bildliche Darstellungen dieses Gleichnisses auf Kirchengemälden hingewiesen wird.

[72] ›Nirgend aber erscheint der Tod als gänzlich entfleischtes Geripp: so stellt man ihn erst seit dem 16. Jh. dar; überall nur als eingefallene zusammengeschrumpfte Leiche, nicht mit nackt daliegenden, nur mit stärker hervortretenden Knochen. Das war im Mittelalter allgemeiner Gebrauch: er hatte seinen Vorgang in der spätern Kunst der Griechen und Römer.‹ s. W. Wackernagel kl. Schr. I, 325 u. Anm.

[73] Ueber diese Stelle sehe man die Anmerkung hiezu.

[74] Dieser Name ist mit Bestimmtheit zu errathen. Der Tod sagt nämlich, er habe schon lange nichts in Böhmen zu thun gehabt, ausser unlängst in einer festen hübschen Stadt, auf einem Berge gelegen, die vier Buchstaben habe: der 18. im Alphabet, der 1., der 3. und der 23. Dies ergibt Sacz.

[75] Hier wie im Folgenden sehe man die Anmerkungen zu den betreffenden Stellen.

[76] ›Der Ackermann aus Böheim. Gespräch zwischen einem Wittwer und dem Tode. Erneuet durch Friedr. Heinr. von der Hagen. Frankfurt a. M. 1824‹. Er hat das Werk nach der Gottsched'schen Abschrift des Druckes *a* herausgegeben.

[77] Eusebi Chronicorum libri duo ed. Alfred Schoene Berlin 1875. Die Stellen sind in der Uebersetzung des Hieronymus angeführt.

[78] Im Alterthume gebrauchte diese Zählungsweise, offenbar durch Eusebius veranlasst, Orosius in seiner Weltgeschichte. In dem Schlussworte (l. VII, C. 43) sagt er: ›*explicui adiuvante Christo secundum tuum praeceptum, beatissime pater Augustine, ab initio mundi usque in praesentem diem, h. e. per annos MMMMMDCXVII, cupiditates et punitiones hominum peccatorum....*‹

[79] So ist wol die dort angeführte Stelle zu verstehen: ›*Alse ene langhe tyt, alse wol vyf dusent iaer unde twe hondert iar min,* [nach Prof. Martin: *min I = een*] *dat dat mynschelike gheslechte vnsalichlike nedderlach*‹.

[80] G. Geschichte der deutschen Dichtung II[5], 357.

[81] W. W. kl. Sch. I S. 314 in der Abhandlung ›der Todtentanz‹.

[82] s. Anmerkungen.

[83] In der Einleitung zu seiner Ausgabe S. XI f. Die Ansicht v. d. H., dass die Schreiber den Ackermann und

Belial gerne neben einander anführen, bestätigt sich auch hier: in der Stuttg. Hs. *A* folgt der Belial auf den Ackermann.

[84] D. h. Der Kläger und das Unglück.

[85] D. h. Ich bin ein Weber von gelehrtem Stande, kann ohne Holz, ohne Rahmen und ohne Eisen weben.

[86] Die Ueberschrift ist hier wie oben bei Hanka citiert.

[87] D. h. Ach ach hört, ach ach Weh, ach Gewalt, ach über dich, du schrecklicher und grimmiger Vertilger aller Erde, schädlichen Schädiger aller Welt, unverschämter Mörder aller guten Leute.

[88] Im Texte aber steht: ›Und dies geschah von uns in dem Jahre vor der Verbrennung dieser Stadt, etwa im dritten Monate und dann seit Erschaffung der Welt, als man zählte 5000 Jahre und dann im einhundert und siebenundsechzigsten‹.

[89] Tkadlec = Weber, Tkadleček ist das Deminutivum davon.

[90] Diese Zeitangabe ist unrichtig. Man sehe darüber weiter unten.

[91] Perníkářka = Lebzeltnerin.

[92] Dass die Abfassung des Werkes nicht lange nach dieser Trennung anzusetzen sei, ergibt sich aus den Worten I, 13: ›ausser dass wir *jetzt unlängst* in Gräz an der Elbe, in dieser umwallten Stadt in Böhmen nach unserer Macht und unserem Stande zwei junge Leute, an Jahren einander fast gleich, die mit einander seit einigen Jahren gut und ehrbar lebten, trennten‹. (Die erste Zahl bei Citaten aus dem tschechischen Werke bedeutet den Theil, die zweite die Seite.)

[93] I, 24 heisst es: ›Weshalb willst du denn glücklicher sein, damit wir dich mehr ehren, als den Kaiser Julius oder den König Alexander (*oder den guten, wahrhaft guten Kaiser Karl, in der Zeit böhmischen König*), die trotz ihrer Macht unserem Netze und unserer Anfechtung dennoch nicht entgehen konnten‹.

[94] Diese starb aber schon 1336.

[95] Die Stelle ist unrichtig angegeben: s. o. S. 113.

[96] I, 86 theilt nämlich der tschechische Verfasser das Lebensalter eines Menschen in fünf Theile: 1. die Kindheit (infantia), die bis zum siebenten Jahre reiche, 2. die Knabenzeit (pueritia) bis zum vierzehnten Jahre, 3. das

Jünglingsalter (adolescentia) bis zum vierundzwanzigsten Jahre, 4. das Mannesalter (aetas virilis) bis zum fünfzigsten Jahre. In diesem befinde sich noch eine Unterabtheilung: Das junge Mannesalter (iuventus). 5. Das Greisenalter (decrepitus) bis zum achtzigsten Jahre. Die drei ersten Lebensalter habe er schon zurückgelegt, die beiden andern harren noch seiner. Mithin befand er sich an der Scheidegränze des Jünglings- und Mannesalters. I, 91 führt der Verfasser noch eine zweite übliche Eintheilung des menschlichen Lebens an: die Dreitheilung in Jugend-, Mannes- und Greisenalter. Er befinde sich noch im Jugendalter, könne aber mit jedem Tage schon in das Mannesalter eintreten. [Diese Eintheilung ist wol geschöpft aus Aristoteles Rhetorik C. XII ff.] Dasselbe Alter von etwa 24 Jahren nimmt auch Gebauer an, s. o. S. 109.

[97] Als Beweis will ich einzelne Capitelanfänge neben einander stellen:

im tschechischen Werke:
›Hara! Hara, ei hör, hör, hör
diese neuen Reden! ei hör, hör
dieses Fluchen, dieses unbekannte
Schmähen, das uns in so roher
Weise zu Theil wird, merke die
| Drohung, merke das
| Schmähen,
| merke die schändlichen
| Vorwürfe!
| Woher das sei, höre es immer
| und
| höre es zu Ende, was uns
| anficht...‹
| ›Ich bin ein Weber

Anfang von C. II im deutschen
Werke lautet
›Hort, hort, hort, new wunder! Grausam und ungehorte taiding vechten uns an. Von wem die komen, das ist uns zumale fremde...‹

C. III:

›Ich bins genant ein
ackerman, von vogelwait
ist mein pflug...‹

Cap. IV:

›Wunder nimpt uns
sollicher ungehorter
anfechtung,
die uns nie mer hat
begeint. Bistu ein ackerman
wonend im Beheimlande,
so tunket...‹

| gelehrten
| Standes, kann ohne Holz,
| ohne
| Rahmen und ohne Eisen
| weben.
| Mein Schiffchen, mit dem ich
| anzettele, ist aus Vogelwolle...‹
| ›Uns darüber wundernd
| Tag für
| Tag, als wir die Rede hörten,
| können wir uns dennoch von
| Stunde
| zu Stunde nicht genug
| wundern,
| und nachdem wir uns lange
| darüber
| gewundert, sind uns
| wunderbar,
| sehr wunderbar diese
| sonderlichen,
| ungehörten Angriffe und solch
verschiedenartige Reden, in
denen du
uns, wie wir sehen, für so
gering
hältst. Und bist du denn
auch, wie
du sagst, der Weber aus
gelehrtem
Stande, verständigem Stande,
hervorragendem Range?...‹

In dieser Weise entsprechen sich auch noch im Folgenden
die Capitel V bis incl. X; zu den Capiteln XI bis XV des
tschechischen Werkes finden wir dann nach

Ueberspringung zweier Capitel des deutschen Werkes (XI u. XII) die entsprechenden Gegenstücke in den Capiteln XIV-XVII des Ackermanns. C. XVI im Tkadleček tritt als letzter Abschnitt hinzu, grösstentheils wieder nur aus leeren Reflexionen bestehend, ohne in irgend einer Weise einen passenden Schluss zu bilden.

[98] Diese Behauptung lässt sich sogar ziffermässig constatieren. In der Hankaschen Ausgabe, in der die Seiten der einzelnen Blätter ziemlich gleich viel Zeilen enthalten, nimmt C. I 2½ Seiten ein, C. II 5½, C. III 2, C. IV 5, C. V 5, C. VI 7, C. VII 9, C. VIII 9, C. IX 18, C. X 31½, C. XI 9, C. XII 32, C. XIII 6, C. XIV 12, C. XV 14 und C. XVI 33 Seiten. In den mit geraden Ziffern bezeichneten Capiteln spricht das Unglück, dem jene gelehrten Excurse meist in den Mund gelegt werden.

[99] Man vergleiche das Urtheil Sabinas S. 105 und fg.

[100] So citiert er ein Werk des Sokrates ›über die Natur des Menschen‹ (I, 68 und I, 96), ferner beruft er sich auf Philosophen, deren Existenz wol schwerlich wird nachgewiesen werden können: Anastotsus (II, 10 vielleicht Aristoteles?), Faliscenes (I, 22), Phapho (I, 30). I, 65 citiert er eine Stelle aus Horaz, die sich in dessen Werken entschieden nicht findet. ›Schon sehen, hören und merken wir‹, heisst es dort, ›an deiner Rede, dass du mit deinem gelehrten Sinne nicht aus dem Brunnen getrunken hast, wie jene sieben heidnischen Göttinnen gethan haben, von denen der heidnische Meister Oracius erzählt‹. Aehnlich legt er I, 26 dem Job Worte in den Mund, die sich vielmehr in der Apocal. XIV, 13 finden. Das Streben des tschechischen Verfassers, sich möglichst gelehrten Anstrich zu geben, zeigt sich deutlich II, 24 (s. darüber unten S. 125) und II, 54 (s. unten S. 130).

[101] Λέγε δή μοι καὶ σύ, ἔφη, οὕτω περὶ ζωῆς καὶ θανάτου. οὐκ ἐναντίον μὲν φῆς τῷ ζῆν τὸ τεθνάναι εἶναι; Ἔγωγε. Γίγνεσθαι δέ ἐξ ἀλλήλων; Ναί. Ἐξ οὖν τοῦ ζῶντος τί τὸ γιγνόμενον; Τὸ τεθνηκός, ἔφη. Τί δέ, ἦ δ᾿ ὅς, ἐκ τοῦ τεθνεῶτος; Ἀναγκαῖον, ἔφη, ὁμολογεῖν ὅτι τὸ ζῶν. Ἐκ τῶν τεθνεώτων ἄρα, ὦ κέβης, τὰ ζῶντά τε καὶ οἱ ζῶντες γίγνονται; Φαίνεται, ἔφη.

[102] Hier steht das Wort ›stola‹, das jedoch Jungmann im Lexic. nicht erklären kann. Es ist hier jedenfalls eine

Blume gemeint.

[103] s. Wackernagel a. a. O.

[104] Hier steht das Wort ›ossiwkem‹. Auch von Jungmann nicht erklärt. s. Lexic. II. 1006.

[105] s. Anmerk. zu obiger Stelle.

[106] Entspricht im Deutschen ebenfalls dem C. X, welches man vergleichen wolle.

Errata

Attention is called to the following changes in case the transcriber's judgment is incorrect.

In the list below, the error is given on the first line and the correction on the second.

Page i:

ACTIEN-<u>CESELLSCHAFT</u>

ACTIEN-<u>GESELLSCHAFT</u>

Page 21:

9. <u>w<unklar></u> an klemnisz

9. <u>w.</u> an klemnisz

Page 55:

8. bis 10. das <u>xxxxiii</u> capitel

8. bis 10. das <u>xxxiiii</u> capitel

Page 104:

<u>das</u> es keine abschliessenden Gedanken

<u>dass</u> es keine abschliessenden Gedanken

Page 118:

die <u>entgültige</u> Entscheidung

die <u>endgültige</u> Entscheidung

Page 127:

da entgeht <u>und</u>

da entgeht <u>uns</u>

Page 134:

in wörtlicher <u>Uibersetzung</u>

in wörtlicher <u>Uebersetzung</u>

Return to the top Transcriber's Note